天才捕手计划
STORYHUNTING

U0552238

我的骨头会唠嗑

法医真实探案手记·2

刘八百 —— 著

金城出版社
GOLD WALL PRESS

中国·北京

图书在版编目（CIP）数据

我的骨头会唠嗑：法医真实探案手记 . 2 / 刘八百著 .
— 北京：金城出版社有限公司，2023.5（2024.5 重印）
ISBN 978-7-5155-1411-6

Ⅰ．①我… Ⅱ．①刘… Ⅲ．①纪实文学－中国－当代
Ⅳ．①I25

中国版本图书馆CIP数据核字（2022）第182967号

我的骨头会唠嗑：法医真实探案手记2
WO DE GUTOU HUI LAOKE：FAYI ZHENSHI TAN'AN SHOUJI 2

著　　者	刘八百	
责任编辑	高　虹	
责任校对	许　姗	
责任印制	李仕杰	
策　　划	天才捕手计划	
开　　本	880毫米×1230毫米　1/32	
印　　张	11.25	
字　　数	260千字	
版　　次	2023年5月第1版	
印　　次	2024年5月第9次印刷	
印　　刷	天津旭丰源印刷有限公司	
书　　号	ISBN 978-7-5155-1411-6	
定　　价	48.00元	

出版发行	金城出版社有限公司 北京市朝阳区利泽东二路3号 邮编：100102
发 行 部	(010) 84254364
编 辑 部	(010) 64391966
总 编 室	(010) 64228516
网　　址	http://www.jccb.com.cn
电子邮箱	jinchengchuban@163.com
法律顾问	北京植德律师事务所 18911105819

序

我成为一名法医,可能是偶然中的必然。

我父亲是一名医生,他永远把病人放在第一位,有时下班回家了,还有人来找他看病,他总是放下碗筷就去出诊。

从小受父亲影响,我觉得医生是个伟大的职业,便也立志学医,高考后填报志愿时,全选了医学院校。同时,我对法医专业也很好奇,觉得听起来很酷,就在专业的选项里勾上了"法医学",最后我顺利成为南方某大学法医专业的学生。

入学后我发现,班里多数同学都是被调剂过来的,身边懵懵懂懂成为法医的人不在少数。一位老师说,他当年认为"法医"是"法国医学",以为将来有机会去法国当医生,前途无量,才开心地选了法医专业。

在当时,法医是个"神秘"的、不那么光鲜亮丽的职业,还经常会遭遇歧视。毕业后,我在北方某地公安局从事法医工作,有次和师父做完尸检去吃饭,一位领导还特意叮嘱我们:"待会咱别说自己是法医,不然他们(同桌吃饭的人)会觉得别扭。"

最初,我也不太愿意和家人分享自己的工作,尤其是那些可能让人不适的场景。但我很庆幸,我的家人非常理解我的工作。

多年前的一个周末,我和未婚妻正在河边散步,突然接到指令要检验溺水的死者,现场恰好就在附近。我安顿好未婚妻，步行几百米去做尸检，没想到她竟一直跟着我到了现场。

那是她第一次看到我工作，本以为她会心存芥蒂，没想到事后她却对我说："你工作时的样子真帅！"

如今，我已经记不清那个案件的情形，但我一直记得当时妻子眼里的光。

从业 18 年来，我解剖的尸体已经超过 800 具——这也是我的笔名"刘八百"的来历，我的工作能接触很多社会阴暗面，因此见证的人性之恶也比较多。

人性之恶，可以让优秀教师撕下为人师表的伪装，将罪恶的双手伸向自己的学生。其实这个老师此前就有很多劣迹，喜欢对女学生动手动脚，还被其他老师撞见过，但大家要么沉默，要么息事宁人，因为这是件"小事"，不能影响优秀教师的光环。所有人都叹息女孩的不幸，可很少有人意识到：那些纵容过他的人其实也是帮凶。

人性之恶，可以让人为 2000 元灭人满门，他躲在门后的阴影里，举起手中的铁锤；人性之恶，可以为发泄欲望化身恶魔，他藏在青纱帐里，露出凶戾的目光……

他们贪婪、好色、自私、冷漠、偏见、霸道、虚伪、狡猾，他们将人性之恶演绎得淋漓尽致。有光的地方就有阴影，看多了人性的阴暗和险恶，我反而更加珍惜阳光下的生活，其实法医就是这样的职业，身在黑暗，心向光明。

一直以来，我都是个不善言谈的人，喜欢把事情放在心里，可工作年限久了，心里的事越积越多，总"犯病"，说不难受是假的。有时我会给朋友讲讲已经破了的案子，排解一下，但疗效有限。

有次一个朋友说，你经历过那么多惊心动魄的案件，为什么不写出来让更多人看到呢？你不写，这些案子就只能躺在档案柜里了。

就这样，我被怂恿着开始尝试写这些案子，生活就此被豁开了一个小口，有新鲜的空气和光透进来，我能有个地方换口气，也算在日复一日的工作、生活里找到了另一种寄托。

好像是冥冥之中的缘分，那年冬天，"天才捕手计划"的主理人陈拙突然找到我，希望我给更多人讲故事。

我犹豫了。"天才捕手计划"对作者要求之高超乎想象，有时编辑会对着一个毫不起眼的细节反复推敲、不断印证，确保百分百还原案件真实情况，对我这样懒惰的人来说，这非常苛刻。

我本想拒绝，但听说我大学的同班同学廖小刀也将加入他们，就有点坐不住了。一番威逼利诱，我上了"贼船"。我想，我也需要在生活里留着这道口——倾诉、记录、保持热血和冲劲。

只是没想到，我的这些记录，竟然能集结成这本书。"贼船"上对了，我深感幸福。

谢谢你们一路看下来，陪着我把这些事说出口。也谢谢我的师父，您一直都是我最敬重的人。

我还想感谢那些为法医实验献身的动物们：高坠、窒息、溺水、缢死、中毒、空气栓塞……活蹦乱跳的小白兔变成一具具冰冷的尸体，然后除了中毒的，其他小白兔还会被拎到学校后厨。直到现在，我还很怀念它们。

哦，差点忘了感谢陈拙，但我想他不会介意的。

最后说句正经话：永远保持对生命的敬畏之心，对自己的，对他人的。

刘八百

目录

1

55

83

117

139

159

191

217

241

263

295

319

01 老过道秘密交易

02 青纱帐恶魔

03 北桥牙医灭门案

04 枕边杀人狂

05 听老师的话

06 消失在床柜里的女孩

07 弑母录像

08 邻人之恶

09 又见青纱帐

10 裤裆巷凶宅案01·女租客

11 裤裆巷凶宅案02·养犬人

12 裤裆巷凶宅案03·亡命情侣

为生者权，为死者言

为保护当事人隐私,书中人名及部分地名为化名。

01

老过道
秘密交易

案发时间：2010 年 12 月

案情摘要：一个月内，城区某不足 600 米的单行街上 3 名失足女先后遇害。

死　　者：马茹兰；赵欣竹；李子菊

尸体检验分析：

马茹兰：悬挂于吊扇挂钩，双脚离床 10 厘米。颈前见两道缢痕？

赵欣竹：上身穿着大红色内衣，下身赤裸。未发现明显机械性损伤和窒息征象，但口鼻见蕈样泡沫。死之原因？

李子菊：身体捆有绿白花纹绳子，嘴部塞有毛巾。尸僵强，无腐败气息，角膜透明，死之时间不长。颈部有勒痕。

我所在的北方小城历史悠久，出过不少名人，也留下许多有意思的地方，裤裆巷、行知巷、布政司街、北马道……老城区甚至还保留着一段残缺的城墙。

城墙边有条巷子，周围老人都管它叫"老过道"。谁也不知道"老过道"这名字是怎么来的，但据说这条街在百年前就很出名，酒肆、茶楼、妓院、赌档汇聚于此，手头有俩钱的，都喜欢来这儿。

我刚做法医的那几年，老过道"风采"依然不输当年。这条不足600米的单行街，是辖区派出所最头疼的地方。

街边布满各种正规不正规的店铺，提供各种能说不能说的货品和服务。我们曾打掉一个黑社会性质组织，他们的据点就在老过道里。

入夜后，这里的霓虹灯能把夜空染成红的，有时连街道也是红的。

如果说老过道上有100扇门，那其中，一定有90扇门背后是女人，其他10扇后面是打破了头的男人。

我曾在夜里到老过道出现场，地上全是血和玻璃碴子，还零星散落几块带头发的头皮。我只能一边勘查现场一边自我安慰："应该没事，（这样）人暂时死不了。"

2010年年底，老过道突然"爆发"，一个月内，就在这片区域，4扇门后惊现4具尸体，都是女性。

那段时间我几乎天天往老过道跑，常常是看完现场转头就在街边吃饭。

真凶很可能就藏在老过道剩下的96扇门里。

我一扇、一扇将那些紧闭的门敲开，却发现门后，可能有比"凶手"更惊悚的东西。

门里的秘密，我只窥得一二，却永生难忘。

临近元旦的一天早上，下雪了，我在办公室盯着一组尸检照片发愁，屋门忽然被推开，一张熟悉的面孔出现在我眼前。是近一个月经常打交道的民警老周，老过道这一片儿是他的"地盘"。

他身后忽地闪出一个中年女子，化着浓妆，嘴唇血红，身上散发出一股令人窒息的香水味。她嗓门很大，嚷着要找自己失踪的员工。

她是老过道一家按摩店的老板娘，前一天傍晚她下班时，店员李子菊和孙庆芳还在店里，可今天一早就找不到人了。

我所在的刑警队有30多人，负责全区每年1000多起刑事案件，人手不足是常态。因此我还负责"未知名尸体系统"和"疑似被侵害失踪人员系统"的录入工作。

看着女人拿出李子菊、孙庆芳二人的身份证，我意识到问题可能比想象的严重。

果然，我正记录失踪者信息，指挥中心就发来指令：老过道附近出租屋里发现一具女尸。

我立马赶去现场，到达的时候，急救的医生正往出走："人死了。"

虽然是白天，但屋外下着雪，屋内光线很暗。一面穿衣镜正对屋门口，镜前，一个裹着红色羽绒服的女人，被一根绿白花纹的绳子捆成了"粽子"。

我慢慢靠近她，蹲在她身旁观察了几秒钟。她的身体狰狞地扭曲着，嘴里还塞了条毛巾。那场景只是看着都让人觉得窒息。

经过辨认，死者正是按摩店失踪的店员之一：李子菊。

看着李子菊青紫的脸，我一瞬间担心起另一个失踪的姑娘孙庆芳，她还活着吗？

环顾四周，出租屋里很空旷，没什么摆设，除了地上有个碎酒瓶，没发现太多有用的物证，我们能依靠的只有李子菊的尸体。

眼前的女人尸僵很强，但身上并没有散发出腐败气息，而且角膜是透明的，这意味着死亡时间并不长。最显眼的是颈部的一道深色痕迹——

从颈前平着延伸到颈后，典型的勒痕特征。

又是勒痕？

一种熟悉的感觉袭来，我脑海里浮现出另一个女孩的脸。

李子菊已经是这条街上死的第三个年轻女孩了。

当月早些时候，我们曾接到报警，老过道一家洗浴中心死了人，说是自杀。

等我赶到那家洗浴中心，推开二楼的其中一扇门——一个女孩悬挂在吊扇的挂钩上，长发遮住了脸，双脚离床大概10

厘米。

痕检技术员剪断那根绿白相间的绳索,我和助手在后面托住尸体,用尽全身力气才不至于让她跌到床上。

随着尸体放平,女孩的长发滑向两边,一张清秀的脸露了出来:五官精致,皮肤白皙,可以想见那双大眼睛水汪汪的样子。

死者马茹兰,和李子菊的工作类似,是洗浴中心的技师。老板对马茹兰的死很不解:"我对她一直挺好,怎么一声不吭就上吊了呢?"

房间并不凌乱,没有明显的打斗痕迹,我们在她床边的垃圾筐里找到些揉成团的卫生纸和一个用过的避孕套。

半透明的套子里有些许浑浊液体,痕检技术员阿良看到的时候双眼放光,跟发现了宝贝似的。

我大致查看了尸表,除颈部有明显的缢痕外,身上并没有其他致命损伤,也没发现明显的抵抗伤,乍一看确实像自杀。

可很快我就觉得有点不对劲。马茹兰颈前有两道缢痕,但上吊的绳索明明是单股的。

躺在解剖台上的马茹兰毫无生机,脸色苍白,嘴角有一丝浅淡的血痕,但依然能看出她生前是个好看的姑娘。

解剖发现,马茹兰窒息征象明显,没有其他损伤,说明她就是颈部受力,窒息死亡的。

但仔细看,两道缢痕走向并不一致,一条垂直向上,一条向斜后方。

根据缢痕的形状,我推断,两条缢痕都是现场那根绿白相间的绳索造成的。斜向后那道发生在前,垂直向上那道发生在后。

在此之前，我没有见过"双缢痕"这种情况，垂直向上那道肯定是我进门时看到的"上吊"造成的，但斜向后那道，我却推断不出形成过程。

用绳子勒死的我见过不少，可在颈部留下的痕迹一般都是一条水平线，因为这样最省力。向斜后方勒人并不是最省力的角度，致死的非常少见。

"这不是'空手套白狼'吗！"

案情分析会上，侦查员大韩找来一根绳索，同另一位侦查员当场进行了演示。

只见大韩用绳索套住另一位侦查员的颈部，然后背对着侦查员，把绳索扛在肩上，收紧，由于大韩个子较高，另一名侦查员颈部就形成了一道斜向后走向的印痕。

大韩说这姿势还有一种土叫法，叫"背娘舅"。

案情一下子明朗了，我们一致认为，马茹兰是被一个比她高的人，用"背娘舅"的方式勒死或勒昏，然后再悬吊到天花板上，伪造成自缢死亡现场的。

根据马茹兰颈部勒痕的角度、她自己的身高，以及模拟实验，我推断凶手身高在 1.74 米左右。

那根绳索本来是马茹兰的晾衣绳，凶手还是"就地取材"。

马茹兰是失足女，我在尸检时特意多取了一些拭子，包括口腔拭子、乳头拭子和阴道拭子，以备之后比对。

既然马茹兰死在店里，嫌疑人是嫖客的可能性很大。

我们了解到，案发那晚，老板 10 点多先走了，店里除了马茹兰之外，还有个和马茹兰关系很好的姑娘。两人都来自本地乡下,二十几岁。

我们把马茹兰的闺密请到局里接受询问。她是最后一个见到马茹兰的人,甚至可能是见到过凶手的人。

闺密说,那天晚上马茹兰和她一共接待了 4 位客人,忙完就 11 点多了。两人一起吃了饭,之后她先离店回家,留马茹兰在店里收拾、锁门。

我解剖时发现,马茹兰的胃里有未消化完全的食糜,说明她在吃完饭后不久就死亡了。看来案发时间就在闺密走后,马茹兰尚未离店的间隙。

马茹兰的闺密也没见过凶手的真面目,我们只能拿着这些线索,继续找有可能的证人。老过道晚间的人流量大,监控设施又少,逐一找人难度很大。我们决定,先围绕马茹兰的社会关系展开调查。

马茹兰老家在山区,父母都是农民,家里还有弟弟妹妹,但家人平时和马茹兰的联系很少,不知道马茹兰和什么人有矛盾。

马茹兰的闺密反映,马茹兰有个交往多年的男友,学历和工作都不错。马茹兰怕男友不乐意,一直隐瞒自己的真实工作,只说在老过道上班。

就在案发前一周,马茹兰曾向她倾诉,说男友最近一段时间对她有点冷淡,很少来找她,准备抽空找男友好好谈谈。

结果在那几天后,马茹兰肿着半边脸来上班,问咋回事她也不肯说。

闺密坚信马茹兰是被男友打了,"干我们这行,找个玩伴不难,但找个真心对我们好的男人不容易"。

马茹兰男友在一家规模不小的公司上班,大韩直接去男人的单位，把人带回了局里。

采血时我仔细打量着眼前的男人，身材高大，西装革履，鹰钩鼻、薄嘴唇，看起来有些阴冷。

搜查马茹兰的住处时，我们曾在客厅显眼位置看到过马茹兰和男人的一张合影。两人看起来很般配，只不过马茹兰笑得很灿烂，男友却很冷酷。

我们查了马茹兰的通话记录，案发当晚，马茹兰曾给男友拨过一个电话，两人聊了两三分钟。此外还有两个未接电话，都来自同一个电话号码，但那个号码已关机，也没登记身份信息。

调查过程中，男友坚称："我和她只是普通朋友，好几天没见面了。"

经证实，案发那晚男人确实和两个同事在公司加班到凌晨，第二天一早还谈成了一起大单。

我们在马茹兰案现场提取到的卫生纸和避孕套，分别检验出了两名男性的DNA（脱氧核糖核酸），而马茹兰男友的DNA和这两份都不吻合，只能暂时排除嫌疑。

侦查工作继续进行，可谁也没想到，就在我们努力追赶凶手的时候——距马茹兰被杀一周不到，凶手敲开了老过道上另一个女孩的门。

那是老过道上死的第二个女孩。

这次，是以更加让人捉摸不透的方式。

现场的诡异程度、勘查的困难程度，一度让我甚至是全刑警队，迷失了方向。

马茹兰案发生后，我们没法安排警力驻扎在老过道，一是老过道的大小门店还要做生意，二是公安局也没有那么多警力，并且谁都没预料到之后还会有第二起、第三起。

彼时，第三起案子的受害者李子菊还未遇害，仍然在老过道卖力工作，派出所民警老周领着我们径直掠过老过道一扇扇门，赶往第二个女孩的死亡现场。

那是老过道深处的一家理发按摩店，门口灯箱上"干洗按摩"四个大字招摇生姿。

进门是大厅，屋里的陈设和普通理发店没啥两样，沙发、茶几、理发椅，还有一个北方取暖常用的火炉。我们本想从电脑里调监控录像，老板迟疑片刻，说："最近监控坏了。"

其实老板心思大家都懂，干这种生意怎么可能留下监控呢，门口摄像头大概只是个摆设。

二楼有5个小房间，里面各有一张床，死者赵欣竹就住其中一个房间。

据老板说，目前店里只有赵欣竹一个店员，为了工作方便，平时她吃住都在店里。我探头往那屋瞅了一眼，东西挺多，有个简易衣橱，还有个行李箱，堆着许多衣物和鞋子。

床上的被子隆起，此刻，赵欣竹"安详"地仰面躺在床上，棉被盖住她下巴往下的身体，浅黄色的卷发均匀地铺散在枕头上。

掀开棉被，赵欣竹的上身穿一件大红色内衣，下身赤裸，右腿伸直，左腿略微弯曲。

是刚刚接过客？

但我注意到，她的左胳膊怪异地蜷曲着，遮挡在眼前，像是不想看到什么。

当时究竟发生了什么？

老板说，前一天晚上赵欣竹独自在店里值班，他早上来开店门时，店像往常一样关着卷帘门，没什么异常。

他开门后没看到赵欣竹，就吆喝了几声，没回应，于是到二楼查看，发现赵欣竹就是这个姿势在床上躺着。

他又叫了几声，没反应，伸手一摸额头，冰凉。电褥子也没开。

"可能是生病或煤气中毒吧。"屋里的陈设都很正常，现场也没有发现明显翻动或搏斗的痕迹。老板和派出所的老周一致认为，这就不是一起"案子"。

我没急着下结论，摸了摸一楼火炉的烟囱管子，凉的。打开炉盖，里面有一些燃烧不充分的卫生纸，还有一只绣花鞋垫和一个避孕套。

从大小看，那是一只女式鞋垫，色彩鲜艳，绣着一对鸳鸯。炉子旁还摆了很多鞋垫，但没有一只和炉子里边的这只样式一样。

为什么这只鞋垫会孤零零出现在火炉里？

我将赵欣竹的尸体带回了解剖室。那段时间，恰好解剖室的无影灯出现故障，照明条件不是很好，我忙活到傍晚才完成，心里多少有点不踏实。

尸表没发现明显损伤，解剖也没发现明显的机械性损伤和窒息征象。按照常规判断，死因确实只剩下中毒和自身健康原因了。

但四周的空气里分明有疑惑在隐隐浮动，就像此刻充斥着我鼻腔的福尔马林一样。

这种感觉太熟悉了——马茹兰案，一开始不也觉得不是"案子"，是自杀吗？

翻动尸体时，赵欣竹的口鼻突然涌出许多蕈样泡沫，我心里一惊：这种像蘑菇一样的泡沫，在溺死者身上最常见。

溺死？可现场压根没有水啊。

这具尸体里还藏了多少秘密？

赵欣竹到底怎么死的？

那晚我并没有意识到，这个躺在解剖台上的女孩，将会给我的法医生涯带来怎样的震动。

这起案件从一开始就争议不断，很多疑问一直哽在我心头，直到开案情分析会那天我仍然没能找到答案。

汇报之前，我心里没底，在电脑上反复查看尸检照片，发现赵欣竹肺叶上有两个很小的出血点。

单纯几个出血点定不了死因，但我汇报时还是专门说了这个情况。

"窒息征象不明显，但可能存在缺氧窒息过程。"

这是一句模棱两可的话，刑警大队长听出了问题所在，盯着我发问："那人到底是怎么死的？"

那一刻，所有的疑问在我的脑子里缠绕、打结，我只能硬着头皮说下去——

"可以初步排除机械性损伤，其他的不好说。"

反正不是打死的、砍死的、捅死的、锤死的……但怎么死的，真没法确定。

这句话一下给我惹了麻烦，会议室里顿时嘘声一片。

作为一个法医，现场看了，尸体验了，人怎么死的却弄不明白？

我知道这么说一定会有同事觉得我水平不行，可尸检线索就这么多，我只能尊重事实，不能加入太多推测和假设。

大队长脸色阴沉，转头问我师父。我的师父余法医作为法医元老，一开口就让整个会议室安静了下来："这案子我没参加解剖，就根据尸检照片谈谈我的看法吧。"

我的脸火辣辣的，会后回到办公室，正盯着电脑发呆，忽然肩膀被人拍了一下，回头一看，是师父。

他在我对面径直坐下，说："你做得很对。"

"你要记住，法医工作很重要，但法医不是万能的，"师父语重心长地跟我说，"我们不可能永远正确，但想无愧于心，一定要坚持自己的观点。"

师父的几句话给了我很大的信心。法医是个很讲究传承的职业，他的工作方法和为人处世的方式都对我影响很大。

大家最终还是综合参考了我和师父的意见，认为赵欣竹的死因存在争议，不好定性，暂时按照命案标准展开调查，对相关物证检材进行检验。

因为不排除自身健康原因导致死亡，我们提取了赵欣竹的内脏进行病理学检验。

在等待病理结果的时间里，火炉内的卫生纸和避孕套检验出了同一名男性的 DNA，推断年龄在 23 岁左右。

由于赵欣竹工作的特殊性，我们考虑嫌疑人很可能也是嫖客。再加上马茹兰案中检出的两名男性，手头这两起案子一共有了 3 名嫌疑人。

凶手会不会就在他们当中？

一个叫董小飞的嫌疑人直接被比中，他的 DNA 数据与马茹兰案现场卫生纸上提取到的 DNA 一致。

董小飞是个包工头，长得五大三粗，脖子上挂着根金链子，看着挺唬人。

侦查员带他回局里的时候，他很不配合，嚷嚷着要给我们领导打电话，但很快就蔫儿了。在证据面前，董小飞不得不承认在老过道嫖娼的事实。

讯问室里，董小飞无精打采，不时唉声叹气，不停念叨最近很不顺。

这已经是他当月第二次进"局子"了，还都是因为同一天的事。

就是马茹兰死那天。

说起那天的事，董小飞感觉像坐过山车一样。

那天上午，他顺利地讨到了一笔工程款，决定犒劳犒劳自己，午饭后就开车去了老过道。他在老过道转了好几圈，物色到一个满意的女生。

在我们提供的一堆照片中，董小飞一下子认出了马茹兰："没错，就是她，最好看。"说完他还咂巴了一下嘴，像是真心赞叹。

那天董小飞大方了一把，花了300元，然后心满意足地离开老过道，打电话邀了几个朋友，准备晚上在家一醉方休。

回家路上，董小飞说自己还想着老过道上的那点事，没注意路口蹿出辆电动车，把人家顶出去10多米远。

好在对方伤得不重，董小飞被带到交警队询问，采血化验没检出酒精，就是把他的车暂扣了。

一周后，也就是我们找到他时，董小飞刚把车从交警队提出来，就又被请进了公安局。

董小飞的供述没什么漏洞，尸检结合案情调查，马茹兰的死亡时间应该在夜里 10 点左右,而董小飞那晚在交警队一直待到 11 点多才离开。

董小飞的嫌疑被排除,他只是个案发时间在老过道寻欢的普通嫖客。

而另一名根据马茹兰案避孕套比对上的嫌疑人,就没那么容易对付了。

此人拒不承认到过老过道,更不承认去过马茹兰所在的那家洗浴中心,来局里的时候衣着整齐,戴副眼睛,长得一表人才,就是问什么都不说。

男人叫黄一鸣,本地事业单位工作人员,是个"正经人"。

"他肯定是有顾虑。"大韩针对黄一鸣的身份特点,制定了新的审讯方案。

经过半夜鏖战,黄一鸣终于承认自己去老过道嫖了娼,但坚决不承认自己杀过人,而且坚称自己那晚去的是一家按摩店,没去马茹兰所在的那家洗浴中心。

为了弄明白黄一鸣在案发当天的活动轨迹,我们再次去了老过道。

夜里的老过道像往常一样热闹,尽管我们穿着便衣,但因为近来整条街命案频发,我们去的次数实在是多,许多人隔着自家店铺的门窗打量我们,有几个女孩甚至对着我们一行警察招手。

根据黄一鸣的供述,我们找到了他当晚去的那家按摩店,距离马茹兰工作的洗浴中心五六十米远,屋里灯光暧昧。

老板一开始有些慌,听说是为了查别家姑娘被杀的案子,立马配合,安顿好顾客就把所有服务员都叫来让我们询问。

一个女孩一下认出了照片上的黄一鸣。

女孩说，案发那天晚上，黄一鸣大约8点钟到了按摩店，做完两次服务后，9点左右就离开了。随后她清理了一下房间，就出门扔垃圾。黄一鸣用过的避孕套应该是这时候被丢掉的。

按常理推测，黄一鸣在按摩店已经接受了两次服务，不太可能短时间内再去洗浴中心。而且根据调查，当晚9点30分左右黄一鸣已经回到家中。

黄一鸣的作案嫌疑也被暂时排除。

但我惊讶地发现，黄一鸣的妻子再有两个月就到预产期了，而这个男人近半年来去过老过道不下10次，最近一次就是案发那晚。

黄一鸣被带离刑警队时佝偻着身子，脸色蜡黄，没了来时的神采。他的家庭会发生怎样的变故，谁也说不准，但十之八九得另找工作了。

我忽然觉得，整个查案过程就像在开门，每扇门的背后都有一个被锁住的秘密，我本以为藏着真凶的那扇最危险，却没想到另外的门里也各有各的欲念和罪恶。

最有嫌疑的几个人被一一排除，如果马茹兰的男友、董小飞、黄一鸣都不是凶手，那凶手究竟是谁？

还有一个困扰我的疑点，黄一鸣在其他按摩店使用过的避孕套，最后又为什么会出现在马茹兰被害的现场？

我能想到的，只有"掉包避孕套"。

而拥有这样的反侦查意识，我们面对的，究竟是一个怎样的凶手？

不久，我们局针对这个缜密又诡诈的杀手，专门组织了一次大规模行动——"垃圾站寻套"。

因为被害人工作的特殊性,哪怕是现场提取到的男性DNA,也不能完全确认和案件有关——马茹兰案中,凶手就知道把垃圾桶里别人的避孕套带回现场混淆视线,那么他很可能已经把自己用过的避孕套带离了现场。

我们索性把老过道附近所有的垃圾桶和垃圾站搜了个遍,一共收集到100多个避孕套,逐一送去检验,把DNA实验室忙坏了,却没有一个和马茹兰身上遗留的DNA一致。

唯一的收获是,这些避孕套检验出的DNA,意外比中了两个外地逃犯,协助兄弟单位破获了一起杀人案、一起抢劫案。

专案组一分为二,一组同事继续侦破马茹兰案,另一组同事则集中精力侦办赵欣竹案。

老过道上接连死了两个人,很多店干脆关门大吉,店里的姑娘跳槽的跳槽,跑路的跑路。没人知道,凶手下一个会敲开谁的门。

赵欣竹案早些时候送检的结果出来了,体内一氧化碳含量很低,无法确定是一氧化碳中毒死亡,还要结合其他情况分析。病理检验未发现明显病变,可以排除一些常见疾病导致的死亡。

这起案子正慢慢陷入缉凶之外的另一种僵局——因为无法确定死因,案件无法定性,侦查也就没法开展。一场前所未有的争论在公安局内部展开。

一派赞同派出所民警老周的看法,认为这就是一起意外死亡,有4点理由:

一是现场没有翻动痕迹,箱包较整齐;二是死者身上没有明显损伤和搏斗痕迹；三是店主反映不出异常情况；四是解剖没有发现明显死因。

另一派则认为这是一起杀人案，理由似乎也很充分：一是卷帘门钥匙少了一把；二是死者衣着有点不正常，只穿胸罩没穿内裤；三是室内很冷但电褥子没开，不合常理。

两派谁也说服不了谁，而我作为主办案件的法医，就是因为给不出结论，只能被夹在两种观点中间。

偏偏祸不单行，赵欣竹死亡仅两天后，我就接到了第三个女孩李子菊被害的那通电话。

当我看到出租屋里被捆成粽子的李子菊时，真的头皮发麻。

如果说马茹兰案现场有伪装，赵欣竹案死因有争议，那眼前李子菊的死毫无疑问是他杀，连派出所老周都能一眼看出这是个"案子"，命案！

又死了一个，又是失足女，又是脖子上的勒痕，甚至捆人用的都是马茹兰案现场上吊的那种绿白相间的绳子。

我们整天在老过道转悠，凶手竟然还敢在我们眼皮子底下作案？！

解剖室里，李子菊母亲瘫坐在地上，哭个不停，父亲眉头紧锁，一脸苦相。

这对农民夫妇并不知道女儿的具体工作，李子菊从没说过，他们也从没问过，只知道女儿是家里的顶梁柱。

李子菊还有个哥哥，小学时淹死在村边水塘了，从那以后她就很懂事，担起许多家务活，学习也好。但为了供弟弟上学，李子菊上完初中就进城打工了。

老过道上，这样的女孩不在少数，她们早早出来挣钱，靠出卖自己的身体撑住一个家。

谈起女儿，老李一脸愧疚："俺闺女随了她娘的性子，倔，什么苦都自己扛，从不和家里说。"

除了尽快抓住凶手，老两口没提更多要求，李子菊父亲在刑警队抽了一下午烟，脸上的皱纹似乎更多了，反复说："俺对不住这妮子。"

看着李子菊苍老的父母，我忍不住担心起孙庆芳。这个女孩现在仍然下落不明，我只能祈祷，不要在老过道的某扇门后看到她的尸体。

当晚案情分析会上，大队长把近期老过道的几起失足女被杀案，进行了并案分析。

3起案子的案发地点都在老过道上，两两之间相距不过几十米；死者都是20岁出头的失足女；作案手法也很接近，尤其是马茹兰案和李子菊案，都是用绳索勒颈或缢颈，且绳索类型、花纹相似。

我们一致认为，马茹兰案和李子菊案两起案件极可能是同一个人干的。赵欣竹案虽然死因暂时无法定性，但不排除他杀的可能性，也 起并到失足女被杀系列案件中一并侦破。

除了尽快侦破这几起案件，当务之急还要尽快找到失踪的孙庆芳。孙庆芳的手机一直打不通，活不见人死不见尸，大家都觉得她凶多吉少。

李子菊被发现的出租屋，是案发前一天刚租出去的，租房人也没留下身份信息，我们根据房东提供的租房人的号码打过去，没打通。

现在命案已发，租房的小伙子人间蒸发，嫌疑非常大。这家伙很可能早有预谋。

出租屋附近的几个监控都模糊不清,好在房东租房时见过那个年轻人,让我们看到了一丝曙光。

专案组安排民警展开全面排查——一组同事组织辖区各个派出所,对案发现场周边的重点人员及租住房屋、旅馆人员进行走访;另一组同事在进出城区的主要道路上设置卡口,开展堵截盘查工作。

同时,民警根据房东的描述,确定了犯罪嫌疑人的外貌特征,并找画像专家画了一幅肖像。

看着那个肖像,专案组的好几个同事都觉得面熟:浓眉大眼,一脸横肉。

大韩猛地一拍大腿:"得来全不费工夫!"

原来,当年夏天,本地曾发生系列盗窃电动车案,大韩他们通过监控锁定了一名嫌疑人,当时也找专家画了一幅肖像,只是后来一直没有抓到人。

我们手里这起系列案的嫌疑人,同当初盗窃电动车的嫌疑人,眉眼、脸型都非常相似,大韩还特意把我叫过去,让我从专业角度再瞅瞅。

我看了一眼,简直像双胞胎。

那天,整个刑警队一个月来第一次有了笑声。

系列案件虽然侦破难度大,但只要揪住其中一起,往往就能以点带面,全面突破。

专案组拼尽全力,找到几个和画像相似度很高的人进行分析研判,最后焦点集中到一名叫小鹏的年轻人身上。

与此同时,李子菊的阴道拭子DNA检验鉴定结果出来了，是混合精斑！DNA实验室的主任说："至少是2个人，很可能是3个人的。"

混合精斑是短时间内和多人发生关系才会形成，也就是说，凶手不止1个人，小鹏还有1个到2个同伙。但受当时技术条件所限，没法对混合DNA进行进一步分离和确认，也没法上网比对。

另一边，研判组根据小鹏的活动轨迹和通话记录，发现了另外两名同他接触密切的嫌疑人的踪迹。

其中一个叫瘦猴，19岁，近期经常在市区一家网吧上网；另一个叫富老大，38岁，本地人，家在城郊结合部。

我们很快把小鹏和瘦猴抓获，但另一名嫌疑人富老大相当狡猾，专案组民警两次抓捕都扑了空。

第三次，专案组接到一条线索，富老大在本地人民公园出现了。我们立刻赶往布控，守好主要进出口后，三人一组，进行地毯式搜索。

我们人手一份富老大的照片：长脸窄下巴，眉毛又稀又短，脸上坑坑洼洼的。

"救命啊！"忽然，公园深处响起一个女人的呼救声。

我全速跑过去，看到一堆同事止围着一个女人，那女人气喘吁吁，操着一口东北口音。"有个男的抢了我的包，往东跑了。"

我有些纳闷，我刚从东边过来，没看到可疑人员啊，再一看那个女人，竟觉得她很面熟。

女人长相俊俏，30岁左右，围一条黑白相间的丝巾，看起来挺精致，但外套却不太合身，袖子很长，看起来还有些破旧。

在哪见过？我一下想起来了，孙庆芳！那个和李子菊一起失踪的女人。

"孙庆芳?!"我试探着叫了一声，女人立刻向我这边看来，神情慌乱，但马上回过神来，说："往东边跑了，你们快去抓他啊！"

孙庆芳一个劲儿地指着东边，示意我们去追。

我向大韩使了个眼色，轻声告诉他，这女人是老过道失踪的那个，大韩一挥手，两名同事走上前准备控制住她。

"你们是干什么的？"女人后退一步，忽然转头，自己拼命向东边跑，边跑边喊救命。

我一下拦住她的去路，一靠近，一股烟草和香水混合的古怪气味冲进了我的鼻子，这女人身上怎么这么大烟味？再去看她的外套，越发觉得古怪。

这是穿了件男人衣服吧？烟味正来自外套。

这时，大韩手中的对讲机响起："抓住大鱼了。"

只见几位同事押着一个身穿红色羽绒服的人，从大西边远远走过来——

那人乍一看是个女人，可走近了再看，竟是穿了女人衣服的团伙成员之一：富老大。

我一下子明白了，孙庆芳和富老大互换了衣服，跟我们玩了一出"声东击西"。孙庆芳给我们指东边，富老大趁机往西跑。

"太可恶了，差点让这家伙蒙混过关。"

我们终于抓到了最后一个嫌疑人，还意外找到了从命案现场失踪的孙庆芳。

但她为什么要帮富老大逃跑？又为什么会和富老大在一

起呢？

"都是他们逼我的，"孙庆芳在审讯室里流下了眼泪，"要不然我就得死。"

孙庆芳说，那天晚上很冷，一个客人也没有，她和李子菊在店里看电视，忽然门被推开，3个男人裹着一股寒风闯了进来。

孙庆芳打量了一眼3个人，领头的男人留着两撇小胡子，年近四十，后面跟着两个年轻的，一个像没长开的孩子，娃娃脸，招风耳，一双小眼睛从进了屋就游移不定；另一个身材魁梧，皮肤黝黑，浓眉大眼，一脸横肉。

李子菊起身招呼："帅哥，你们想做什么服务？"

后面两个年轻小伙闭口不言，领头的男人嗓音沙哑，说起话来像破锣："恁这里有什么服务？"

"俺们这里啥服务都有，你们想咋玩？"孙庆芳盯着眼前这个男人，心里盘算着今晚的收成。

男人问："出台包夜多少钱？"

"最近不大安全，俺们一般不出台。"白天的时候，老板娘还提到近期老过道发生的案子，特意叮嘱孙庆芳她俩晚上值班要注意安全。

可送上门的生意不能不做啊，迟疑片刻后，孙庆芳反问了一句"地方远吗"。

男人说的地方离老过道很近，孙庆芳一咬牙，报了个偏高的价格："你们仨，每人300。"

"好，恁俩跟俺一块走吧。"男人似乎对价格很满意，孙庆芳却摇了摇头："只能一个人去，俺俩都去不是这个价。"

"你说多少钱吧!"男人有点不耐烦了,身后一个青年对他说:"哥,俺先去把车开过来。"

这是个难得的"大活",孙庆芳不想失去眼前这赚钱的机会,看了一眼李子菊,李子菊也点点头,孙庆芳心领神会。

"俺俩都去的话,应该是1800,就收你们1500得了,不过得先付钱。"

男人二话不说,从兜里掏出一沓钱,数出15张递给孙庆芳。孙庆芳简单收拾了一下,就和李子菊坐上了3个男人的面包车。

这个价格比市场价高不少,但精明的孙庆芳压根想不到,这伙人根本不在乎。无论她出什么价,这伙人都会把她们带走。

前不久,富老大过38周岁生日,请手下两个小兄弟小鹏和瘦猴吃火锅。

回到住处凌晨2点了,富老大躺在床上,怎么也睡不着,就把小鹏和瘦猴喊起来,说有事商量。

富老大问他俩,除了偷,还有什么来钱快的门路?

瘦猴嘿嘿一笑,说:"可惜咱都是男的,要是女的就不用犯愁了。"

本是一句玩笑话,却说到了富老大心里。富老大拍了拍瘦猴的肩膀,说虽然咱不是女的,但咱可以从她们手里弄钱啊。

"小偷小摸成不了大气候,要干咱就干大的!"富老大慷慨激昂地阐述了自己的计划:绑架失足女,从她们手里弄钱,那些失足女本身就干着非法勾当,遭了殃也不敢报警。

小鹏提了个建议,用裸照敲诈:"以后只要缺钱了,咱随时敲她一笔。"

瘦猴又补充说,让绑架来的小姐拍色情小电影,可以卖视频赚钱。他们有部DV,瘦猴一有空就拿出来玩。

富老大对两个小弟的提议很满意,三人一拍即合,第二天就开始到老过道踩点,还在老过道附近租了个房子作为"办事"的据点。

不明所以的孙庆芳和李子菊成了富老大三人的第一个目标,她们即将被带去的,就是那个刚租好的房间。

车停了,孙庆芳眼前是一处平房。

推开平房的门,屋里昏暗阴冷,没有暖气,只有一张床和两把椅子,简陋得可怕。

李子菊不太高兴,抱怨道:"恁这里太冷了,连个暖气也没有。"

"收了钱就得办事,不愿意就走!"见富老大脾气挺大,孙庆芳赶紧朝李子菊使眼色,示意她别再说话。

富老大朝孙庆芳扬了扬头,孙庆芳心领神会,很配合地走向他;小鹏走向李子菊,李子菊板着脸,面无表情地脱下外套。

瘦猴则负责录像。当看到瘦猴手里拿着的DV,孙庆芳和李子菊都表示反对,李子菊用手挡住脸,语气很强硬:"不准拍!"

孙庆芳也停下动作,指责富老大:"你们这样就不地道了,咱出来玩就好好玩,干吗录像呢?"

富老大转过头朝瘦猴使了个眼色,说每人再加500,只拍身子不拍脸。

孙庆芳和李子菊简单商量了一下，答应了这个条件。

等富老大和小鹏都忙活完，瘦猴想和李子菊发生关系，但李子菊并不配合，一边穿衣服一边说："我累了，今天就这样吧。"

富老大很恼火："钱都收了，你想反悔？"小鹏二话不说，冲到客厅拿了把砍刀走进来。

李子菊并不服软："你敢动我一指头试试？"

孙庆芳一看情况不对，连忙赔笑，对小鹏说："俺妹妹这两天身体不舒服，我和恁玩也一样。"

李子菊接着说自己想先离开，可富老大不让："等会俺们把你俩一块送回去。"说完搬了把椅子坐在门口，悄悄反锁了门。

等瘦猴和孙庆芳忙活完，小鹏才放下 DV，李子菊早就等得不耐烦了，让富老大赶紧把刚刚说的钱结了走。

"先别急着走，咱把账算算。"富老大坐在椅子上，跷起二郎腿，丝毫没有让两人走的意思。

孙庆芳瞅这阵势不对，连忙说不用加钱了，就算交个朋友了，以后常去玩。

李子菊也不再说话，等孙庆芳收拾好了，两人一起往门口走去。

这时，门边的小鹏向前走了一步，像堵墙一样挡在她们身前，手里紧攥着那把明晃晃的砍刀。

孙庆芳隐隐觉得恐怕凶多吉少了，连忙从包里掏出来时那 1500 元钱，递给富老大。富老大接过钱揣进兜里，却依然没挪动座位。

坏了！孙庆芳害怕极了，说话声音都有些抖，央求 3 个男人："大兄弟，咱没仇没怨，俺俩还陪恁玩了一晚上，让俺走吧。"

"恁想干什么？"李子菊是火爆脾气，脸都涨红了，她径直冲向富老大和小鹏，推了小鹏一把，"让开！"

小鹏身强体壮，一把捏住李子菊的手腕，李子菊大喊救命，拼命挣扎，小鹏和瘦猴合力把她摁在床上，抄起绳子绑住了她的手脚，然后搜出她的手机关了机。

瘦猴随手拿起一块枕巾塞到李子菊嘴里，小鹏还不解气，狠狠打了李子菊一耳光。

李子菊只能发出呜呜的声音，再也没法喊救命。

孙庆芳吓得蹲在地上一个劲儿求情："别打了，你们想干啥俺都答应，求求你们别打她了。"

富老大让两个小弟把孙庆芳带到另一个房间绑起来。

期间孙庆芳一直在试图自救："你们是为了钱吧，我包里有张卡，里面还有几千元钱……"

如愿绑了失足女的3个男人在客厅商量，下步怎么办？

原来的计划是，拍了裸照和视频后敲诈她们一笔钱。

小鹏建议各敲她们1万元钱，瘦猴觉得各要2万元也行，但富老大却忽然改了主意。

富老大想，不能把这事整成一锤子买卖了，从今晚来看，以后再以同样的方式把老过道的失足女骗出来恐怕很难了，他们需要一个帮手，最好是个失足女，能和他们里应外合把更多失足女骗出来。这样才能保证财源滚滚。

至于如何才能让失足女心甘情愿地加入他们，富老大有自己的办法："让一个小姐杀掉另一个，活着的那个就不得不加入我们。"

而杀掉谁,三人意见一致。根据刚才嫖娼的感受,三人一致认为和孙庆芳办事比较舒服。

李子菊性子急、不听话,孙庆芳更顺从更"懂事"。而且李子菊是本地人,万一找到帮手反抗,富老大他们不好对付,而孙庆芳是东北人,在本地亲戚朋友少,比较容易掌控。单论样貌,孙庆芳也比李子菊漂亮。

最终,他们决定留下孙庆芳,让她加入团伙。

富老大来到孙庆芳房间,拿匕首在孙庆芳眼前晃了晃,问:"想死还是想活?"

"大哥,你想干啥我都答应你。"孙庆芳控制不住地浑身发抖,"我把身上钱都给你行不?"

富老大不吱声,孙庆芳脸色更白了,接着说:"要不这样吧大哥,以后你来找我玩,俺不收费。"

富老大笑了,跟孙庆芳说了自己的计划。

孙庆芳吓得张大了嘴,却说不出一句话。她心里很清楚,自己知道了这伙人的秘密,要是不加入他们肯定走不出这间屋子……

孙庆芳正在纠结,富老大却突然起身,嘴上念叨:"算了,我去劝劝那个小妮吧。"那一刻,求生的欲望超过了一切,孙庆芳强忍着心里翻上来的挣扎,吐出两个字:"别去。"

富老大乐了,给孙庆芳松了绑,然后喊瘦猴——

"准备录像。"

孙庆芳艰难地走到李子菊面前,盯着这个小自己 10 岁的妹妹,心里犹如刀绞。可富老大他们不给她太多时间去想,一把明晃晃的砍刀架到了她的脖子上。

"对不住了,子菊,来世咱还是好姐妹,我给你当牛做马。"孙庆芳接过绳子,慢慢伸向李子菊的脖子。

李子菊浑身被捆着,看着越逼越近的孙庆芳,只能瞪大眼睛,使劲摇头,四肢剧烈挣扎。

"不想死就快着点!"小鹏恶狠狠地训斥孙庆芳,孙庆芳吓得一哆嗦,她不忍直面李子菊,就绕到她身后,用绳子在李子菊脖子上缠了一个圈。

一开始,孙庆芳不敢用力,小鹏见状用砍刀在她脖子上划了一下。孙庆芳顿时觉得脖子一凉,吓得跌坐在地。

"我和你说没有第二次了,再这样你俩都得死!"小鹏用砍刀指着孙庆芳,孙庆芳哆哆嗦嗦地从地上爬起来,再次握住了绳索。

李子菊猛地回头看了孙庆芳一眼。

孙庆芳说自己永远忘不了李子菊那个眼神,那里面包含了太多东西,可她又说不出具体是什么,只是心里一酸,也流出了眼泪。

不知为何,李子菊忽然不反抗了,慢慢把头转了回去。

小鹏再次举起了砍刀,嘴里喊着"1……2……"砍刀在灯光下映得惨白,孙庆芳紧咬住嘴唇,手上伸了力。

"对不起,对不起,对不起……"孙庆芳带着哭腔对李子菊说了很多遍对不起。

李子菊睁大了眼睛冲着前方,紧闭着嘴,没有明显的反抗。两个女人的脸在拉扯和惊惧中都变得狰狞,李子菊的脸憋得通红,孙庆芳额头的青筋和手上的青筋都高高鼓起。

几分钟后,李子菊瘫软在孙庆芳怀里,一动不动。不知何时闭上了眼睛,像熟睡的孩子。

这个直爽的姑娘最终死在她关系最好的"孙姐"手里,临死前她一定有很多话想说吧。

孙庆芳松开绳子,大口喘着气,脸色苍白,浑身不住地发抖。

富老大示意瘦猴关上DV,对孙庆芳说:"好了,你现在和我们是一伙了,只要你听话,你杀人的事就没人知道。"

接下来,当着孙庆芳的面,富老大与瘦猴先后和刚死尚温的李子菊发生了关系。而这次,李子菊已经没法拒绝了。

孙庆芳蜷缩在一旁瑟瑟发抖,她觉得自己像掉进了冰窖,只能眼睁睁看着这一切,什么也做不了。

活人的罪恶和欲念,那是比"死亡"更惊悚的东西。

我们在富老大三人的住处发现了那台记录了他们罪恶的DV。录像完整记录了孙庆芳杀人的过程,同时也反映了她被胁迫的事实。

有了录像,加上几人的口供,证据链已经完备,李子菊案宣布告破,我们暂时松了一口气。

但蹊跷的是,马茹兰、赵欣竹这两起案子,他们全程只字未提。

我们比对了3个人和前面几起案件现场提取到的嫌疑人DNA数据,竟无一比中。但这并不代表他们和案件无关,只能说明他们没有在死者身上或现场留下痕迹。

根据这伙人的供述,我们找到了他们购买作案工具的地点,一家离老过道不过几百米远的杂货铺。

店里商品种类繁多,老板拿出一个小本子翻了翻,那种绿白相间的绳子，12月一共卖出去两根，第一次卖了5米，第二次卖了10米。

老板只记得两次买绳子的人都是年轻小伙子，至于小伙子长什么样，两次是不是同一个人，他已经记不清了。

而现在，那两根绳子，一根捆在李子菊身上，一根勒上了马茹兰的脖子。

凶手究竟在不在这三人当中？

是他们拼死抵赖，还是真凶仍躲在老过道的某扇门后面，我们并未找到？

富老大三人被关进看守所后，又被提审了很多次，我们还询问了他们各自同监室的在押人员，也没挖到新线索。

但在多次审讯留下的笔录里，我注意到，他们三人不约而同地提到过同一件怪事——

在老过道踩点的时候，他们都看到过一个棱角分明、身材健硕的男人出现在老过道。因为做贼心虚，三人都觉得那人应该是个便衣警察。

但我们整个辖区，从来没有这样一个同事。

年关将近，本地人心惶惶。

为了尽快侦破另两起案件，领导决定向上级申请支援，邀请省里的法医专家来指导工作，协助破案。

省里专家来的那几天，我一直跟着。

专家们听了案件的汇报，又重新勘验现场，针对现场情况提了一些疑问。光是围绕赵欣竹屋里那只火炉，就提了一串新问题。

为什么火炉里会有卫生纸、避孕套和一只鞋垫？

火炉内的火是什么时候熄灭的？炉内的物品什么时候放进去的？在里面放了多长时间？

鞋垫是怎么来的？为什么只有一只？另外一只鞋垫去哪了？是不是被烧没了？

我全程高度紧张，很怕是前一阶段的工作出了纰漏，身上一层层冒冷汗。但事后回想起来，那几天应该也是我法医生涯里成长最快的一段时间。

在专家指导下，我重新对尸体进行了解剖检验。那是我从业以来进行得最详细、最全面的一次尸检，我第一次进行了一项极罕见但至关重要的检验——颞骨岩检验。

颞骨岩是人脑袋里的一小块骨头，形状像一个放倒的三棱锥，里面有丰富的细小血管分布，联通人的听觉器官和平衡器官。

当我打开赵欣竹的颞骨岩，看到上面那一抹红时，脑袋嗡的一下。我咋遗漏了这么重要的地方？！

颞骨岩出血，意味着有窒息过程。

窒息过程发生时，人的血压会升高，引起颞骨岩腔内小血管破裂出血，导致颞骨岩变红。这一发现直接敲定了此前我不敢下结论的一件事：赵欣竹是窒息死亡。

我当时曾发现肺部有两个小的出血点，但并没有坚持窒息的判断。

专家们在重新看赵欣竹脏器的病理切片时，也发现了一些慢性窒息的表现，他们特意安慰我说，法医是个需要积累经验的工作："我再年轻个十几岁，可能还不如你做得全面细致。"

这让我脸上心里一瞬间都热乎乎的。

颞骨岩检验，长期以来是法医工作中容易被忽略的一项。

我上学时教科书上没写，参加工作后师父也没教过，平时碰到的绝大多数案子，窒息征象都很明显（如心、肺有出血点，口唇颜面紫绀等），不用看颞骨岩就能确定窒息。

所以以前的法医们没有养成检查颞骨岩的习惯，有些可能根本不知道有这个方法。

这绝对是一次困难的检验，但我非常受鼓舞。

在最后一次专家组会议上，省里的专家拍板给案件定了性：赵欣竹的死就是他杀。

这是一起非常不典型的窒息死亡案件，极有可能是有软物衬垫（比如枕巾）造成的间歇性窒息。

我将马茹兰、赵欣竹两起案子的资料放在一起对比，一个细节突然跳了出来——

这家伙似乎有一个"癖好"，不带作案工具。或者说，他很擅长"就地取材"杀人：晾衣绳、枕巾，都不会让人直接联想到杀人工具，却是身边触手可得的东西。

回头去看李子菊案，杀人团伙中实际动手的是被逼无奈的孙庆芳，另外三人的犯罪习惯更偏向前期计划、踩点、准备工具、再动手——这和马茹兰、赵欣竹案"就地取材"杀人存在差异，更像是一起独立案件。

会不会富老大三人口中，那个跟他们多次打照面的男人真的存在，就是这个漏网之鱼？他才是老过道失足女连环被杀案的真凶？

"就地取材"这个关键的特质，一下让我联想起当月月初另一个案发现场。

单论惨烈程度，那个现场在我看过的里面能排进前五。凶手简直把"就地取材"四个字发挥到了极致。

12月4日,比马茹兰、赵欣竹被杀还要更早的时候,老过道周边曾发生过一起案子。

案发地是距老过道大约2千米的一处平房,距后来的几个案发地点也比较远。

那起案件的受害人叫丁建梅,跟丈夫一起做点酒的小买卖,出事的地方是他们租来的,平时很少在那儿住,主要是为了存放一些酒水。

出现场那天,隔着老远,我就能闻到空气中弥漫着浓浓的血腥味。门口的对联已经残缺褪色,隐约能看出"喜迎平安福"几个字。

丁建梅家东侧卧室的铝合金纱网已经变形,痕检技术员在窗框上发现许多触摸血痕,像是有人用手摸过,但没有提取到指纹。痕检技术员有些无奈地告诉我:"嫌疑人戴了手套。"

中心现场位于西侧阳面卧室,卧室的门上有个洞,隐约能看出脚的形状。

一进屋,地上两个猩红的血脚印,一个残缺不全,一个相对完整。

人的脚掌碾压地面时,在重力作用下形成痕迹。压痕中的压力面位置,随年龄移动,如同人长在脚底板上的"年轮",记录一个人的年龄信息。随着年龄的增长,人的足迹重心会从前往后移动。年龄越小,足迹前掌重压面越小,且靠前、内侧,随着年龄增大,压力面则向后、外转移,且面积增大,但老年人(50岁以上)的压力面还会由外后向内前转移。依据这一变化规律,结合足迹掌和跟部的压力面形态、位置及大小,我推测嫌疑人大约25岁。

床头柜上的台灯还亮着,昏暗的灯光下,我的眼前出现了一间像被血粉刷过的屋子,几乎所有东西都溅上了血。

床单洇满了血,一台老式电视机突兀地砸在床上,屏幕上喷溅的血迹像在上演一出恐怖电影。

地上的血泊让人无处下脚,一个液化气罐泡在里面,几乎已经被血染成了红色。

还有把菜刀掉在地上,刀柄弯曲,刀刃已经卷了,上面粘着的长发让我无法控制地想,它曾重重砍在一个女人的头上。

凶手把目之所及所有能碰到的东西全用上了:电视机、液化气罐、菜刀……一股脑全招呼到了丁建梅身上。

我还在枕头旁找到了一截手指,两个指节,断端很齐整,应该是被一刀砍下的。

现场所有同事的表情都很凝重。太残忍了。

我们赶到前,丁建梅已经被送往医院抢救了,但勘验还未结束就传来消息,没抢救过来。

出警的正是辖区派出所的老周,他十分懊恼,一直在骂指挥中心的接警员。后来我才知道,丁建梅是在打报警电话过程中被杀的。听筒这边的接线警员经历了一场进行时的"杀人直播"。

公安局指挥中心,一段模糊不清的电话录音记录了丁建梅被杀前的 50 秒——

"喂,你好,110。"

"喂,我是李家庄。"丁建梅上来先说了个村名,此时语气还比较平静,能感觉到她压低了音量。

"哪里?"

"那个……"丁建梅还没答完,就听到咚一声响,她的声音忽然变小,应该是在和闯入者对话。

背景音里——

"你过来干啥,把俺家东西弄坏了……"闯进家中的人可能已经来到丁建梅面前。

紧接着,传来手机的按键声,应该是丁建梅在和闯入者抢夺手机。

一个男人的声音突然响起,非常模糊,似乎是让她"拿出钱来",丁建梅反抗说:"你看看哪有钱?"

这是丁建梅的最后一句话,几秒钟后,电话被挂断。

虽然该案现场惨烈,作案手法简单粗暴,但除了两个血脚印,嫌疑人没留下任何有用的痕迹。

此后半个月里,老过道接连发生了3起命案,我们的工作重心被转移,丁建梅案暂时陷入僵局。

此刻,回想起丁建梅死前的最后一句话——"你看看哪有钱?"

我猛地惊醒,杀害丁建梅的凶手,是为钱而来。这和我们新近掌握的赵欣竹案的线索不谋而合。

案发前赵欣竹曾和一位老乡一起逛商场,还买了两个金戒指和一部诺基亚手机。但我们并没有在案发现场找到这些东西。

凶手很可能是临时起意,冲钱来的。

丁建梅、马茹兰和赵欣竹3起案件似乎产生了某种联结,我们试着把尚未侦破的3起案子进行了并案,找到了很多依据——

3起案件都发生在老过道及其周边；作案手段相似，嫌疑人都未携带工具进入现场，而是现场取材；嫌疑人心理素质好，反侦查意识强，而且按照案发时间顺序，嫌疑人的反侦查水平越来越高，作案手法越来越娴熟，留下的有效痕迹越来越少；两起案件都有财物丢失现象，嫌疑人动机有图财成分；通过对嫌疑人的刻画，我们发现，3起案件的嫌疑人特征比较接近。

马茹兰案和赵欣竹案，我们分析嫌疑人大约23岁，身高1.74米左右；丁建梅案通过那两个血鞋印，推测嫌疑人身高在1.75米左右，大约25岁。

游荡在老过道的杀手形象渐渐明晰，我们手握他的DNA数据、鞋印，现在，只差一个穿上那双鞋的人。

一次浩浩荡荡的查鞋行动开始，我们摸排了城区大大小小300多家店铺，最终找到了和那个血脚印花纹一致的鞋子。

那是个小众品牌的户外越野鞋，价格不菲。店主说，这牌子全市只有他家有，我们查了销售记录，城区只卖出4双，都有刷卡信息。这个消息让大家兴奋起来。

我很快和4位买家见了面，给他们都采了血，但结果出乎意料：四人的DNA都和赵欣竹案嫌疑人的DNA对不上。

侦查员对他们逐一进行审查，都排除了嫌疑。

问题究竟出在哪？难道是我们弄错了？丁建梅案的嫌疑人和马茹兰、赵欣竹案的不是同一个人？

大家不死心，专案组把范围扩大到了全省，发现即便在全省，这双鞋卖出去的数量也很少，可以逐一排查。

专案组兵分多路，在各地市追踪买了这双鞋的人。整个刑警队熬红了眼，关键词只剩一个：鞋。

2011年2月底的一天，大韩忽然给我打电话："嫌疑人抓住了。"

此时距离老过道4个女孩被害，已经过去2个多月。

挂断电话，我急匆匆往局里赶，发现自己眼眶竟然湿润了。

终于见面了。

不同于我的想象，我面前的年轻人肩宽背阔，胳膊粗壮，一看就很有力气，但靠近他，却感受不到杀人犯的戾气。

他就安静地坐在审讯室里，伸出厚实的手掌，看我给他采血、检验，眼神平静温和，异常沉默，好像已经把所有的罪恶，连同真相一并封在了自己肚子里。

他叫杨剑宇，只有23岁。

我连夜检验了提取的DNA样本，结果令人振奋，杨剑宇的DNA与赵欣竹案嫌疑人的DNA比对一致！

血脚印和DNA都对上了，这说明丁建梅、赵欣竹两起命案都是杨剑宇干的。铁证如山，我心里有了底。

只差并案调查的马茹兰案了。

马茹兰案虽然有众多生物物证，但缺乏认定杨剑宇作案的直接证据。

现在，我们需要听他亲口讲出来。

但杨剑宇的"硬气"程度超出大家的想象，看着很温和的一个人，却是我们遇到过的最"硬"的几个嫌疑人之一。

他先说了自己的一些基本情况、行动轨迹之类的，然后一口咬死："我从没去过老过道，也没干任何违法犯罪的事。"

这其实在我们预料之中，毕竟3起命案，足够死好几次了。

接下来很长时间，杨剑宇都懒得答话，一般嫌疑人或多或少对警察会有畏惧，但杨剑宇不同，总是抬头和审讯的民警对视，眼神里充满不屑。

为了寻找审讯突破口，专案组专门调查了杨剑宇的社会关系，发现杨剑宇曾经当过兵。

我们一下抓到了突破口，一位转业的派出所老民警一拍大腿，打了个电话，没一会儿，竟然把杨剑宇的老领导找来了。

审讯室里，杨剑宇看到昔日的领导，眼睛一下睁得老大，立马低下头，不敢直视对方。

"你小子长本事了！"老领导是个暴脾气，开口就骂。

杨剑宇头更低了，他双肩止不住地颤动，竟抽泣起来，他的心理防线很快崩溃，开始供述自己的罪行。

大家一直担心，没有直接证据认定的马茹兰案拿不下来口供怎么办，但出乎我们预料，杨剑宇首先讲起了这个女孩。

杨剑宇初来本地的时候是个标准的"老实人"，老板和工友都觉得他人不错，踏实稳重，脾气也温和。

但几个月后，杨剑宇就成了老过道的常客——他碰上了一个女孩：马茹兰。

杨剑宇曾经交过一个女朋友，是他的初中同学，两人感情很好。可没多久杨剑宇就听另一位同学说，自己热恋中的女朋友在"做小姐"。

杨剑宇起初不信，后来忍不住偷偷跟踪，发现女友打扮得花枝招展，进了一家夜店。

杨剑宇脑子一热，跟了进去，拽着女友往外走，女友却让他离开:"你以为你养得起我吗?"

杨剑宇没再继续纠缠,初恋无疾而终。

之后杨剑宇再没谈过恋爱,他十分后悔当初对女友的工作抱有成见,没有尽力挽留,心里一直放不下对方。

第一次看见马茹兰时,杨剑宇差点把对方认成初恋,两个女孩太像了。

他给马茹兰看自己初恋的照片,马茹兰也十分惊讶,开玩笑说:"她会不会是我失散多年的双胞胎姐妹?"

马茹兰温柔大方,性格活泼,杨剑宇在她身上看到了初恋女友的影子,"一定是上天安排我们在一起"。

从那之后,每次去老过道找马茹兰,杨剑宇都会带小礼物。

一天夜里,杨剑宇问马茹兰,能不能做她的男朋友。马茹兰笑了笑,既没同意,也没拒绝,只说两人认识时间太短,一切看缘分。

杨剑宇执拗地认为,马茹兰没有拒绝就是默认。

之前,杨剑宇会把工资分成三份,一份是自己的日常花销,一份是给在本地上大学的弟弟的生活费,还有一份寄给父母。那段时间,杨剑宇没给父母打钱,还缩减了自己的日常花销,省出来的钱都给马茹兰。

马茹兰一开始会拒绝,后来慢慢也接受了,只是叮嘱他别乱花钱。杨剑宇觉得这是马茹兰在关心他。

其实马茹兰连他的电话号码都没存——我们在马茹兰手机上看到的那个未登记信息的号码,后经核实就是杨剑宇。

案发前一段时间,母亲催他回家相亲,杨剑宇说自己正谈着女朋友。母亲又问杨剑宇缺不缺钱,他寄回家里的钱一直帮他攒着,需要的话就给他打过来。杨剑宇有些哽咽,嘴硬说不缺钱。

一周后,杨剑宇收到3双绣花鞋垫,是母亲亲手缝的。两双男式的,杨剑宇和弟弟一人一双,而女式的那双,是母亲送给姑娘的见面礼。

杨剑宇带着母亲缝的鞋垫满心欢喜去找马茹兰,但马茹兰那天却兴致不高,接过鞋垫随手扔在了一边,脸上没有一丝笑意。

杨剑宇识趣地离开了,心里却一直有些郁闷,他怕马茹兰变心。

杨剑宇想找机会跟马茹兰谈谈。有一天,他看店里关着门,就在门口等。没一会儿,马茹兰挽着一个男人的胳膊出来,两人有说有笑,男人临走还拍了一下马茹兰的屁股。

尽管知道马茹兰的工作,可那一刻杨剑宇还是心如刀绞。

此后几天,杨剑宇陆续看到好几个男人来找马茹兰,马茹兰对每个人都是笑脸相迎,甚至还和其中一个男人一起离开了店。

杨剑宇一路跟踪,发现他们一起去吃饭。隔着窗户,杨剑宇看到两人举止亲昵。他当即给马茹兰打电话,但马茹兰直接挂断了电话。

一股说不出的恼怒在杨剑宇的心中翻腾,他说自己并不心疼钱,也理解马茹兰的工作,但他不能容忍马茹兰同时和好几个男人暧昧,更不能容忍马茹兰对其他人比对自己更好。

当天晚上,杨剑宇先给马茹兰打电话,马茹兰一如既往没接电话,于是他直接去了马茹兰店里。

"愿不愿意和我回趟老家?"像往常一样发生完关系,杨剑宇忍不住说。

但下一秒,就被马茹兰毫不犹豫地拒绝了:"大哥,你想多了吧。我干这一行,怎么能配得上你,你将来得找个好女孩结婚。"

"你是我女朋友,跟我回家不是天经地义吗?"杨剑宇盯着马茹兰,又重复了一遍,"你,就是好女孩!"

马茹兰却笑了:"你真有意思,你是我的顾客,哪有顾客和小姐谈恋爱的?"

杨剑宇脑子嗡嗡响,自己付出了这么多,就是一个"顾客"?

他质问马茹兰"那些男人"是怎么回事,马茹兰一下变了脸,指着杨剑宇的鼻子让他别胡说八道:"我有男朋友!"

"你男朋友是谁?"杨剑宇瞪着眼,拳头慢慢握紧。

马茹兰扭过头,背对着杨剑宇,说:"反正不是你!你以后别来找我了。"

她从抽屉里拿出杨剑宇送她的那双绣花鞋垫,扔在地上,说:"东西你都拿走吧,我说不要,你非给我。"

这句话无异于火上浇油。杨剑宇感觉,身体里有什么东西忽地一下,烧起来了。

杨剑宇沉默地蹲下身,地上的鞋垫是母亲缝的,要给未来儿媳妇的,他给了马茹兰,却被马茹兰丢在地上。

她这不是踩他的脸吗?为了给马茹兰花钱,他把给父母的钱都停了,马茹兰怎么能这样对他?

起身的时候,他一眼瞄到了屋里的晾衣绳。这也是他买的,还是他给拴上的。有次马茹兰抱怨屋里没有晾衣服的地方，他第二天就跑到附近杂货店买来绳子，做了那条晾衣绳。

那家杂货店当月只卖出两次那种绳索，第二次卖给了富老大团伙，而第一次，正是卖给了杨剑宇。

杨剑宇平复了一下，从口袋里摸出一副平时干活戴的手套，戴上，一用力，扯下头顶的晾衣绳。

马茹兰的几件衣服应声落地，下一秒，绳子已经套上了马茹兰的脖子。

马茹兰毫无防备，根本没法抵抗，他看着她的双脚蹬乱了床单。

杨剑宇默默背过身，毕竟是喜欢过的女孩，他不忍心就那么看着她咽气，索性背对马茹兰把绳索扛在肩上，才敢用力。

背上的人好像不动了，杨剑宇松了劲，转过身，用手合上了那双睁得老大的眼睛。他觉得那一刻的马茹兰就像睡着了，依然那么优雅、美丽。

杨剑宇心情很复杂，有沉重、难过，但还有一丝快感。

他站在马茹兰身前看了一会儿，借着昏暗的灯光，把床单、被褥、地上的衣服都整理好，然后把绳子拴到屋顶吊扇的挂钩上。最后一次抱起马茹兰，把她的脖子套进那个他亲手打的"上吊结"里。

就这样，马茹兰的脖子上形成了两道缢痕。

不得不承认，杨剑宇是我见过最缜密的犯罪嫌疑人之一，他有超强的心理素质和丰富的反侦查经验。

杀完人后，他没有急着走，而是重新捡起了地上的鞋垫，把鞋垫垫进了自己鞋里。

他打开马茹兰的包，看到有不少现金和购物卡。他都装进了自己裤兜。

包里还有个精致的发饰，杨剑宇盯着那个发饰愣了一会儿，"那是我第一次送给她的礼物，我得收回来"。

随后，他不忘把垃圾筐里自己用过的避孕套拣出来，扯了张卫生纸包好，也装进口袋。

环顾一周，确认没什么遗漏了，杨剑宇离开了马茹兰的洗浴中心。

路过老过道一家按摩店时，一个女人正出来倒垃圾，杨剑宇突发奇想，从那一堆垃圾里找了一个用过的避孕套，又折了回去，把那只捡来的避孕套扔进了马茹兰房间里的垃圾筐。

这只避孕套确实帮杨剑宇误导了我们，找上了另两位"嫌疑人"。

再次离开，想到以后再也不会来这里找马茹兰了，杨剑宇特意回头，又看了一眼。

杀死马茹兰之后一段时间，杨剑宇没再去老过道，一是害怕被抓，二是他对马茹兰还有感情，一走到那条街心里就难受。

他变得脆弱、偏执、极不稳定，只等一个引爆的瞬间。

12月底的一天，杨剑宇刚领了工钱，想一个人静静，于是独自一人转悠，不知不觉就到了老过道附近。

老过道还是那么繁华，灯红酒绿，可再也没有那个让他心动的女人了。

那晚，杨剑宇本来想在网吧包夜的，打开网页浏览新闻时，正好看到本地帖子里有人说最近治安不太好，老过道里有失足女被杀了，描述得很夸张。正看得起劲，网页忽然弹出一些色情广告，他点了进去，结果看得浑身燥热。

晚上10点钟,他从网吧出来,看到路边有家按摩店,招牌上写着"干洗按摩"。玻璃门从里面锁着,店里没人却亮着灯。

他下意识推门,走进按摩店,赵欣竹正坐在炉子边看电视。

她抬头打量了他几秒,问:"做什么服务?"

他和她对视,明知故问:"有什么服务?"

"有按摩,有特殊服务。"然后她的眼睛又回到电视上,似乎对这桩买卖不是很上心。"做服务80,按摩和服务一起100。"

"先做按摩,再做服务。"杨剑宇想,按摩和服务一起100元,肯定是先做按摩比较划算。

赵欣竹锁了店门,领着杨剑宇上了二楼。

"我技术怎么样?"赵欣竹一边给杨剑宇按摩一边找话跟他聊,似乎是想把杨剑宇发展成回头客。

"以前咋没见过你呢?"赵欣竹问杨剑宇,"听你口音不像本地的,老家是哪里的?"

杨剑宇不想回答赵欣竹的问题,主动岔开了话题:"听说老过道最近不太安全?"

"可不是嘛,已经死了两个人了,有些姐妹去了火车站,有些就直接不干了。"

"抓着人了吗?"杨剑宇问。

赵欣竹叹了口气,说警察不管用,还是得靠自己小心,"那些长得凶的,我都不敢往屋里领"。

"你看我像坏人吗?"杨剑宇笑着问赵欣竹。

"坏人脸上也没写字啊,不过你肯定不是坏人。"赵欣竹调侃说以前跟着街上的老头学过相面,"你一看就是好人,要不然我要价也不可能这么低。"

两人有说有笑,10多分钟后,赵欣竹停下手上的动作,问杨剑宇:"服务还做不做?"

"做!"

赵欣竹脱了衣服在床上躺下,说:"来吧,你上来。"

杨剑宇有点恼火,他今天是来享受的,"我花钱了,你得给我服务"。

"你才花多少钱。"赵欣竹捂着嘴笑了起来。

"你说我花多少钱?"杨剑宇有点不高兴了,他觉得赵欣竹瞧不起自己。

"才100啊。"赵欣竹的笑容也渐渐凝固,从床上坐起来。"100元的服务就是这个样,你想玩花样得另外加钱。"

"不是80吗?"杨剑宇一听价码变高,声调也变高了,"你刚才说的做服务80!"

气氛骤降,赵欣竹语气也冷下来:"80不干,这都给你按摩完了,按摩加服务是100。"

"不干就穿衣服!"一股火气从杨剑宇心头蹿起来,虽然今天刚领了工钱,但他不是个大手大脚的人,这不是讹人吗?

杨剑宇觉得赵欣竹这是坐地起价,审讯民警给他算了好几次账,也没能让他扭过弯。当然,这可能也只是他给自己找的一个借口。

后来的事情更离谱,杨剑宇说赵欣竹指着他骂,骂得很难听,还说衣服都脱了,不做也得做!光着身子就从床上跳起来,搂住他,抢他衣服。

没法脱身,他一下急了,跟赵欣竹扭打起来,赵欣竹像疯了一样朝他扑过来,他抓住赵欣竹两只手,一下把赵欣竹摔倒在地,双手掐住了她的脖子。

一开始他力道并不大,只是想吓唬吓唬她,掐了一会儿就松手了。结果赵欣竹躺在地上又开始骂,他就用右手掐住赵欣竹的脖子,左手从床上胡乱抓了一条枕巾,盖在赵欣竹嘴上。

杨剑宇说自己很快又松开了手,但躺在地上气喘吁吁的赵欣竹嘴里还是不依不饶:"你个畜生,有本事你别走,我找人弄死你!"

杨剑宇又把枕巾垫在赵欣竹嘴上,再次掐了下去。

"本来想给她留条活路,她自己找死,怨不得我。"

杨剑宇一次比一次用力,一次比一次时间长,如此反复掐了六七次,赵欣竹终于不再动弹,闭上眼睛,口吐白沫,嗓子里咕噜咕噜的,像是在打呼噜。

"我当时没考虑那么多,只要那个小姐不骂我就行了。"杨剑宇说,掐死赵欣竹只是不想让她再继续骂自己,他觉得自己受了侮辱。"我这人就这样,别人打我、欺负我都没事,就是不能骂我。"

杨剑宇趁着赵欣竹不再反抗,把身子软塌塌的她抱到床上,发生了关系,他觉得自己花了钱,怎么也得把事办完。

之后,杨剑宇坐在床上抽了一支烟,渐渐冷静下来。他穿好衣服,把烟蒂和用过的避孕套扔到一个一次性纸杯里,又拿了个新纸杯接了水,往赵欣竹嘴里灌,想清理掉自己的痕迹。"让你嘴不干净!"

此时赵欣竹还有微弱的呼吸,那些呛进气管里的水在她的口鼻部形成了我看到的蕈样泡沫。

为了彻底清理现场，杨剑宇把赵欣竹抱到一楼的沙发上，然后在二楼扫地、拖地、整理被褥。

回到一楼时，他看见赵欣竹嘴角有粉红色泡沫，用纸给她擦了一下，但没过一会儿又有泡沫溢出来。他不知道这是怎么回事，索性去厕所接了半桶水，托住赵欣竹的头放进水桶里洗，反复折腾了4次才不再有白沫。

清洗过程中，杨剑宇右脚的鞋被打湿了，里面给马茹兰的女式鞋垫也湿了一半，杨剑宇脱下鞋子把鞋垫拿出来，放到火炉上烤。

他找了块毛巾擦干赵欣竹的身体，然后把赵欣竹放回到二楼的床上，再给她穿好胸罩。穿衣服的时候，还趁机把赵欣竹脖子上的项链摘下来，放进口袋。

虽然赵欣竹早就闭了眼，但杨剑宇总觉得赵欣竹好像在看着他，就扯过被子给赵欣竹盖上，还蒙住了她的头。

忙活完一切，他拿着盛着所有罪证的纸杯下了楼。

那只绣花鞋垫一时半会烤不干，他急着想走，只好舍弃。鞋垫和盛着避孕套、烟蒂、卫生纸的纸杯被一起丢进炉子里。

离开时，他发现卷帘门锁了，于是又返回二楼房间，翻找钥匙，最终在赵欣竹的包里找到了钥匙，还捎带拿走了赵欣竹包里的银行卡、两枚戒指、两部手机。

凌晨时分，老过道已经空无一人，寒风吹过，发出呜呜的响声。杨剑宇贴着墙边快步走出老过道，消失在夜色中。

这几乎是一次完美犯罪。

谁也不清楚杨剑宇走后发生了什么。我在勘验赵欣竹案的现场时，发现炉子里的煤炭并没有燃尽，可炉火却熄灭了。分析原因，可能是杨剑宇扔进去的物品堵塞了炉腔，导致炉内缺氧；也可能是鞋垫太湿，熄灭了炉火。

炉火熄灭了，重要物证得以保全，杨剑宇的罪行无所遁形。

杨剑宇说他非常后悔连续杀人，但那段时间所有事都凑巧了，他心里很烦，特别压抑，就像魔怔了一样，总想着释放一下。

"我其实很同情小姐，并不恨这个工作，我爱过的两个女人都是小姐，我知道她们和我一样都不容易，都是靠身体吃饭。"

他甚至觉得自己和马茹兰、赵欣竹同病相怜。

但杨剑宇一直拒不承认去过丁建梅的出租屋。

我们坚信证据不会说谎，留在现场的血脚印说明杨剑宇肯定到过那里。

直到半年后的一次提审，杨剑宇忽然问了大韩一个问题——

"那女的是不是怀孕了？"

大韩一愣，抬头，盯了杨剑宇几秒钟，点了点头。

得到肯定答复后，杨剑宇低下头，迟迟不说话，表情复杂。

几天前，监室里放了一部电影，一个孕妇被日本鬼子用刺刀杀害。

杨剑宇说自己看了那个画面，一整夜都没睡着。

杨剑宇一直不后悔杀死马茹兰和赵欣竹，因为马茹兰欺骗了他的感情，赵欣竹不讲诚信还不依不饶地骂他，两人都该死。但他说，自己有点后悔杀死丁建梅。

2010年12月4日，丁建梅被害的日子，老过道连环案的第一案。

那是一切罪恶的开始。

那段时间，杨剑宇为了追求马茹兰下了血本。正是用钱的时候，工资却迟迟发不下来。恰好本地一家彩票投注站中出一等奖600多万元，整天做宣传。有天他和工友路过彩票站，碰运气买了10元钱彩票，结果中了30元。

从那以后杨剑宇几乎每期彩票都买。

可买得越多，赔得越狠。渐渐地，他把每月留给弟弟的生活费买了彩票，工友们也被他借了个遍，杨剑宇甚至想过去借高利贷，但人家一听杨剑宇的情况，都不借给他。

屋漏偏逢连阴雨，有天他开着老板的车出门，一辆电动车从路旁冲出来，连人带车倒在车前。那人躺在地上不起来，张口就要2000元钱。明知遇上了碰瓷，可杨剑宇毫无办法，只能吃哑巴亏，把身上仅有的500元钱都给了那个人。

杨剑宇为这事郁闷了好久，一天夜里，一位工友在聊天时提到，他姐姐家几个月前被偷了5万多元钱，到现在都破不了案。

说者无心，听者有意，那晚，杨剑宇失眠了。

他很清楚盗窃是犯法的，可他也很明白没钱的滋味。不说自己，光是弟弟上学和追马茹兰，手头必须得有钱。

杨剑宇开始有意无意地在老过道周围转悠，把每扇门后的情况都摸了个遍：这家院墙比较矮，那家没安防盗网，这一户晚上总没人，这一户住的可能是有钱人……

挑来挑去，杨剑宇盯上了丁建梅的出租屋。

这房子平时没人住，只偶尔有一个女人住；家里没养狗，不容易被发现且便于逃脱；女人有辆车，家里应该挺有钱；院墙不高，墙头没有玻璃碴，适合攀爬；小平房周围没有监控，便于隐匿行踪。

12月4日那晚，杨剑宇径直开车去了丁建梅家附近，找了一处阴暗角落，停下车。

北方的夜晚寒冷而寂静，街上一个人也没有。

杨剑宇吸了一支烟，戴好手套，走到丁建梅家门口。他后撤几步，朝着院墙冲去，一个箭步就上了墙头。

趴在墙头，杨剑宇观察了下屋里的情况：只有西侧一个房间亮着灯，客厅和东侧房间都黑着。

杨剑宇轻轻跳进院子，动静不大，他在院子里环顾一圈，然后轻手轻脚地走到屋门那里，轻轻一推——

没推开，屋门从里面反锁了，电视机的声音隐约传来。

晚上10点多，老徐接到妻子丁建梅打来的电话。

妻子一反常态，压低声音："家里好像进人了。"

老徐告诉妻子别慌，先看看那个人想干什么，是不是走错门了。

"这会儿好像正在院子里逛游（方言，走动），怎么办？"

丁建梅不认为那人走错了门，但小出租屋里就放了点酒水，没啥值钱东西，老徐告诉丁建梅，就算是小偷也问题不大。

两人又聊了一些其他事，通话8分钟后，丁建梅告诉老徐，那人好像在鼓捣放酒水那屋的窗户。

老徐觉得不妙，让老婆报警，并表示自己马上赶过去。

从家到出租屋，正常开车需要 20 多分钟，那天老徐 10 多分钟就赶到了。但当他打开门，妻子丁建梅已经倒在了血泊中。

后来，每当我想起这个案子，总会忍不住问自己：假如丁建梅发现家里进人的第一时间先报警，结果会不会不同？

毕竟她拨出的两个电话之间，隔了 8 分多钟。而距离她最近的派出所出警，只要 5 分钟车程。

我到现在都记得解剖丁建梅时的情景。

她平躺在解剖台上，小腹微微隆起。头上、脸上全是血，额头凹进去一块，能隐约看到脑组织。右手食指缺失，双侧前臂和双手手背有多处损伤，肌腱和指骨断了很多。

不知是有意还是无意，丁建梅被害时左手放在小腹的位置，或许她临死前都想护住腹中的胎儿。

打开子宫时，里面的胎儿已经成形，有大拇指那么粗，长约 6 厘米。尽管已经有心理准备，我还是难受得喘不过气。

丁建梅的丈夫老徐一直守在解剖室外面，这个男人蹲在地上，双眼通红，呆呆地看着前方。那晚对他来说，注定永生难忘。

我勘查现场时，丁建梅家的床头柜上有份门诊病历，"怀孕 14 周"几个字上有些触摸留下的血痕，应该就来自杨剑宇。

杨剑宇说一开始并不知道丁建梅怀了孕，不然最多把她打晕，不会下死手。

杀掉丁建梅后，他来不及清理现场，只是迅速翻找了丁建梅的包和衣服，拿走一些现金，还顺带把丁建梅手腕上的金镯子也拿走了。

"我本来不想杀她,只想弄点钱。"

我根本不想分辨他说这话的动机,因为那一刻,什么话在我听来,都是借口。

一个丧心病狂的罪犯妄图给自己生命最后时刻一点心安,我不能允许。

我愿意接受有些罪恶就是没有根源。对他们仁慈,就是对死者残忍。

审讯室里,杨剑宇胡子拉碴,声音低沉:"要是没杀人就好了,但我已回不了头。"

他之前只要有空,就去弟弟的大学。弟弟叫他别总来,他要学习,还有自己的生活。但杨剑宇还是一如既往地往学校跑。

他喜欢大学校园,哪怕在里边什么也不干,看学生们来来往往,也觉得舒服。

"我要是能和弟弟换一下就好了。"杨剑宇羡慕弟弟可以上大学,但他马上又补一句,"只要弟弟好好的就行。"

出事之后,他去学校找过弟弟,把身上大部分钱都留给了弟弟,自己只留了 200 元钱。

自己要进去了,他最担心的还是弟弟,他问办案民警,自己的事会不会影响弟弟将来找工作?民警不知该怎么回答他。

最终,杨剑宇和犯罪三人组中的富老大被判处死刑,小鹏和瘦猴被判处死缓,受胁迫杀人的孙庆芳被判处有期徒刑3年。

由于老过道案件频发,局里进行了多次专项整治,成效显著。

现在我很少去老过道了,但那几起案件在我身上留下的印记依旧清晰可辨。

赵欣竹案中进行的颞骨岩检验对本地法医工作具有划时代意义,从那以后,我养成了一个很好的习惯,几乎所有尸检都要查看颞骨岩。

参加工作之后,我经常被教导,法医不要先入为主,不要觉得能从尸体上看出所有事情。但经过这几起案子,我最大的感悟是,法医一定要勇敢坚持自己的判断,尤其是第一手接触现场和尸体的法医。

我们的作用有时就像火把,四周一片漆黑的时候,得先勇于把自己点着。

老过道不再热闹,但每当夜幕降临,那100扇门后接连亮起的静谧、温暖的灯,成了我最大的安慰。

那是一句,一句——

"今夜平安。"

02

青纱帐
恶魔。

案发时间： 2004 年 9 月

案情摘要： 某村玉米地中发现一具女尸。

死　　者： 赵玉芬

尸体检验分析：

颈部有勒痕及月牙状皮下出血。右手有明显抵抗伤，中指几乎全断。全身共17处创口，其中颈部3处，胸腹部9处，膝臂部5处，最宽创口2厘米。

据创口形状推断，凶器为单刃锐器。刃宽至少2.5厘米，刃长超过15厘米。

望不到尽头的玉米地里，镶嵌着一条狭窄的土路，路上挤满了人，一条警戒带将他们拦住。警车在这里缓缓停下，等到随车扬起的尘土散去，阵阵玉米芬芳的气息飘进了车窗。

我所在的北方小城有很多玉米地，每年夏末秋初，玉米拔节抽叶，成片的玉米地就会变成绿色的海洋，本地俗称"青纱帐"。

繁盛时的青纱帐高过人头，覆盖大地。往年这个时候，青纱帐都承载着农民丰收的希望。

但从这天起，青纱帐成为罪恶与恐惧的代名词，它的阴影足足笼罩在本地二十余年。

那是我做法医的第一个月接到的第一起命案。在车上，身边放着银光闪闪的法医勘查箱，我难掩心中的激动，想象自己是一位持刀的战士，在奔赴战场。

一旁坐着我的师父余法医，四十出头，国字脸上两条浓眉。他脸色阴沉，一路沉默。看到他，我察觉事情严重，刚才的胡思乱想全没了。

刚走下警车，余法医便被团团围住。辖区派出所副所长凑近介绍，死者丈夫在旁边，村主任领着其他村干部，也在现场，镇上的领导和公安局的领导正在赶来。

余法医很不高兴，皱紧了眉头，悄悄跟我说，人多了只会添乱。

民警领我们穿过警戒带，证据与痕迹慢慢展开在土路上，七零八落——

路边的大梁自行车，车筐扭曲变形，像一张歪斜的大嘴。路南侧排水沟一片狼藉，几棵歪倒的玉米和杂草，地上留下许多凌乱的脚印。一旁散落着 10 本杂志、1 捆芹菜和几个西红柿。

跨过排水沟，我们走进玉米地。玉米叶抽打胳膊，又痒又疼。大约 50 米后，眼前出现一片压倒的玉米秆，一具女尸仰面躺在那里。

她几乎一丝不挂，只是脖子上缠着些衣物，脚上穿着肉色的尼龙袜。看起来已人到中年，脸色苍白，眼角布满皱纹，身形略显臃肿。在她南侧 3 米处，在一小截残留的麦秸上，有一条白底小花内裤，格外扎眼。

尸体保持死时的姿势，双臂弯曲向上，摆在头边；双腿叉开，左腿挺直，右腿略弯曲。一件白底紫花衬衣被掀起到乳房上方，褂角揉搓成一团，塞在口中。口角位置湿了一大块，分不清是水还是血。

尸体不远处有一只布鞋，颜色和现场的血迹差不多。头部半米左右有一条棕色裤子，裤子外翻，也沾了不少血迹。裤腰位置有新鲜的撕裂痕迹，还有一条白布腰带，一端有新鲜的割断痕。

余法医蹲下身子，我协助他进行了尸表检验。

死者身上有17处创口，其中颈部3处，胸腹部9处，腰背部5处，最窄的创口也有2厘米。右手有明显的抵抗伤，中指几乎全断，仅靠残留的少量皮肤和手掌相连。

根据创口形状可以判断出，凶器是一把单刃锐器，刃宽至少2.5厘米，刃长超过15厘米。后来根据解剖检验，死者死因是失血性休克，多处脏腑被刺穿。

刀刀毙命，凶狠残忍。

"老余，你来讲两句吧。"案情分析会上，刑警大队长摆了摆手，会议室顿时安静下来。

技术和侦查部门开会，总是围绕死者身份、死亡时间、死因、作案过程和作案动机展开。

法医是死者的代言人，不仅要弄明白死因和死亡方式，还要尽量准确地推断作案工具、刻画嫌疑人，甚至进行现场重建，也就是通过技术手段再现、还原整个犯罪过程，需要精湛的技术和全面分析能力。

余法医眉头紧皱，右手轻轻抚摸深蓝色的笔记本封面。他翻到折角的那页，上面写满了密密麻麻的文字。他清了清嗓子——

"死者赵玉芬已经告诉了我她的遇害过程。"

就在刚刚，他找来几位同事进行实验，一位和死者身高接近的女警扮演受害者，不同身高体形的男同事扮演嫌疑人，模拟捅刺。他站在一旁记录，时不时指导几下。

余法医语气肯定地说，嫌疑人是一人作案，在一对一的情形下，考虑到死者身体强壮，嫌疑人是青壮年男性的可能性很大，而且应该是体力劳动者。

结合现场和尸检情况，推测死者的遇害过程有8个步骤——

厮打：上午10点30分左右，赵玉芬骑自行车回家，路过玉米地时，和嫌疑人狭路相逢。嫌疑人欲图不轨，赵玉芬不从。两人在田间小路发生厮打，导致自行车歪倒在路边排水沟，沟里留下了两人凌乱的脚印。

追捅：赵玉芬打不过嫌疑人，转身向村子方向跑了十几米，被嫌疑人迅速追上，从背后捅了一刀。鲜血顺着死者的背部往下淌，滴落在玉米叶上，渐渐浸透了上衣。

扼拖：嫌疑人用胳膊勒住赵玉芬的脖子，把她倒拖进玉米地，在脖子上留下勒痕。她掉了一只鞋，另一只鞋的脚后跟上有泥土擦蹭的痕迹。

脱衣：嫌疑人用匕首挑开赵玉芬的白布腰带，开始撕扯裤子。她拼命拉住裤子，导致裤腰被扯断。她见难逃魔爪，开始高声呼救。嫌疑人把她的衬衣翻起，将下端塞进她嘴中。

控制：赵玉芬在地上滚动，趴着向远处挣扎，手脚和胸腹部沾了不少泥土，地上的土也因沾了鲜血而变得湿润。嫌疑人迅速骑跨在她身上，用匕首猛刺她的胸背部，大量鲜血流淌到地上，形成血泊。

性侵：赵玉芬的力气随着大量失血渐渐变弱了，嫌疑人把她的身体翻过来，进行性侵，并且在她体内留下了生物物证。

刺杀：赵玉芬性子很烈，不断反抗。嫌疑人恼羞成怒，左手狠狠掐住她的颈部，导致颈部月牙状皮下出血；嫌疑人右手持匕首扎向她的颈部和胸腹部，刀刀毙命，赵玉芬渐渐失去了意识。

辱尸：嫌疑人并不解恨，又在赵玉芬的尸体上狠狠踩了一脚，把玉米秸秆插进她的下体。

听完余法医的分析，第一次面对命案的我像是亲眼看见了嫌疑人的作案过程，嫌疑人的一举一动都符合现场和尸检情况。会议室里鸦雀无声，大家不住地点头。

我也是第一次感受到"现场法医"的魅力。从师父身上，我看到了一个好法医的标准：他需要看现场，把尸体和现场结合起来，让尸体开口说话，对命案现场进行还原和重建。

接着余法医又说，死者背部的一刀，位于右肩胛骨下方，创道略向下走行，且刃口向下，有向下的血迹，应该是站立位时形成，再结合刚刚的模拟试验，嫌疑人应该与死者身高基本持平，作案时右手持刀。死者身高1.65米，嫌疑人身高不会超过1.7米。这也和痕检技术员对现场足迹的分析一致。

我们再次回到村里，用了半个多月，走访排查了那片玉米地周边3000多户居民，所有符合"矮个青壮年男性"特征的人都被重点"关照"了一遍。那段时间，DNA实验室每晚都加班到深夜，所有人都疲惫不堪。

案情还没有取得一点突破，新的奸杀案又发生了。

就在当月，离学校不远的玉米地里，一名年轻的女教师在下班途中被奸杀。

玉米地里依然歪倒着一辆自行车。

死者胸背部被刺中3刀，流出的血把干土浸成了血泥，散发着独特的气味。派出所买的4罐灭害灵都喷完了，也没能阻挡蜂拥而至的苍蝇。

我和余法医蹲在密不透风的玉米地里，鼻腔里充斥着灭害灵怪异的香，感觉头昏脑涨。

连续两起命案，地点相同、时间相近、作案手法相似，并且现场留下的几枚脚印显示，此案嫌疑人的鞋不大，似乎也是矮个子。

虽然压力巨大，不过大家也觉得，如果两起案子能并案，破案的日子或许不远了。

很多时候，不怕凶手再出手，就怕再也不出手。

但DNA检验鉴定结果像是一盆冷水，浇在每一位办案民警的心头——两起案件的嫌疑人并非同一人。

10多天后，我们确定了杀害女教师的嫌疑人，是一名刑满释放人员，曾3次入狱，这次刚出狱不到两个月又犯下大事。

他鞋码确实不大，可个子却不矮。痕检技术员摇着头说，这是个体差异。

该案与赵玉芬案极其相似纯粹是巧合。

此后，赵玉芬案陆陆续续查了几个月，始终没有实质性进展。破案的希望越来越渺茫，刑警队的工作也渐渐恢复了日常模式。

那时我们都以为，赵玉芬案与女教师案一样，只是个案而已。

直到一年后，2005年9月的一天，晚上8点多，值班室的电话铃声响起："南王村玉米地里发现一具女尸……"电话那头声音不大，略有些颤抖。

警情立刻在局里炸开了锅，我们又想到了赵玉芬案，两次案发地仅相隔8千米。

那天，余法医生病，只有我一个法医去了现场。晚上9点

30 分，我和同事到达玉米地。村支书驱散了村民，吩咐在周围安上 5 个灯泡。虽然光线略有些发黄，但已经十分明亮。

玉米地里只剩下我们技术科的 4 个人和 2 名派出所民警。各种飞虫聚拢过来，嗡嗡地围着人转。为避免蚊虫叮咬，我穿上密不透风的隔离服，身上很快汗涔涔的。

那是我作为新法医，第一次整晚都待在野外现场。静谧的玉米地里，蟋蟀阵阵低吟，玉米叶窸窸窣窣，飞虫撞击在灯泡上，啪啪乱响。

灯泡照着死者李兰英。她 51 岁，身高约 1.55 米，头面部缠着一条灰色围巾，将双眼蒙住，上身的两件衣服被掀到胸部上方，胸腹部和下身裸露，右脚踝位置有一件灰白色的短裤。

我头皮发麻，这现场比女教师案更像赵玉芬案。

李兰英身上的伤口比赵玉芬的还多，密密麻麻的，足足有 20 多刀。

我判断凶器依旧是单刃锐器。最宽的创口 2.5 厘米，也和一年前赵玉芬的伤口一样。

案情分析会上，余法医让我介绍尸检情况。我照葫芦画瓢，模仿上次余法医的分析，大致还原了死者的遇害过程。看到大队长鼓励的眼神，我忍不住又说，两起案件的作案过程相似，损伤类型也基本一致，很可能是同一嫌疑人干的，如果真是这样，可以并案了。

但刚说完我就有些忐忑，怕事后余法医嫌我毛躁，在 DNA 检验鉴定结果没出来之前就乱说。

没想到，散会后他拍着我的肩膀说："法医就应该勇敢说出自己的想法，哪怕错了，只要有理有据就行。"

得到师父的肯定，我顿时觉得心里充满了力量。

几天后，我的判断得到了DNA检验鉴定结果的支持：李兰英和赵玉芬体内的生物物证来自同一人。

一个连环奸杀案的嫌疑人终于出现在我们面前：他隐藏在夏末秋初的青纱帐里，丝毫不避讳作案时间，专挑落单的妇女，善于用刀。

没人知道他下一次作案是什么时候，我们必须尽快破案。

赵玉芬和李兰英案后，我们有了嫌疑人的DNA数据，可那时技术还不成熟，没有数据库，无法比对。

神出鬼没的青纱帐恶魔成了本地人心中的梦魇，玉米地变成一个恐怖的地方，妇女小孩都不敢单独去，多数村民都结伴而行，很多人还在自行车上放一根木棍。

公安局只能加大防控力度。一到秋天，除去年纪大的民警和部分女警，全局数百名警力都撒进方圆几十千米的玉米地，在进出玉米地的主要路口轮班值守。4个人一组，2个人车上蹲守，2个人步行巡查。

我们技术科也排了班，除了每天留下两个人处理日常工作，其他人都钻进了青纱帐。我和侦查员大韩多数时候都是晚上的一班。

一天，我和大韩蹲守在玉米地旁的小路上。汽车的空调坏了，车窗开着，蚊子在我们耳边盘旋。

"快趴下！"大韩突然低声说，同时伸出一只手按在我头上。一个男人从我们面前的岔路口一闪而过。他走过去后，我和大韩悄悄下车，手里拎着伸缩警棍，远远地跟他身后，进了玉米地深处。当强光手电照在他身上时，他正蹲着身子，手里拿着一沓信封往包里塞。

大韩大吼一声，一个箭步冲了上去。我紧跟着大韩，眼睛盯紧那人的手，生怕他掏出什么。

那人似乎被我们吓住了，没怎么反抗，就被扑倒在地。他刚想挣扎着起身，大韩用力把他的胳膊往背后一别，那人就乖乖地不动了。

"大哥，大哥，别杀我，钱都给恁。"那人低着头，不敢看我们，身子抖得厉害，一个劲儿地用本地方言央求，"我木见着你们的脸，恁别杀我，我保证不报警。"

月光下，我和大韩相视一笑，敢情这小伙子把我俩当成了劫匪。我们亮明身份后，那小伙子松了口气，竟瘫坐在地上，呜呜哭了起来。

原来他是一位医药代表，要赶往附近一家医院，恰好路过玉米地，就悄悄进来分装现金。

青纱帐里我们的蹲守故事还有很多。

在一个中秋夜，我和大韩抓住一个偷电缆的团伙，顺便捣毁了一个专收赃物的废品收购站。还有一次，我和大韩看到一个女的往玉米地里跑，一男一女在后面追。我们把他们3个人请到了公安局，一番调查后发现他们是一个藏在农村的传销团伙。

又一年，还是那片玉米地，我们围捕了一个持枪杀人犯。罪犯畏罪自杀的地方，离赵玉芬的死亡地点不远，有人觉得，是赵玉芬的亡魂帮了我们。

一时之间，容易藏身遁形的青纱帐反而成了治安最好的地带。唯独青纱帐恶魔再也没出现，像人间蒸发了。

直到2007年，我们竟然在一起旧案里发现了他的魔爪。

当时公安局引进了新设备PCR扩增仪，大大提高了DNA检验效率和成功率，DNA实验室开始梳理积压的旧案。在对当年物证重新检测时，发现青纱帐恶魔的DNA比中了一起2001年的命案。

这起案子也发生在玉米地里，案发地点距离2004年赵玉芬案的发生地仅20千米。

这说明，嫌疑人在本地至少犯下3起命案。

之前，我对2001年命案略有耳闻，但几次想和余法医谈论，他都兴致不高。现在案件有了进展，余法医终于拿出厚厚的案卷，和我说起当年的情况。

那是2001年8月的一天，下午5点多，有人在自家玉米地发现一具女尸，浑身沾满了血，随即报警。

受害人46岁，她家玉米地和报警人家的玉米地仅隔着一条生产路。和几年后的两起命案一样，死者也是上衣被掀起，下身赤裸。在尸体的左胸部外侧，有一个暗红色的印记，形状像一把单刃匕首，长12厘米，宽2.5厘米。余法医分析，这是生前伤，很可能是匕首按压胸部形成了皮下出血。

这说明嫌疑人携带了刀具，但在该案中，他没有使用刀具行凶，只是用作威胁的工具。和后来两起案子不同，死者身上并没有发现锐器伤，死因是机械性窒息，也就是因为机械性暴力作用引起的呼吸障碍所导致的窒息，如压迫颈部或胸腹部，异物阻塞呼吸道等引起的窒息。

这几起案件，强奸方式类似，作案工具有重合，但致死原因不同，可以看出，青纱帐恶魔的作案手法在进化，从早期的粗陋，到后期的娴熟狠辣。

我惊喜地在案卷中发现，2001年命案现场周围有不少人见到了他——

案发前半小时内，先后有3个村民看到一个陌生男人。他身高大约1.7米，偏瘦，小平头，上身穿白色短袖衬衣，下身穿灰色短裤，拎着一个白色塑料绳系的网兜。

此外，案发前一个月内，还有两个妇女分别在玉米地看到过一个故意暴露生殖器的变态男人，外貌也与此符合。

在2001年这起凶案的帮助下，我们对青纱帐恶魔的了解大大增加，他的轮廓渐渐清晰起来。

从此，再蹲守玉米地时，只要见到有一丝相似的人，哪怕只是发型相同或脸型相似，我们都立刻上前盘问，生怕漏掉大鱼。

我们还请画像专家制作了嫌疑人模拟画像，公安局人手一份。因为破案心切，有段时间无论见到什么人，我们都盯着脸细看。

作为新法医，经手的第一起命案一直没有结果，始终让我无法释怀。

师父余法医同样无比纠结。只要有新命案发生，他总会提到青纱帐恶魔。有时在现场，有时在尸检，他会毫无征兆地蹦出一句："也不知道青纱帐恶魔现在在干什么，是不是还活着？"

师父既希望青纱帐恶魔已经得到报应死了，又希望他能接受法律制裁，看看究竟是个什么人。但年复一年，我们蹲守青纱帐抓了一个又一个，都没有如愿。

我们不想放弃，根据他的特征，再次重点排查四类人员：有强奸、性犯罪前科人员，与案发地有关系的前科人员，2001年至2004年间在押人员，其他符合作案条件的外来人员。

排查缓慢地进行着,直到距第一起玉米地强奸杀人案整整10年时,青纱帐恶魔终于出现在我们面前。

2011年11月21日,黑暗的夜空突然出现一道亮光——嫌疑人DNA比中了一位正在监狱服刑的人员。

消息传来,同事们兴高采烈,我的鼻子却酸酸的。6年多,我眼前时常浮现那几起命案惨烈的现场。青纱帐里那深红色的泥土,压得我喘不过气。

DNA比中的人叫李东明,正在省内某监狱服刑。2007年2月3日,李东明因一年前的一起抢劫案,被判处有期徒刑10年。期间表现良好,多次获得减刑。

监狱协助我们采集了李东明的血液,检验结果显示:死者阴道拭子中检出精斑,未排除为李东明所留,不支持为其他随机个体所留。

这意味着,精斑就是他留下的,李东明就是青纱帐恶魔。

李东明被从监狱羁押到看守所。我第一时间去了一趟,想看看青纱帐恶魔到底长啥样。

小眼,长脸,大鼻子,白净,偏瘦,颈部肌肉很发达,眼神深邃而平静,这是我对他的第一印象。

和其他嫌疑人很不一样,他既不紧张害怕,也不恼怒争辩,只是静静地盯着民警,脸上没有一丝表情。

刑警队好几位同事参与办理过李东明2006年犯下的抢劫案,他们都见过他,但谁也没想到他就是青纱帐恶魔。我还曾给抢劫案中的伤者做过伤情鉴定,当时也没想到,这是被青纱帐恶魔弄伤的。

回忆起来,那段时间DNA实验室的仪器恰巧出了故障,送检的李东明血样没能检验出结果，但由于结果并不影响定罪量刑，很多人觉得 DNA 检验与否无所谓。再后来，大家就忘了这件事情。

好在，我们最终还是找到了他。但让我们都没想到的是，对李东明的判决会面临重重困难，而他的身上，背负了远不止 3 条人命。

2013 年夏天，法院通知余法医和我出庭质证，我们并没有考虑太多，心里只想着赶紧判了这个恶魔。

以前我也参加过几次出庭，最多是被辩方律师问一些程序方面的问题。这起案子虽然是零口供，但 DNA 被比中，相当于是铁证，我们觉得十拿九稳。

直到见到律师的一刹那，我心里暗道：唐律师——不好！

唐律师也是法医出身，在本地小有名气，和我师父余法医年纪差不多。与我师父低调温和的性格完全不同，唐律师的气场要强大许多。转型成为律师之后，他专接和法医鉴定有关的案子，成功率很高。

在法庭上，唐律师提出了很多关键问题，公诉方和我们都被问得窘迫。最致命的是，唐律师找到了一个漏洞，一棍打在了我们的"七寸"上——

"现有证据没法排除李东明存在同卵双胞胎兄弟的可能，所以没法确定这 3 起杀人案的凶手百分之百就是李东明。"

当老唐用略带沙哑又充满磁性的声音说出这几句话时，我的心瞬间沉了下去。

这个案子有一点十分棘手：李东明是个没有身份证的黑户，自从成年之后，他大部分时间都在坐牢，个人信息只能追溯到1996年，再之前的资料一片空白。

档案里写着，李东明生于1976年，在1996年因抢劫被判了5年，2000年11月3日减刑释放；2006年又因抢劫被捕，2007年被判处10年有期徒刑。

第一次被抓时，李东明身上没有身份证和其他能证明身份的东西，公安机关也查不到他的身份信息。他自称不知道父母是谁，自幼跟随拾荒老人长大，此后公安局、检察院和法院都沿用了这份档案。

也就是说，尽管唐律师的理由听起来荒谬，可李东明身份信息之谜，的确是我们最大的漏洞——只要他自己不承认，谁也不知道李东明有没有同卵双胞胎兄弟。

我们过于相信DNA检测技术的威力，却忽略了它的局限性。同卵双胞胎即单卵双胞胎，他们来自同一受精卵，拥有完全一样的染色体和基因物质，而当时的DNA检测技术还无法对同卵双胞胎进行区分。

检察院公诉科提出延期审理的建议，法官同意了。

然而，在此后的历次审讯中，李东明态度都非常激动，拒不认罪，加上他本身又没有任何可查的身份信息，我看得出，连检察院都开始怀疑，是不是你们公安真的抓错了人？

2014年8月，又一次延期审理一个月的期限眨眼间就到了，我们只能递交了现有材料。

法院坚持认为本案中的DNA鉴定不具有唯一性，排除不了同胞兄弟作案的可能，并明确告知我们，假如再没有强有力的直接证据，会判李东明在本案中无罪。

当年12月，李东明服刑期满，如果被释放，再抓他就难了。

只剩不到 4 个月，我们把所有希望都寄托于 DNA 实验室。为了确认李东明身份以及有没有同卵双胞胎兄弟，我们进行了大规模的 DNA 排查。

当时，局里的 DNA 实验室正在建设 Y-STR DNA 数据库（以下简称"Y 库"）。Y 是性染色体，只有男性才有，且传男不传女。一个庞大的家系，只需要采集少量 Y 染色体样本，就可以掌握整个家系的 Y 染色体特征。将嫌疑人的 Y 染色体和这些家系特征进行比对，就可以初步判断嫌疑人属于哪个家系，从而找到身份。简单来说，就是收集男性的染色体信息，再结合中国大多依照男性姓氏聚居的习惯，根据男性父系氏族的亲缘关系锁定嫌疑人。

从 2014 年 6 月开始，我们一方面大量采集血样入库检验，另一方面开始了细致耐心的比对工作。

当年 10 月，第六次比对时，Y 库里已经有 6000 多份信息。正是通过这次比对，我们发现了一个家族，和李东明的 Y 染色体特征十分接近。

被我们锁定的家族是一个居住在东山岭村的李姓家族。经过多年开枝散叶，家族成员众多。通过初步调查，符合嫌疑人 Y 染色体特征的家族成员至少有 500 多人。

大队长把专案组分成两个组，一组对在城区生活过的原籍为东山岭村的 58 名李姓男子及他们的相关亲属进行逐一排查，另一组入驻东山岭村，深挖线索。

几乎在同一时间，两个组各自获取到同一条重要线索。

有个外村的女人，随夫迁到东山岭村，现居广州。同事找到她时，她提到自己的两个侄女在 20 多年前被一个叫李春江的男子残忍杀害，该男子也是其中一位死者的丈夫，老家正是东山岭村，案发后一直潜逃。

与此同时，东山岭村的调查也取得了进展。一位村民反映，在 20 年前，他妻子的两个汪姓侄女，被一个叫李春江的人残忍杀害。李春江作案后一直没被抓到。

所有线索指向同一起案件和同一个嫌疑人——李春江，他会不会就是李东明呢？假如李东明就是李春江，那他身上至少背负了 5 条人命，真是名副其实的杀人狂魔。

一个清晨，我和几位同事一起赶到汪家。那是一座笼罩在树荫里的大宅，院里有个老人正在烧水，柴火噼里啪啦响个不停。

当我们说明来意后，这位 70 多岁的老人激动地说不出话来，红着眼睛招呼我们进屋里坐。

他就是受害人汪氏姐妹的父亲。我们递给他 10 张不同男性的照片，老人一会儿就挑出了李东明，使劲捏着他的照片，手抖得厉害。

老人泪流不止，哽咽着说："是他，没错，就是他！"他双手撑着膝盖慢慢站起来，脸上的皱纹在抽搐。

闻讯赶来的其他亲属也都对照片进行了辨认，他们非常确定，照片上的男人，就是李春江。汪氏姐妹的哥哥、弟弟和嫂子对李春江的印象很深，这么多年过去，仍清晰记得他的模样和生活习性。

李春江身高 1.66 米，比较瘦，平头，长脸，皮肤白净，小眼睛，眉毛的前半部分很浓，后半部分稀疏。不抽烟，也很少喝酒，自称会武术，平时不太喜欢与人接触。汪家人一致声称，李春江不是双胞胎。

很快，院子里挤满了村民，他们中的许多人都目睹了当年那起惨案。在大家断断续续的回忆中，20年前的情况逐渐清晰起来。

至此，我们已经基本确定，李东明就是李春江。

但我们心里清楚，只靠辨认远远不够，还需要更强有力的证据。

当年李春江作案时本地技术手段落后，还没有开展DNA检验工作，我们手头没有李春江的DNA数据，不能直接进行DNA比对，只能另辟蹊径。

眼看李东明的刑期就要结束，我们一方面继续和检察院法院沟通，另一方面全力寻找和李春江有血缘关系的亲属。

李春江父母均已过世，他在东山岭村没有直系亲属，但汪氏姐妹的亲人反映，李春江有个姐姐叫李红梅，住在城区，当年就是她在中间做媒。

第二天一早，我跟随几位同事赶到城区，找到了她。

我大吃一惊，李红梅居然是个老太太，看起来至少70岁，头发已经白了一大半，脸上布满皱纹。眉眼倒是和李东明有几分相像，都是小眼睛，长脸。

看了李红梅的身份证，我才恍然大悟，姐弟俩竟相差20多岁。

李红梅指着李东明的照片喃喃地说："小如意啊，就算烧成灰我也能认出你来！"尽管李春江是她除了老公孩子之外唯一的亲人，可李红梅早就当他死了。

采血的时候我问她："李春江有双胞胎兄弟吗？"

李红梅摇了摇头，说："我家只有两个男孩子，李春江还有个哥哥，比他大 10 来岁，多年前就死了。"

后来，我们找到更多和李春江可能存在遗传学关联的亲属，提取血样进行检验。

2015 年 2 月 2 日，DNA 检验鉴定结果终于出来了。通过线粒体 DNA 检验，李红梅和李东明在检验的 4 个区间线粒体 DNA 片段相同，不排除来源于同一母亲。

这个结果明确了，李东明就是李春江，是身负 5 条人命的杀人恶魔。

经过多日的调查走访，我们也基本拼凑出李春江的人生轨迹。

李春江出生在 1965 年腊月，家人特意给他取个小名叫"如意"，希望老天庇佑他顺心如意。一家人都很宠溺他，可能正因如此，他从小就不听管教，性格顽劣。在八九岁那年，父亲去世后，李春江跟随母亲去了东北，投靠舅舅。

后来，李春江母亲去世，舅舅劝他找点活干，介绍他跟着一位木工做学徒。但电影《少林寺》上映后，李春江深陷其中，憋足了劲要去少林寺学武。很快，他踏上了南下的旅程。

姐姐李红梅在他出生前就结婚了，婚后一直在城区定居。1990 年年初，久未谋面的小弟忽然出现在她面前。从那之后，李春江就暂住在姐姐家。在事业单位上班的姐夫将他介绍到单位做了临时工。

1991 年 5 月，在大姐介绍下，李春江与一位叫汪玉娟的女孩相识，不久结婚。

李春江嫌弃在单位上班挣钱少，于是买了一辆三轮车，去菜市场卖菜。汪玉娟觉得很没面子，不愿意一起去卖菜，李春江就打她。李红梅见到弟媳身上的伤,只能说一些安慰的话,但根本管不住弟弟。

汪玉娟经常给父母打电话,说李春江欺负她。有一次,她哭着对母亲说,李春江喝酒之后又打了她,自己想回家。

嫁出去的闺女泼出去的水,汪玉娟的父母没想到事态的严重性,只是安慰她,结婚过日子就是凑合,尽量别惹老公生气。但汪玉娟说,李春江脾气很古怪,有时根本没惹他,也会挨一顿揍。

1992年7月,汪玉娟父亲去跟李春江同村的亲姐姐家走亲戚。得知父亲来了,汪玉娟跑过去,一见到父亲就哭起来,说李春江虐待她。

姑姑把侄女领到里屋,查看她身上的伤。只见她身上青一块紫一块,大腿根部和会阴部有许多新伤老伤,腹部和背部还有烫伤痕迹。

汪玉娟告诉姑姑,平时打骂也就罢了,李春江有"那方面"的嗜好,喜欢在发生关系时虐待自己,把大腿根都掐紫了,还用剪刀捅刺她大腿根。

那天晚上,汪玉娟告诉父亲,自己不想回李春江那里了,想跟着父亲回老家。汪父点了点头,表示明天带她走。

没想到当晚8点多,李春江找上门,进不去屋便在楼下吆喝:"你们要是把她领回家,我就杀了你们全家!"

汪家三人很生气,第二天一早,汪父带着女儿回了老家。

5天后,李春江来到汪玉娟老家,说话不像上次那样冲:"你们大人有大量,我要把媳妇领回去好好过日子。"

见女婿态度比较好,汪父留他在家里吃了一顿饭,并叮嘱他,以后不可以再打老婆。

饭桌上，汪玉娟没有多说话，只说自己在老家还没待够。汪父告诉李春江先回去，让女儿先在家住几天。李春江在汪家住了一晚，第二天就走了，说过几天再来接汪玉娟回家。

汪玉娟偷偷告诉父母，李春江"那毛病"怕是很难改，自己是真怕了，不敢再跟李春江回去。

汪母心疼闺女，让汪玉娟在家里住下来。但汪父却觉得，两口子床头吵架床尾和，过段时间闺女就自己回去了。

半个月后，1992年8月2日，李春江再次造访，态度大变。他质问汪玉娟为什么还不回家，是不是外面有人了。

"今天你要是不跟我回去，我就不走了！"李春江已经失去了耐心，话越来越狠，语调越来越高，"你们别逼我！"

以前，汪玉娟并不敢和李春江争吵，这次因为在父母家，守着父母和妹妹，她胆气也壮了不少。

汪玉娟的妹妹汪玉兰在家附近一家工厂上班，那天她正好休班。看到姐姐在争吵中处于下风，甚至还被李春江推搡了好几把，眼瞅着就要动手，汪玉兰不干了。她从屋里拿出一根链子锁，站在姐姐身前，大声说："你要敢动我姐一指头，我就跟你拼命！"

李春江很生气，指着汪玉兰的鼻子说了句"你等着"，转身就走。

汪父叮嘱老伴，最近几天把门锁起来，别让李春江进家门。

第二天中午吃过午饭，汪母把家里的大门反锁后，就和女儿、外孙去大炕上睡觉了，汪父则去了另一间房屋午休。

汪母正睡得迷迷糊糊，忽然听到嘭的一声响。她一下子睁开眼睛，从床上坐了起来。

只见李春江拿着镢头站在炕头，镢头击中了汪玉娟头部，血喷溅到枕头和墙上。

和丈母娘对视后，李春江拿着镢头往外跑。汪玉娟满脸是血，汪母顾不上去追李春江，赶紧用手抱住了女儿。可汪玉娟只能喘粗气，根本说不出话。

汪父听到妻子号哭，马上起床跑来。看到女儿汪玉娟头上有血，他扭头往外跑。

刚冲出屋门，恰好发现有人扭着身子趴在东侧院墙上，正准备往隔壁的院子跳。那人跳之前一扭身，两人视线碰到了一块儿，正是李春江。

汪父找出钥匙，将大门上的锁打开，去隔壁院子寻找李春江，但那时李春江早已不见踪影。

汪玉娟被送到医院后不久就死了。汪家乱成一锅粥，直到医生提醒，才想到报警。刑警队接到报警的时候，已经是下班时间。

那时通信很不方便，值班民警去家属院挨家挨户敲门叫人。余法医刚准备吃晚饭，闻讯后立刻回了局。那时他刚参加工作四五年，还是一名年轻法医，但局里法医少，他已经开始挑大梁。

要去现场的人太多，一辆警车坐不下。等余法医和痕检技术员骑着摩托车赶到现场，距离案发已经过去4小时。

这么多年了，余法医依然对那个溅了血的花枕头记忆深刻。枕头上那片血渍有人头那么大，枕套上浸染了鲜血的鲜花看起来异常妖艳。

此后一段时间，余法医一闭上眼就能看见那个花枕头，那片血渍会慢慢变大，染红整个枕头。

那时余法医结婚不久，家里用着款式相同的花枕头，后来他实在受不了，就让媳妇把枕套换掉了。

初步勘查现场后，余法医在医院对受害人汪玉娟进行了尸检。死因简单而明确，钝性暴力打击头部，致颅骨骨折、颅脑损伤而死亡，"势大力沉，一击毙命，够狠"。

案发当晚，公安局封锁了周边地区并进行搜捕，可惜没能抓住李春江。

大家忙完再回到现场就快天亮了，死者家属多数都离开了，但还有几个人留在那儿，神色慌张。原来，死者的妹妹不见了，大家正在四处寻找，村里的左邻右舍也在一起帮着找。

很快，噩耗再次传来。

清晨，众人来到汪玉兰工作的工厂，一位早起上班的同事反映，汪玉兰和她姐夫一起出了厂，往旁边的玉米地去了。

"坏喽，坏喽！"汪父一下子瘫坐在地上，拍着大腿吆喝起来。

众人直接去了玉米地，在那里发现了汪玉兰的尸体。

后来一位村民说，前一天傍晚，曾看到一个男人从玉米地里走出来，脸上有伤，像是被挠的。那男人的外貌特征和李春江极为吻合。

"两只眼都剜出来了。"余法医讲到汪玉兰的时候，眉头紧皱着，表情很沉重，看来他极不情愿去回忆当年青纱帐里的场景。能让一名法医如此在意，现场一定异常惨烈。

根据调查，李春江用镢头击打妻子汪玉娟后，并没有立刻远走高飞，而是去了汪玉兰的工厂，找她出来谈事情。

当着工友的面，汪玉兰见李春江态度还不错，就跟随他到了玉米地。四下无人，李春江撕下伪装，露出了凶恶的獠牙。

汪玉兰没想到姐夫竟对自己起了歹念，转身往外跑，但常年锻炼身体的李春江非常敏捷，汪玉兰只跑出去 10 多步就被他追上，一下子扑倒在地。

汪玉兰极力反抗，指甲抓破了李春江的脸。这让李春江更加凶性大发。他撕扯下汪玉兰的裤子，把她的内裤塞进她口中。在施暴过程中，他时不时用拳头捣击汪玉兰面部，导致她面部多处皮下出血，眼周青紫肿胀。

李春江还用手掐住汪玉兰脖子，指甲在她颈部留下印痕。汪玉兰由于窒息，反抗越来越弱。最后李春江强暴了汪玉兰，造成汪玉兰处女膜新鲜破裂。

但李春江心中的怒火还没有熄灭。他又掏出随身携带的匕首，狠狠地捅向汪玉兰阴部，接着又用匕首刺进汪玉兰的左眼眼窝，抠出了左眼。在用匕首抠她的右眼时，匕首崩断了，半截匕首留在了右眼里。

那年，汪玉娟 24 岁，妹妹汪玉兰只有 21 岁。

作案之后，李春江连夜逃离本地。他先是回了东北，然后又去了南方，之后下落不明，成为一名逃犯。

但仅仅 4 年后，1996 年，李春江就悄悄潜回了本地，租住在离自己家不到 100 千米的村子里，并且犯下了 2 起抢劫案，3 起玉米地奸杀案。

直到 DNA 检验鉴定结果出来，李春江依然辩称，自己不是李春江，从未到过公诉机关指控的 3 名受害人被害的地方，也从未强奸杀害过妇女，从未结婚，不认识也没杀害过汪玉娟和汪玉兰。但在完整的证据链面前，这些都不重要了。

让我们没想到的是，他还有新招。

2015年9月14日，李春江被正式逮捕，连同20年前的命案，一起被提起公诉。

这时李春江突然表现得十分反常，时而胡言乱语，自称是北京的高官，正在执行特殊任务，所有人都无权审判他；时而对着空气挥舞拳头大骂，声称有人在跟踪他，窃听他的信息；时而说自己是火星人，飞船没能量回不去了。

李春江要求我们为他做精神鉴定。

经历层层波折后，李春江的谎言被拆穿了。法院认定，根据现有证据，李春江根本不存在任何精神问题，犯案时具有完全刑事责任能力。

在DNA数据比中李春江4年后，法院终于做出了一审判决：以故意杀人罪、强奸罪、抢劫罪，判处李春江死刑，剥夺政治权利终身，并处罚金人民币1000元。

但李春江以"自己是李东明不是李春江"为由，提出上诉。

最终上级法院驳回上诉，维持了原判。

直到此时，李春江还是不承认自己是李春江。

有同事认为，面具戴久了便无法摘下，李春江陷入自己编织的谎言中无法自拔，欺骗别人的同时，他自己也渐渐变得深信不疑。

但是，我觉得以李春江的聪明程度，他肯定不会忘记自己的真实身份。

法律规定，只要有证据证明其违法犯罪，可以以"无名氏"或其自述的身份信息对此人进行处罚。所以此前法院出具的两份有罪判决上的姓名，都是其自称的"李东明"。

就这样，李春江摇身一变成了李东明。第一次出狱后，他曾以写有"李东明"名字的判决书为据，多次到派出所让民警为他落户。但他缺失的身份信息太多，又无从查起，最终未能审核通过。

2006年初，李春江竟还以此为由，去省公安厅上访。

那天正好一位厅级领导在信访处接访。李春江一上来就很激动，他越说越气，最后指着领导的鼻子骂起来。旁边几个民警让他闭嘴，要把他轰走，领导却摆了摆手，让他继续说。

李春江换了副面孔，他蜷缩在椅子上唉声叹气，诉说委屈和艰辛。他说自己当年无奈之下犯了罪，希望社会能对刑满释放人员多一些关爱。

说到最后，他流下了几滴眼泪，像一只受伤的小狗，看起来非常可怜。

领导似乎受了触动，好言安抚李春江，让他回去等消息。李春江还是不肯走。这位领导被逼得没有办法，承诺他一定会给出一个答复。李春江这才起身，满意地离去。

那天，他一定觉得，自己即将成为李东明。

03

北桥牙医
灭门案

案发时间：1999年腊月

案情摘要： 北桥村牙科门诊医生何立斌一家四口惨遭灭门。

死　　者： 何立斌一家四口

尸体检验分析：

何立斌：面部肿胀，上嘴唇部分缺失，牙龈和牙齿露出。右胳膊肘弯曲，右前臂上举，呈握拳姿势；左胳膊伸直，左手半握。胃内无食物。

何立斌之妻：右脸变形，伤口密集，手臂见明显抵抗伤。胃内无食物。

何立斌之子：颈部见两个大洞。胃内无食物。

何立斌之女：前额正面劈开，颅骨及脑组织可见，颈部有一大洞。胃内有少量食物。

在我们那儿,法医爱喝酒似乎是件天经地义的事。

老一辈的法医们习惯出完现场用白酒冲冲手,再来两口。消毒、解乏,捎带着还能缓解精神压力。

同事告诉我,我的师父余法医以前也是海量,但奇怪的是,从我认识他,他就滴酒不沾。

有一回,我去余法医家,见到他橱柜很显眼的位置摆着半瓶白酒——不是啥好酒,但看起来放了很久。

见我盯着那半瓶酒看,余法医岔开了话题,招呼我喝酒,自己却只喝茶水。

我越想越觉得这瓶酒有蹊跷。

只是我没想到,他不喝酒的原因,竟然和一起尘封多年的大案有关。

那是一起几乎成了我们当地公安系统传说的大案。

在那起案子里,余法医把自己的手和一具尸体缝在了一起。

1999年,腊月,余法医坐上一辆汽车,一路颠簸紧急赶往案发现场。案发地点在一个新建开发区,被划出来只有三四年,由一些沿海小镇组成。这些小镇民风淳朴,虽然地广人稀,但管理规范。然而这天,新区里的北桥村,却发生了一起灭门惨案。

当天早些时候,村里人几乎都在忙活,准备迎接即将到来的千禧年。一个小伙子急匆匆拐进公路旁的小巷,早晨的阳光把他的身影拉得老长。

小伙的姑父叫何立斌,是远近闻名的牙医,平时在家坐诊,家门口的槐树上挂着"北桥牙科"的小木牌,在微风中轻轻晃动。

小伙子想借辆自行车,见大门虚掩着,就毫不犹豫地推开了。但一进去,他就发现平时被姑姑打扫得一尘不染的院子,这天有些不同,尤其是地上还有许多滴落的血迹。

他开玩笑地朝屋里喊:"姑父,怎么给人拔牙也不止个血?"院子里一片死寂,无人应答。小伙子沿着血迹径直走到姑姑家的起居室,拉开纱门,探头往里一瞧,就再也迈不动步了。

小伙子赶紧向警方报了案,没一会儿,这件事就无可避免地迅速在村子里传开。

恶性案件很容易引起恐慌,对一个新区来说尤其如此,警察不仅要破案,还要尽快。那天的出警非常迅速,驾驶员硬是把原本 1 个多小时的车程,压缩到 40 多分钟。一路上,余法医攥紧扶手,下了车感到一阵头晕,差点吐了出来。

但他来不及抱怨,很快就被现场的惨烈震惊了。

推开两扇黑漆木门,余法医和痕检技术员老邓一起走进院子。院子很宽敞,院中间是个砖块围成的小花园,花园墙边有个红色塑料桶，里面盛满了污水，老邓上前看了看，找到一根带血的木棍。

院里一共有7个房间，南面两个是仓库和厨房，西边两个是牙科诊所，东边三个是起居室。起居室门前，晾衣绳上的衣服还半干半湿，地砖上有许多血迹，墙角的拖把下面淌出淡红色液体。

余法医推门时，刻意避开了带血的门把手。当他迈进房间的一刹那，一股浓烈的血腥味，伴着潮湿的空气涌进他的鼻腔。

客厅很乱，沙发垫散落一地，墙上、地上、镜子上到处都是喷溅血迹。客厅正中有一床血染的棉被，隐约凸起一个人形。余法医小心拎起棉被一角，底下露出一个身形魁梧的男人，仰面躺在地上，身子周围全是血。

男人衣着凌乱、面目全非，脸肿得厉害，上嘴唇少了一大块，形成一个豁口，露出了牙龈和牙齿。

"他真的是死不瞑目，眼睛睁得又大又圆。"至今，余法医仍记得和牙医何立斌第一次见面的场景。

他保持着奇特的姿势：右胳膊肘弯曲，右前臂上举，呈握拳姿势，左胳膊是伸直的，左手半握着。

这是一种特殊的尸体现象：在高度神经兴奋状态下死亡的人，死亡的瞬间会发生肌肉痉挛，也就是没有经过肌肉松弛阶段，直接进入"尸僵"阶段，造成尸体保持着临死时的姿势。比如电影里战斗到最后一刻，站着死去的战士。

余法医觉得，这更像是一种执念。他从何立斌睁大的眼睛里看到了愤怒、绝望、哀伤和不甘心。生前很强壮的男人，却在生死之间败下阵来，没能保护自己的家人。

"哪怕死了,他还保持着搏斗的姿势。"

地面上的拖拽血痕从客厅一直通向卧室。

卧室里,大红色的窗帘挡住了室外的阳光,整间屋子都被照得红彤彤的。屋里有明显的翻动痕迹,地上堆满了衣物、被褥和鞋。

两具尸体平行仰卧着,身上撒满了书本和试卷。靠里的是女主人,右脸变了形,密集的伤口下,都看不到右眼,手背上有明显的抵抗伤;靠外的是个穿校服的男孩,瘦瘦高高的,细瘦的脖子上豁开了两个大洞。

小卧室里还有一个小女孩,看起来和余法医的儿子差不多大,她躺在床上,穿着秋衣秋裤,脚上没穿鞋,死前应该是准备休息了。但现在,她再也无法醒来了。小女孩的前额被正面劈开,透过口子能看到裂开的颅骨和脑组织,脖子被豁开一个大洞,硕大的伤口,怎么都合不拢。

一张"初一代数测试卷"散落在女孩身上,卷面上是鲜红的"100分",和满屋的血迹一样红。

一家四口,无一生还。

大家陷入一种极度的沉默。除了必要的沟通,现场只能听到沉重的呼吸声此起彼伏。一股不可遏制的愤怒升腾起来。

究竟是怎样残暴的凶手,会下这种狠手?

余法医在院子里找了块空地,将屋里的一家四口都"请"了出来。

那时候公安局没有解剖室,医院停尸房还不如外面亮堂。老一辈法医们大都习惯在现场或野外解剖,虽然现在来看,那么做不规范。

4具尸体并排躺在空地上。余法医蹲在院子里，从大到小，开始解剖。天色渐渐变暗，别人吃晚饭都回来了，余法医还在解剖第四具尸体——小女孩。

室外温度已经降到零下，终于到了最后一步，缝合。余法医一针一针，穿过女孩早已僵硬的皮肤。结束时，他想把左手拿开，却发现左手被紧紧地"拽"住了——

他把自己左手的食指和女孩腹部的皮肤缝在了一起。

这不是一个法医该犯的错。

余法医是大家口中的"神医"，每当大案发生，到场的领导都会问："余法医来了没？"大家都认为，只要他到场，案子基本就稳了。

当年的法医办案很靠观察力，余法医对细节极其敏感。有一次，河里捞出一根骨头，大家毫无头绪，余法医瞅了半天，分析死者是个身高1.8米的男人，曾经出过车祸，被人用砍刀和钢锯分了尸。破案后，事实果然如此。

这一次，说来奇怪，整个过程中，余法医没有感到一丝疼痛。

余法医解释说："头天晚上失眠了，夜里起床喝了半瓶酒。也没准是又冷又黑的缘故，手都麻了。"他一直有失眠的毛病，酒被当成了一味药。

我猜想，也可能是这起惨案给余法医的冲击太大了。

余法医拆了线，没有立即摘下手套查看手指的伤势，也没有急着再次缝合。他握住那只苍白的小手，盯着女孩稚嫩的、刚拼凑起来的脸，看了半天。

"对不起，我不是故意的。"余法医小声嘟囔着，眼睛通红。

这之后，就算再失眠，他都不喝酒了。

干技术的都知道，越复杂越血腥的现场，有价值的线索就会越多。灭门案的现场，多个房间明显被翻动，诊所的抽屉都被打开，几乎所有的门把手和电灯开关上都有涂抹状血痕……

可痕检技术员们在现场，却没有提取到多少有价值的线索。现场的血脚印大多不清晰，能稍微看清花纹的，只有13枚，它们分布在何家堂屋的13块地砖上。

而嫌疑人的指纹，一枚都没提取到。

案件性质极端恶劣，现场条件却不乐观，老邓气得牙根痒痒。

"这么好的一家人就这么没了，太惨了！"认识何家的人都在叹息。

何立斌医术好，不仅附近居民喜欢找他看牙，很多外地人也慕名来北桥村找他。

何家夫妇为人和善，儿女礼貌优秀，在邻居眼里，这是令人羡慕的一家人，想象不到他们会招惹上什么仇家。这样的家庭惨遭毒手，所有村民都变得特别焦虑。

每隔几小时，老邓就跑去问负责维持现场秩序的派出所民警，侦查那边有没有眉目？

过去，很多案子在技术科还在检验的时候，凶手就被抓住了。可这次，从白天到晚上，从晚上到白天，技术人员仔细勘查完现场，30多个小时过去了，警方侦查依然没有结果。

舆论压力越来越大，领导们都坐不住了，赶到现场来问有没有重大发现。可现场勘查结果让领导很不满意，他撂下一句话："这么大的现场，罪犯肯定会留下证据，继续找！"

凶手还能人间蒸发了？

余法医的尸检结果，并不是没有发现，他对作案时间和作案工具有重要推断。通过查看几位死者的胃内容物，他发现除了小女孩胃里有少量食物之外，其余3个死者的已排空，他们的死亡时间应该在最后一餐2小时之后。

侦查人员通过走访得知，何立斌一家通常在下午6点吃饭。平日里，何立斌的儿子是最后一个到家，他下晚自习回来是9点20分左右。要杀死男孩，嫌疑人必须在现场逗留到晚上9点20分之后，还要加上翻找财物、清理现场的时间。

余法医对死亡时间进行了综合判断：4个死者都死于接到报案前一天晚上8点以后12点之前。时间存在一定跨度。

民警特意问过何立斌的左邻右舍，案发时段，有没有听到过什么异常动静。邻居说，何立斌很能干，每天都忙到很晚，不是给人镶牙补牙，就是自己制作、打磨牙套牙模。他家每晚都传出吱吱的打磨声，邻里已经习以为常了。

案发当晚9点多，邻居起夜时，曾往何家院子里瞅过一眼，能看到隔壁照过来的灯光，隐约听到打磨牙模的声音。也就是说，这家人很可能是慢慢地，在牙具打磨声中，一个一个被杀死的。

在一扇门后发现的血脚印似乎也印证了这一点——嫌疑人曾经藏身门口，在杀完至少一个人后，脚上沾上了血迹，藏身门后，等待时机再杀下一个人。

凶手不仅残忍，还很狡猾。

邻居还提起，案发当晚，附近一户人家的狗有一阵叫得很凶，但没人发现异常，大伙也就继续睡了。

余法医根据几位死者的伤口，分析可能存在三种到四种作案工具。一种是锐器，类似匕首；一种是砍切器；一种是有棱角的钝器；还有一种是圆柱形钝器，比较符合的是现场发现的一根水管。

带那么多工具行凶可能不现实，余法医认为，有一种工具可以形成两种以上痕迹，比如斧头。

老邓仔细检查了那根泡在红色水桶里的木棍，结果也印证了余法医关于致伤工具的推断。那根木棍，很有可能是一截斧柄。

为了掩藏打斗痕迹，嫌疑人用水冲刷过何立斌遇害的中心现场。在那把打扫现场的扫帚上，还缠了一条黄色的围巾。

院墙外的干草堆上，还有一只带血的、为了不留下指纹痕迹而戴的粗线手套静静地躺在那里。

这不是临时起意的激情杀人，而是一起有预谋的残杀。凶手是有备而来的。

案发一周了，案件迟迟没有进展，大领导下了紧急命令，一个60多人的专案组成立，将全力侦破这起灭门案。

能被抽调进专案组，是对办案能力极大的肯定，他们是精锐中的精锐。

大家又去看了几次现场，关于作案动机，意见基本一致：嫌疑人可能与被害人一家相识，知道何家有四口人，有钱。两个女性死者没有被性侵，从大量翻动的迹象来看，主要考虑寻仇或劫财，也可能两者兼备。

"牙医何立斌生意火爆，会不会是同行眼红，起了歹意？"当时有侦查员提出。

领导没说话，一直低头在本子上记着。

专案组一致推断，杀死4个人，还能攀爬翻越2米多高的院墙，从血脚印的尺寸看，嫌疑人是1.75米左右的青壮年男性。先杀人后寻财，光明正大地翻找财物，再从容不迫地离去，临走还冲刷清扫了现场，说明嫌疑人心理素质稳定，很可能有犯罪前科。

何立斌尸体不远处，有一把30厘米长的扳手，上面有何立斌的指纹，说明他曾经手持扳手跟嫌疑人激烈打斗过，嫌疑人很可能受了伤。

但嫌疑人进出现场的路线和作案人数的问题，依然困扰着大家。这家院子南侧内外都有带血的攀爬痕迹，嫌疑人很可能是通过攀爬围墙进出现场的。但大门虚掩，没锁，有门不走却爬墙，这不是多此一举吗？

关于作案人数的讨论，从一开始，就产生了很大分歧。

"最起码得有两个人的鞋印。"一个痕检技术员说出了自己的见解。现场出现了两种花纹的血脚印，宽窄不一。尤其在门后的一块地砖上，出现了两个平行的血脚印，应该是两个人同时站在门后形成的。墙上的两处攀爬痕迹，也疑似两个嫌疑人作案后翻墙离开。

此外，按常理推测，一个人想在短时间内杀死4个人，似乎也有些困难。

但是，余法医的说法出人意料。他说，一个嫌疑人也可以完成全部作案过程，他提出了4点理由：

首先，所有受害人的损伤类型和致伤工具都差不多，说明杀人手法相似。

其次，现场遗留的13枚血脚印虽然有两种花纹，但所有左脚为一种，右脚为一种。门后的血脚印虽然花纹、宽窄不同，但是长度基本一致。

墙上存在两处攀爬痕迹，并不能确定是两个人攀爬形成，也可能是同一个人爬了两次。

最后，关于力量对比，只要不是同时面对4个人，一个人是完全可以先后行凶。

专案组根据已经得出的信息，梳理出13个重点怀疑对象。大多与受害者家庭有利益往来，可调查后，13名重点怀疑对象全部被排除了作案嫌疑。

进一步排查中，余法医走遍了周围大大小小的医院、诊所，打听是否有被钝器砸伤的男人来就医。当地的医生几乎都认识他了，嫌疑人还是没找到。

专案组有人拿着鞋底花纹的照片，逛遍了全市所有商场超市和大小鞋店，没找到有这两种花纹的鞋子。

4个多月时间里，警方把排查范围扩大到整个开发区，排查了可疑年龄段的男性2万多人，却似大海捞针，一无所获。

就在专案组被各种信息缠绕，争论不休的时候，终于有一个线索，从错综复杂的案件细节里冒头了。

线索来自水桶里那截带血的木棍。有痕检技术员辗转找到了林业专家，通过分析，这截木棍来自一棵5岁的刺槐树主干，树生长在盐碱地区。

这个结果让大家感到兴奋，因为案发地就属于盐碱地，这说明做斧柄的槐树"住得"离现场并不远，凶手就在附近。

那时技术手段不发达，破案主要依靠传统方式——地毯式走访排查，用肉眼和经验发觉疑点。

新一轮的走访排查里，有一个符合嫌疑人特征的年轻人出现了。当时的新人法医，董法医所在的组遇到一户人家，很奇怪，连续走访多次都不开门。

有一次在门外等候，董法医听到院子里有动静，可无论他们怎么敲门，怎么吆喝，门就是不开。他们没有轻举妄动，联系了派出所，得知这家有个20岁出头的小伙子，叫丁志峰。

多次敲门不开已经让董法医他们疑心，丁志峰的年纪也符合划定的嫌疑人的排查范围。他成为重点怀疑对象。

几天后的傍晚，董法医和两个侦查员再次来到这户人家。当时正是吃晚饭的时间，院子里面亮着灯，家里有人。这一次，他们提前做了工作，让村治保主任敲门喊话。

过了不久，门开了一道缝，一个满脸皱纹的黑瘦男子探出头，他看到主任后，脸上露出了一丝笑容。门打开了，董法医看到院子里还有个妇女，穿着一身深色的衣服，佝偻着腰，面容愁苦。

他们进了门，主任说他家里有点急事，就先离开了。那对夫妇领着他们往屋里走，黑瘦男子边走边咳嗽，女人过去扶了他一把。

屋里灯光昏暗，空气中散发出一股发霉的味道。堂屋的墙壁上有一张电影海报特别显眼，上面是个漂亮的女演员。

这对夫妇招呼他们坐下喝茶，董法医和两个侦查员围着低矮的桌子坐下，简单说明来意后，董法医拿出本子，准备详细记录。

就在这时，意外发生了。

董法医一抬头，看到里屋冲出一个黑影。他光着膀子，披头散发，手里挥舞着一把镰刀。在灯光下，刀刃闪闪发亮，离董法医的头最多也就 1 米远了。

董法医吓傻了，他身旁的侦查员一把拽住他，拉起来就往外跑。他们身后的那对夫妇立即抱住黑影。很快，这家的门又反锁了。

经历了惊魂一刻后，董法医几人赶紧向上级汇报，丁志峰有严重暴力倾向，身高年龄都符合，有重大作案嫌疑。

很快，这家的院子被警察团团包围，还有几个警察带了枪。村支书匆匆赶来，大喊："误会了，误会了！"

"这孩子有精神病。"村支书说。丁志峰发病的时候常在街上光着屁股跑，见人就打骂，村民们害怕，他的父母干脆把他锁在家里了。

经过警方反复确认，案发那天，丁志峰的确在家里没出门，邻居也可以作证。这位"武疯子"的嫌疑，最终也被排除了。

"其实后来想想，一个疯子根本不可能考虑得那么周密，懂得戴手套作案，还会清理现场。"董法医回想起来，也觉得当时汇报太冲动。

可当时丝毫的线索都是希望。4 个月，60 多个人，集中工作、吃住，一头扎进了这起灭门案。

迟迟不能破案，大家都急红眼了。

但专案组里没有一个成员中途退出。

刚开始出于保密原则，加上通信不便，大家几乎都不和家里联系。后来领导觉得这样不是办法，于是每天晚上大伙碰完情况，就可以给家里报个平安。那是民警们一天当中最放松的时刻。

专案组里仅有的几部手机被贡献出来，余法医记得很清楚，是摩托罗拉的翻盖手机。僧多粥少，没抢到手机的民警，就在宾馆走廊的公用电话前排队。

一天半夜，余法医看到一个侦查员还蹲在走廊里，他走过去，那个侦查员好像有些不好意思，使劲把脸扭过去。

侦查员双眼通红，鼻涕和眼泪顺着脸往下淌，张大了嘴，拼命压抑自己，喉咙才没发出声响。余法医问怎么了，他忍不住小声地抽泣起来，说："孩子感冒家里人没在意，得了心肌炎。"

"回去吧！"余法医劝他找领导汇报难处。

"哥，案子太重要了，我不想撤啊！"侦查员抓着余法医的手，"这么大的案子，以后可能再也碰不上了。俺不甘心就这么走了，可俺一想到孩子心里就难受。"

4个多月时间里，专案组里也发生过喜事。

一个痕检技术员的婚期改不了，领导给他批了3天假。可是新婚第二天一大早，新郎就急着赶回了专案组，没耽误当天的工作。

他们把该考虑到的都考虑了，把能做的都做了，但那个冬夜里的幽灵，还是像人间蒸发了一样。

技术人员把现场提取的所有物证都仔细地保存着，13块地砖也被收进物证室。

专案组解散了，在最后一次专案会上，领导鼓励大家："或许现在还不到破案的最佳时机，大家别气馁。只要我们不放弃，总有一天能破案。"

吃散伙饭的时候，不少人都喝醉了。大家都不甘心。4个月时间，没能找到凶手。每个人都觉得，拖得越久，希望越渺茫。

余法医依然滴酒未沾。他无数次扪心自问：我还能喝上那半瓶剩酒吗？他想等到案子破的那天。

有熟悉的人开他玩笑，提到他把手缝在尸体上的事，余法医憨憨一笑，自嘲道："或许我和那个小女孩有缘吧。"

此后数年，他脑海中回忆起这件案子的巧合，根本解释不清。

遇害的女孩只有 13 岁；现场发现了 13 枚清晰的血脚印；排查了 13 个重点嫌疑人；物证室里那 13 块地砖就像 13 块巨石，压在民警们的心上。它们中深藏着密码，只有成功破译，才能找出真相。

13 年后的一天，刑警队王队长看到一则新闻，有人通过 DNA 检测技术，确定了一座古代墓穴主人的身份，这让他又想起了牙医灭门案。

当年受技术条件所限，没有检验出嫌疑人信息，但现在，一滴血可以讲述的东西太多了。如果说血液是一把锁，检测技术是钥匙，法医就是拿着钥匙的人。当年专案组的几个成员重新聚在一起，商量着再检测一下当年的检材。

一大堆人围在当年的物证旁，经过一番筛选，一致认定最有价值的物证，就是那 13 块地砖——25 厘米见方，青灰色，上面留着血脚印。

案发之后，它们一直由警方妥善保管，每一次公安局搬家，都会由专业人士小心转移。

当年，法医前辈们检验的重点是地砖上面的血脚印。但这次，接力棒到了我手里，我不再执着于血脚印，而是转向遗落在地砖上的"滴落血痕"。

这种"滴落血痕"的意义在于：它最可能是嫌疑人的血。现场有搏斗的痕迹，嫌疑人极有可能受了伤。过去只能检测出血型，今天的技术却可以锁定一个人。

"这次我们算是豁出去了。"DNA实验室的主任说。

提取血痕对我来说，本是一件轻车熟路的事，可这次我却突然有点紧张，面前的地砖可不是普通的物证，它们来自何家的堂屋，沉甸甸的。当年，嫌疑人就是踩着它们离开了现场，然后不知所踪。

我几乎是屏住呼吸，小心翼翼地操作着，逐一观察每一块地砖。花了2小时，终于在2块地砖上发现了几滴"滴落血痕"，其中一滴藏在地砖的花纹缝隙里，非常隐秘。

几天后，两份血样的结果出来了：2名男性DNA！

这几滴隐藏的血迹就像沉默了多时的证人，现在，终于要开口说话了。

单位组织大家开会，会议桌周围坐满了人，分配任务的时候，大家脸上都洋溢着灿烂的笑容。此前，60多个刑警争论了10多年的作案人数问题，似乎就快有答案了。余法医的眼睛里更是放着光。

我们首先要确定的是，2滴血是否属于现场的受害者父子。如果都排除了，那它隐藏的秘密就太多了。

为了验证这一点，我们需要重回当年的案发现场提取血样，同时，寻找死者的直系亲属，利用亲属关系对血样进行排除和认定。

一个阳光明媚的早晨，余法医带着我走进北桥村那条巷子。我俩在邻里的打量眼神中，驻足在挂着"幸福之家"的牙医家门口。

没过多久，一个五六十岁的瘦高个男人，拎了一串钥匙从巷口朝我们走来。

"来了啊。"他跟余法医打招呼。

边说着，他手中的钥匙伸向院门，打开了那把巨大的挂锁。两扇黑漆的木门同时发出吱呀一声，时间仿佛停止，然后瞬间倒流，我好像回到了13年前那个冬天。

我在现场提取了几处血迹，听余法医讲每个死者的位置、衣着、姿势和损伤特征，他记得清清楚楚，就像在讲一起昨天才发生的案件。

在小女孩当年的房间，我们停留了最久。墙壁上的血迹已经变暗，隔着床板的缝隙看，水泥地面已经彻底变色。女孩的血液被涂成了一个怪异的形状，就像一匹狼。

我有一种感觉，线索就留在这个空间里，等了我很久很久。

这一次，我是带着"钥匙"来的。

何立斌的家属们已经很多年没和警察打交道了，这次警方突然找上门，家属们虽然很配合，但眼神都有些复杂。"是不是案子有眉目了？"我给一个家属采血时，他一直在追问。

何立斌弟弟说，在哥哥一家出事后，父母就一直闷闷不乐。没过几年，两个老人就相继去世了。"俺娘临走时还问凶手抓住了没，一家人都不知道该怎么答。"

杀害自己亲人的凶手13年未落网，成了家属心中永远的遗憾。

那一刻，我也给不出回应，只能将现场提取的几处血迹，连同何立斌夫妇所有直系亲属的血样一并送到了DNA实验室。

同事们开始加班加点，仔细地分析和计算，最终我们认定：其中一枚DNA属于死者何立斌，而另一枚DNA只可能属于嫌疑人，或嫌疑人其中之一。

当初到底是几个人作案，现在还无法解答，但是有了DNA数据，我们就摸到了嫌疑人的衣角。

要进一步确认嫌疑人信息，我需要第二把更关键的钥匙——Y库。

本地的Y库建设已经初具规模，可我们找遍了，也没发现和嫌疑人有关联的信息。

得知结果后，余法医显得有些失落，说："看来破案的时机还是不成熟啊！"我不知道该怎么安慰他，余法医却主动拍了拍我的肩膀，说："好事多磨，别急。"

其实，谁都没有余法医着急，10多年来，无论是技术上的困难，还是舆论的压力，他都不好受。现在，终于拿到了嫌疑人的信息，我坚信案子一定能破。

每每这种时候，余法医就会拍拍我说："你们年轻一代就是不一样，心态也越来越好。"

我想，这可能是因为我们越来越相信技术了。

这之后，我们特意加快了本地Y库的建设。不单为了这起案子，还为了将来能破获更多案子。每一个在DNA库里添加血样的人，都可能给发现真凶提供关键线索。某种意义上来说，这个"专案组"的成员，已经没有上限了。

大约半年后的一个早上，我在单位走廊里碰到了余法医。

他难掩兴奋之情,对我喊:"找到了!"

有个人的 Y 染色体特征和嫌疑人高度一致。他叫王亚宾,37 岁,因为酒驾被拘留。

时隔 13 年,案件终于等来了进展,大家十分兴奋,觉得王亚宾可能就是嫌疑人,恨不能立马去抓他。

可就在关键时刻,余法医反而不急了。

Y 库里的基因图谱,就像是人的心电图,每一个突出的峰值就是一个基因座。王亚宾的 20 多个基因座与嫌疑人一致,但这个数量还不够。为了保险起见,我们又加测到 40 多个基因座,发现王亚宾和嫌疑人的 40 多个基因座里,有 1 个是不同的。

这说明,王亚宾不是嫌疑人,但和嫌疑人有极近的父系血缘关系。嫌疑人很可能姓"王"。

可"王"是个大姓,人太多了!

王亚宾所在的村一共有 600 多户村民,其中王姓有 100 多户。我们决定一一排查,一个也不放过。大家的目标一致:这张网不但要密,还要够大。排查的人数超过 1200 人。最终,我们发现了一个人,他的 40 多个基因座与嫌疑人完全一致。

隐藏 13 年的恶魔,要露面了。

我在审讯室监控里,第一次见到了王亚强:小眼睛、高颧骨、鹰钩鼻。

他也是一个牙医。

王亚强被抓时,正在送患者出诊所。

这个家庭的构成和死者何立斌一样,也是一对夫妻,一双儿女,女儿也刚好 13 岁。案发时,王亚强的妻子正怀着孕。

同事们一拥而上把王亚强摁在地上,他简单挣扎了两下,就不再反抗了。

抓捕之前,同事做了很多背景调查:王亚强性格内向但脾气火爆,曾在集市上因为生意把另一位牙医打跑了。平时和邻里很少说话,更别说喝酒聊天了。村里人都觉得他很难"噶伙(方言,结交)"。

王亚强的居住地,距离案发现场15千米,没有被纳入警方大范围排查的范围,但他家所在的村,当时也有侦查员去过,可不知怎么地,他竟成了漏网之鱼。

时隔多年,痕检技术员走近,搬起王亚强的脚端详了半天——他的鞋号和现场的足迹一样大。

审讯开始了。

王亚强嚷嚷着自己没做过亏心事,警察抓错了人,要给个交代。他挺胸抬头,像是一点也不怕。

审讯人员问王亚强认不认识开发区一个姓何的牙医,有没有去过他家,王亚强全部否认。审到大半夜,他还咬得死死的,直到审讯人员摆出了证据。

"我杀人了。"王亚强沉默了半分钟,忽然仰起头,长舒一口气。

审讯人员腾的一下站了起来,追问:"什么时间杀的人?"

"1999年腊月,一个晚上,8点多。"

"在什么地方杀的人?"

"在开发区北桥村牙科门诊的一户人家里。"

"杀了什么人?"

"杀了4个人,1个男孩,1个女孩,1个妇女和1个男人。"

"为什么杀人?"

"我想抢钱。"

隐藏了13年的嫌疑人居然轻易撂了,现场的情况和杀人动机都吻合,大家都松了一口气。

没人想过,这看似顺利的过程里,正在酝酿着危机。

王亚强不慌不忙地向我们讲述了杀害何立斌一家四口的经过。

他说自己不认识"北桥牙科"的牙医何立斌,只是想去抢钱。案发前半个多月,他在集市上买了一把水果刀,又从家中找到一把斧头。案发当天,王亚强从何家敞开的大门进去,先去黑着灯的南屋待了一会儿,后来径直进了客厅。

不巧有个妇女迎面走来发现了他,他就用斧头将对方砍倒,又用水果刀割了她的脖子。他进了小卧室,遇到小女孩,就把小女孩也割了喉。回到客厅的时候,遇上男孩。于是把男孩摁倒杀害,和妇女的尸体一起拖到了卧室。

王亚强说,干完这些,他去西屋找钱,忽然听到有人进入客厅,和男主人何立斌打了照面。争斗中,他用斧头把男人打倒在地,斧头柄断了。情急之下,他从地上捡起一根水管打男人的头,直至把他打死。

在王亚强供述里,他一人作案,没有私怨,只为谋财。杀人是因为被撞见,情急之下才灭的口。

这些细节,大多都和现场勘验的情况吻合,只有身在现场的人才能讲述,大家听完都觉得没有抓错人。

但余法医心里有些不安——男人的口供和尸检结果不吻合。在王亚强供述里,他砍人都是一斧头或者两斧头,刀割也最多两下。但尸检的情况要惨烈得多。

又是一个阳光明媚的日子,王亚强被押进小巷,指认现场。

王亚强对何家的院子非常熟悉,他清晰地记得自己在每个地方做过什么事,包括杀人、寻财、逃跑。围观群众情绪激动,在警察劝说下,才没有冲上来打人。

按目前掌握的审讯材料,大家觉得案子已经基本告破,下步就等着喝庆功酒了。可余法医窝在办公室里,一脸严肃,翻看着一个厚厚的本子。

我走过去,发现本子的边角被磨损得很厉害,里面还夹着许多粘贴的打印纸,写满密密麻麻的字。

没等多久,王亚强就干了件让所有人惊讶的大事:他翻供了。

因为余法医找到领导,说王亚强肯定是在撒谎,所以领导决定再来一次提审。结果王亚强一来到审讯室,像开玩笑一样,告诉审讯民警,自己确实是在撒谎——真凶有两个。

"我和一个叫周大海的,一起在牙医家抢劫杀人。"

有位老技术员立马给余法医打电话:"老余,你看看,我说是两人作案吧,你非得和我犟。"

余法医没吭声,冷静地观察着王亚强的"表演"。

审讯室里,王亚强一点点描述着自己和同伙的杀人经过。他和周大海是在开发区一家饭店里认识的。周大海是东北人,25岁,身高1.75米左右,偏胖,平头,皮肤黝黑。这人是个无业游民,住在开发区电子街路北侧一个平房里。

入秋后,周大海忽然问他,周围谁家有钱。王亚强觉得北桥村那个镶牙的人家应该很有钱。案发前两天,周大海很神秘地和王亚强说,他打听到北桥村那个镶牙的人刚从银行提了10万元钱。

"我要去干票大的,你一块去不?"周大海邀王亚强一起去抢钱。

他还说:"你不用管,我有工具,到时候你给我放风就行。"

案发那天,周大海拿了一个布袋子,里面是一把匕首和一把斧头。

王亚强对匕首和斧头记忆犹新。匕首双刃,带血槽。斧头是木工用的那种,把是黑色的木棍。

晚上7点30分左右,他俩去了牙医家里。门是虚掩的,两人进去,周大海让王亚强去南面屋里放风。

王亚强看到周大海从布袋里拿出匕首和斧头,推开屋门就进去了。他用斧头敲一个中年妇女的头,又用匕首往妇女的脖子划了两三下。然后,王亚强听见一个小姑娘的哭声,但很快,就没有声音了。

这时,一个男孩从外边跑进客厅,高声叫了几声"爸爸"。周大海从东屋出来,男孩抢周大海的匕首,但很快周大海就把男孩摁倒,用匕首把他捅死了。

一两分钟后,牙医进了客厅,抱住周大海。王亚强从南屋出来,想上前帮忙。可周大海先把牙医弄倒了,然后从地上拾起一根铁水管,往牙医头上打了三四下。一家四口就这样被周大海杀死了。王亚强距离尸体始终有一段距离,从没有直接接触。

进屋找钱的时候,他们从窗帘底下找到5000元现金,周大海拿走3000元,他留了2000元。两人又去牙科诊所的操作间，周大海找到 120 元左右，王亚强只拿了 20 多块焊牙用的焊片。他想着，自己给人看牙，这东西用得着。

接着，他们从院子西南角的厕所爬墙出去，出去后，周大海忽然一拍脑袋，说把斧柄弄丢了。他进去找但没找到，不久后，周大海就从大门走出来了。

王亚强记得，当时周大海身上有很多血，他不清楚周大海有没有受伤，但自己自始至终没有接触牙医一家人的身体。

这之后，他和周大海一直没有再联系。

8 年后的一个春天，周大海去过一次王亚强的诊所。王亚强吓了一跳，周大海却说没啥事，就是来看看。他当上菜贩子，还给王亚强留了电话号码，说"有空一起喝酒"。

后来王亚强换了好几次手机，把周大海的电话号码弄丢了。他俩再也没见过。

王亚强最新的供述像一枚重磅炸弹，把审讯的民警都炸懵了。

他的这一次翻供，实在影响太大，以至于专案组再次成立，还拉来了许多外援。

王亚强的新供述真实度高，细节也翔实充分，两人作案的细节得到大部分人认可。只是仍然有几位技术人员，站在余法医这一边，认为王亚强的翻供还是有问题。

双方据理力争的情景，就和 13 年前一样。余法医依然语气坚定地告诉在场的每一位民警：王亚强的翻供还是在撒谎，凶手只有一个人。

审讯组又多次提审王亚强，但每一次审讯，他的供述都和前几次有不同。

第六次审讯时，王亚强说他和周大海到现场后，两人一起到南屋抽烟，观察了大约5分钟，周大海才动的手；他认识何家夫妇，在案发5年前，他曾去何立斌家中学过镶牙技术；作案时，他用两块黑布将鞋底包了起来，周大海提前处理了鞋底的花纹……

按照之前的调查，无论是不是两人作案，可确认的是，王亚强肯定参与了杀人，而且还受伤流血了。可翻供以后，王亚强居然坚称自己没动手，杀人的事都是周大海干的。

民警拿出《鉴定意见告知书》，递给王亚强签字，上面写着地砖和水管上检测出了他的血迹。他看着这句话，直接拒签。

专案组的人这时才反应过来，抓到了王亚强，并不意味着结束，而是另一场战争的开始。

在案子不同阶段，我们任务不同，会面临不同的困境。当年，余法医等前辈们考虑的是如何通过现场还原犯罪过程，刻画嫌疑人，如何通过蛛丝马迹找到嫌疑人。

如今抓住了王亚强，我们还要考虑如何让他承认罪行。

既然他说了周大海，我们就从这个人开始查起。专案组调取了大量户籍信息、暂住信息，排查了800多人。但没有找到符合周大海姓名、年龄和体貌特征的人。我们又找到辖区内东北人的小头头，他们也说没有。

为了获取足够的证据，专案组扩大对"周大海"的搜索范围，将东北三省户籍库中同音的600余名男性信息全部调出，让王亚强挨个辨认。王亚强一直摇头，说没找到。

为了验证一些猜测，专案组启用了一种新方法，从王亚强的身边人开始击破。民警找来和王亚强同监室的两个犯人：老郑和老马，了解更多信息。

根据他俩的供述，似乎整个监室刚开始都怕王亚强，所以没有像往常一样审问新犯人。而王亚强也不愿意和别人说话，多数时间都一个人坐着。

只有身为组长的老郑问了几句，王亚强简单地说自己和别人结仇，才杀了人。

老马是监室里的老油条，也是犯人中的"法律专家"。王亚强刚说完，老马就跟几个人围在一起分析起来，他们觉得公安局肯定没有确定的证据，不然不会这么长时间才抓人。

老马下了结论：只要不承认，法院就有可能判他死缓。

监室并不宽敞，王亚强距离他们，最多也就1米多远。他一直静静地听着。

为了击破王亚强，局里来了两位知名测谎专家，测谎结果显示：

牙医灭门案应是一人作案；

应该是王亚强杀的人；

王亚强供述的同伙周大海，应该不存在。

这是个天生的撒谎者，但在专业技术测谎，以及近20次讯问的压力下，王亚强终于承认：测谎结果全部正确。

我们也终于搞清楚了他的整个犯罪过程。

王亚强一直觉得自己的人生很不顺。1994年前后，大家都觉得干牙医这行成本低、挣钱快，王亚强也跟着表哥学牙科，第二年就开起了独立诊所。

那时候，他的诊所周围有很多竞争对手，王亚强为了抢生意，曾经和许多牙医有过矛盾，专案组费了很大的劲，找到了当年被他骚扰过的两个牙医,其中一位姓宋,另一位姓林。

当年,宋医生的牙科诊所和王亚强的诊所距离很近。宋医生的诊所比较忙,而王亚强的诊所里人很少。一天上午八九点钟,宋医生正在忙碌,王亚强来了。他在宋医生的诊所里公然拉客,招呼那些人去自己的诊所。宋医生很生气,骂了王亚强几句,就继续给人镶牙了。

结果下午,王亚强又冲进宋医生的诊所。他气势汹汹地说:"你出来下!"

宋医生刚一出门,就被王亚强狠狠地打了一拳。两个人扭打起来,王亚强渐渐落了下风。他不解气,从路上捡了块石头,把宋医生轿车的挡风玻璃给砸碎了。

20分钟后,两个男青年骑着辆红色摩托车赶来,进了宋医生的诊所。王亚强指着宋医生说:"就是他打的我。"

"听说你很能打?"光着膀子的青年对宋医生说。

宋医生并不害怕,对他们说:"我刚从监狱里出来,想做点正经生意,你们别为难我。我从小练武,你们也不一定能打过我。"

小青年打量了宋医生半天,说了句"从里面出来的不敢惹"。说完,他们就和王亚强一起走了。

后来,宋医生本着息事宁人的想法,去给王亚强道了歉,双方握手言和。但从那以后,宋医生的诊所隔三差五就有防疫站来检查。王亚强三番五次打市长热线。实在不胜其扰,宋医生离开了。

而那位姓林的牙医,之前压根就不认识王亚强。有天晚上,林医生家里来了一位不速之客,他开门见山:"我叫王亚强,跟你是同行,以后你别去开发区赶集了。"

当时林医生家中还有几个朋友，听到王亚强这样说，都很生气："大家凭手艺赚钱，你凭什么不让人家去赶集？"

王亚强一句话也没说，在屋里坐了10分钟，起身走了。大家都觉得这家伙精神不太正常。

几天后，林医生骑摩托车去开发区赶集给人补牙。他走到半路，被王亚强截住了，王亚强威胁他："你不能去开发区赶集，不然我杀你全家。我能把你家没长毛的耗子也找出来弄死。"

林医生很生气，没理他，后来王亚强又陆续拦截他三四次，每次都是威胁。最后，林医生一家被吓得报了警。

我们在调查中了解到，王亚强还和一个牙医打过架。当时他说："我已经杀了一家了，不差你这一家。"

王亚强用尽各种手段挤走了附近的牙医，可没想到，自己的生意并无起色，村里人都去了"北桥牙科"。

开发区成立后，不允许牙医跨区行医。王亚强的收入大不如前。在给人镶牙时，他听对方提起开发区的北桥牙科，说镶牙挺贵，生意还好。王亚强耿耿于怀，他觉得当初是自己费心费力把另外两个牙医挤走的，最后发财的却是何立斌。

虽然没见过何立斌本人，但王亚强已经恨上他了。

后来在妻子怀孕期间，王亚强的生活更窘迫了。他想搞点钱，"买辆摩托车去远处行医"。而他搞钱的办法，就是找个有钱人抢一票。

何立斌一定很有钱。

为了这次行动，王亚强做了精心准备。他先是在集市上买了一把大号的水果刀，又在家里找了一把斧头，还亲手制作了一双独一无二的鞋子，他把两只鞋底分别切割、打磨，使两只鞋底的花纹不一样，造成两人作案的假象。

正是这双鞋，引发了专案组内部长达10多年的争论。

王亚强不知道何立斌住在哪里，他专门去了趟北桥村，提前打听到何立斌的住处。快到元旦了，妻子回了娘家，王亚强觉得，是时候出手了。

那天晚上7点多，天色暗了。王亚强戴上白色线手套，穿上处理好的鞋子，从家里找了一块黑布，把刀子和斧子都包了起来。

"我一开始的时候，只是想拿刀子和斧子吓唬吓唬对方，等对方给了我钱后，我就快跑。"王亚强说。

这句话，直到今天仍然无法辨别真假。

那晚，王亚强到那儿时，何立斌家有5个房间的灯亮着，传出刺耳的吱吱声。王亚强很熟悉，那是打磨牙模的声音。王亚强推开东边屋子的门，和一个40多岁的妇女正面相遇，两人都吓了一跳。

"谁？"

"我！"

王亚强用斧子指着女人，恶狠狠地说："快把钱拿出来！"

女人吓坏了，张嘴就想喊人。王亚强想也没想，抬手就是一斧子，女人像喝醉了酒，身子有些晃，王亚强又连续劈砍了五六下，女人倒在地上，最终也没能喊出一句话。王亚强怕女人没死，弯腰上前，把长长的水果刀捅进了她的喉咙。

忽然，一个女孩的哭声传入王亚强的耳朵里，他顺着声音进屋查看，发现一个10岁左右的小女孩站在床边，惊恐地看着他，双手抱在胸前小声地哭。王亚强毫不犹豫地把小女孩也杀了。

这下，除了诊所里传出的声音之外，这个院子里再也没有其他动静了。

王亚强回到客厅，把女人的尸体拖到隔壁卧室，开始在屋里翻找财物。忽然他听到院子里有两个男孩说话，商量着明天一起去上学。

一个男孩离开后，另一个男孩关了院门。王亚强拿着刀子往外走，走到客厅时，正好撞见十五六岁的男孩。男孩愣了一下，开始喊"爸爸"，并且上前拽住王亚强的右手，想抢刀。

一开始王亚强很紧张，但很快他就加大了力道，男孩不仅没能把刀抢过去，还被他残忍地杀害了。

在王亚强杀死3个人的过程中，何立斌一直沉浸在自己的工作里。打磨牙模的噪音掩盖了打斗声和喊叫声。

王亚强没有立刻逃走，他藏到客厅门后，等何立斌进门。他下定决心，一个不留了。何立斌很强壮，等待是一击即中的最好办法。

等待的时间很漫长，一分一秒都很难熬，很久之后，打磨牙模的噪声停止，院子里又陷入了寂静。王亚强攥紧了手里的斧头。

何立斌进屋后停下脚步。他看到了地上的血，然后从旁边的架子上拿了一把扳手，刚要转身的工夫，王亚强往前迈了一步，抬手就向何立斌的后脑勺劈了一斧子。没想到那一斧子没砍实，顺着何立斌的后脑勺滑到了肩膀上。斧头和斧柄一下子分离开，斧头掉在了地上，斧柄飞到院子里的污水桶中。

何立斌转过身，用双手抱住了王亚强，两人厮打在一起，谁也没说话。后来，两人都倒在了地上，滚来滚去，王亚强右手拿的刀子也掉到了地上。

何立斌拿起扳手朝王亚强打去,王亚强抓住何立斌的手,两人僵持了一阵。但王亚强最初的那一斧头起了作用,何立斌手劲越来越小了。王亚强趁机把右手挣脱出来,抓住何立斌的头发狠狠地向地上撞去。

何立斌不能动了,嘴里还大口喘着粗气。王亚强发现墙角有一截自来水管,他用这根铁管砸掉了何立斌最后的一口气。

王亚强歇了一会儿,进屋翻找财物。在卧室床垫底下,他发现了2000元钱。此外,屋里就没有值钱的东西了。诊室里只有100多元钱,他随手顺走了20块镶牙用的焊片。

院门已经被何立斌的儿子关上,王亚强打算爬墙出去。他翻出院子刚走了两步,忽然想起斧头还落在何立斌家里,只能再次翻墙回去。当他在黑黢黢的厕所地上摸索时,留下了那片弧形的血痕。

王亚强进屋找到了斧头,但没找到斧柄,他瞅了躺在地上的何立斌一眼,心里有点慌,决定不找了。出门前,王亚强已经筋疲力尽,没有力气再翻墙了。于是他从大门走了出去。

院门是开着的,墙上却留下了两次攀爬的痕迹,王亚强再次给我们出了个小难题。不过这次,他不是故意的。

杀了一家人,只抢到2000多元钱,王亚强没买成摩托车,这些钱也很快就花完了。他的生活并没有因为抢劫杀人而有任何起色,如果说有什么变化,那就是孩子刚出生那几年,王亚强时常从梦中惊醒,嘴里嚷嚷着一些话。

王亚强的妻子告诉专案组,这些年,王亚强经常被噩梦困扰,他的脾气更加阴晴不定,平时不愿意和人打交道,和家人说话也很少。王亚强一直不敢喝酒，或许是怕自己喝醉了，会不小心吐露真相。

但真相不会永远被掩盖。时隔 13 年，案子终于彻底破了。

开庆功会这一天，局里特地邀请了当年专案组所有民警。这次，许久没碰过酒的余法医举起了酒杯。只要有人敬酒，他就来者不拒。那酒量，让我看得胆战心惊。

我背着余法医回家，他喝醉了，回想起第一次赶到案发现场。

他说，那天，司机开得太快，车终于停下来的时候，他已经快被晃吐了。但抬起头的时候，他看到街道边那条醒目的宣传语——"爱岗敬业，遵纪守法"。

但不是每一个人都能做到。

2016 年冬天，王亚强被依法执行死刑。

04

枕边杀人狂

案发时间： 2009 年 5 月

案情摘要： 某公园大树附近发现一具女尸。

死　　者： 陈燕

尸体检验分析：

背部布满大片状紫红色尸斑，按压稍微褪色，扩散期尸斑，尸僵强，死亡时间不超过 24 小时。

枕部有血肿，说明后脑曾被凶手攻击。口唇有受力痕迹，胸部和腹部有明显锐器伤。腹部被剖开，见长 15 厘米的横行刀伤。

见指甲、嘴唇发紫，睑结膜出血等窒息征象。

下体被切掉一块，未宫内有一成形胎儿。

取出两副 7 号半的乳胶手套，我盯着自己左手的伤痕定了定神。师父常叮嘱我，尽量多戴一副手套，"常给尸体动刀，难免自己挨刀"。

我的脑海里浮现出许多片段，每一道伤痕都有一段回忆。我知道工作时必须把情绪抽离出来，尽管那很难做到。

一旦戴上手套，就要进入战斗状态了。

解剖室里很安静，除了排气扇在嗡嗡地响。无影灯的光线有些发黄，照着中央解剖台上冰冷的尸体。墙边有一排器械柜，墙角放着几个盛脏器的红色塑料桶。

静静躺在解剖台上的，是个年轻女人，睫毛很长，微微上翘，像睡着了一样。

一天前，她的生命还没有被剥夺。

这个女人是在前一天下午，被几个在公园踢球的小孩发现。

我在斑驳的树影下，第一次与她见面。当时，她的尸体被抛在一棵大树附近，乍一看像躺在树下休息的游人。空气中弥漫着浓郁的血腥味和轻微的尸臭，我把法医勘查箱放在旁边，蹲下身子。

她枣红色的头发铺在草地上，打卷的发梢沾满了草屑，黑色头绳躺在半米外的草丛中。脚下的地面有两道浅沟，杂草和树叶被推到一起，积成了小丘，是她挣扎时留下的。

她皮肤白皙，但嘴唇已经发紫，眉头微蹙，刘海略显凌乱，眼角还是湿润的，睫毛上挂着露珠。双腿自然弯曲，淡蓝色的牛仔裤和粉色内裤被褪到右膝盖，左腿赤裸，白得刺眼。

更刺眼的是，上半身有两个椭圆形的红色创口，腹部则被剖开，肠子鼓起，挣脱了大网膜。因为有股气味，我估计她的肠道应该也破了。

粗略看，这是一起强奸杀人案，痕迹显示打斗并不激烈，可能是熟人作案，也可能力量对比悬殊。但附近没有身份证、手机、钥匙、钱包等能提示证明身份的物证。

"先把尸体运走吧。"我起身摘了手套，树林里的光线已经十分昏暗，几只鸟在林间飞过。

解剖室里，助手协助我脱掉女尸身上的衣物，进行检查并拍照。1.65米的个子，姣好的面容，匀称的身材。

她背部布满大片状的紫红色尸斑，说明死后一直保持仰卧。我用手指按压，稍微褪色，这是典型的扩散期尸斑。

人死后，各肌群会发生僵硬，并且把关节固定，我们将其称为"尸僵"。助手掰了掰女尸的下颌及四肢，各处关节已经完全不能活动，说明尸僵强。这意味着死亡时间应该不会超过24小时。

我用手撑开女尸的眼睛，角膜浑浊呈云雾状，半透明，可以看到散大的瞳孔。

我心里大概有了数，死亡时间约 20 小时。看了看墙上的表，晚上 7 点 8 分，她应该死于昨晚 11 点左右。

她有指甲和嘴唇发紫，睑结膜出血等窒息征象，口唇有受力痕迹，胸部和腹部有明显的锐器伤。为了取证，我为她剪了指甲，准备送去检验里面的 DNA。没准她在死前抓挠过凶手。

作为一名法医，我还擅长理发。凭这手艺开展副业很难，因为我只会理光头。剃掉她的头发，我可以观察头上的损伤。女尸的枕部有血肿，说明她的后脑曾经被凶手攻击。

我还提取了女尸的阴道拭子，她的下体被切掉了一块，凶手卑劣得超出想象。

为了测量腹部的刀伤，我把露在体外的肠子塞回腹腔，并拢两侧，一个长 15 厘米的横行伤口出现在眼前。助手站在女尸左侧，比划了一个刺入的动作，并向自己的方向拉回，表示横切。

"凶手应该持一把单刃锐器，刺进女尸右腹部后，顺着刀刃的方向横切。就在我这个位置，往回拉比较省力，甚至可以双手持刀。"

提取更多检材后，我和助手开始缝合尸体。助手是个女孩，她一边操作一边自言自语："针脚要细密些，才配得上这么漂亮的女孩。"

无论我们缝合得再好，也无法修补她生前甚至死后遭遇的种种虐待了。

晚上 10 点，会议室里坐满了人，我开始向大家介绍尸检和现场勘验的情况。

法医肩上的担子很重，我说出的每一句话，都会被同事记在本子上。一旦错了，丢人还是次要的，搞不好还会丢了饭碗。

死者断了5根肋骨，身体上有4处钝器伤，都是在她活着的时候产生的。至于身上那两处锐器伤，则是在她濒死或死后才形成的。我暂时想不明白凶手为何要破坏死者的身体，可能是迷恋女性的生殖器官，心理有些变态。

尽管检查还没出结果，但我可以初步对凶手进行刻画：一名到两名青壮年男性，携带锐器，力量较强，可以正面控制死者。

解剖时我还发现，女人子宫里有一个成形的胎儿。这是一尸两命的凶案。

听了我的介绍，会议室当场就炸了锅。

没想到的是，头一天晚上我们还在推测死者身份，第二天一早，这事就有了眉目。

上午9点，我接待了一对报失踪的老夫妻。夫妻俩50岁左右，是中学教师，衣着朴素有股书卷气。两人笔直地坐在沙发上，很礼貌但满脸焦急，厚厚的眼镜片掩盖不住倦意。

他们的女儿陈燕不见了。

前天傍晚，女儿一夜未归。起初老夫妻没太在意。女儿26岁了，是小学教师，已经和男友订婚，新房在装修。

直到昨天母亲过生日，陈燕依然没回家，电话还关机了。给准女婿吴胜打电话，他说两天前接到陈燕的电话，说晚上要和朋友一起吃饭，之后就没见过她。

老夫妻从包里取出一张照片。上面是一个大眼睛、椭圆脸、穿白色长裙的年轻女人,倚靠在樱花树下。

我愣住了,一时思考不出怎么安抚老夫妻,只能如实说:"我们发现一具女尸,还没确认身份。"建议他们去解剖室辨认。

老夫妻比我想象的要镇定,没有号啕大哭或晕过去,只是变得沉默。我能感受到他们在压抑自己。

我问好几句话,才得到一句回答。给他们采血,两人眼神迟钝地望着窗外,采血针扎破手指,鲜血涌出,他们只是颤了一下手。

很快,身边辨认成功的消息就传来了。死者确实是陈燕。

案发前的周五,本来是陈燕领证的日子。因为未婚夫吴胜单位临时有急事,就推迟了几天。没想到,陈燕再也没有机会领证了。

随着身份辨认结果而来的,还有检材分析结果。

陈燕的阴道内,检验出一名男性的DNA,性侵证据确凿;她的指甲中,发现了另一名男性的DNA。两种DNA在数据库中都没有匹配成功,嫌疑人没有前科。

我赶紧把消息反馈给同事。与此同时,专案组那边也查到一条线索。

陈燕死亡的那个夜晚,一对情侣在公园被抢。对方是3个小伙子,本地口音,拿着闪亮的匕首。那对情侣很机智,扔包就跑,劫匪也没再追。当晚,3个抢包小伙还在公园游荡,被巡逻民警逮个正着。

深夜,一层的讯问室都亮着灯,我走进最近的一间。同事一拍桌子,边对我使眼色,边说:"我们有证据,接下来就看你的态度了。"

我转身朝外走，说："我去拿采血针。"

一针下去，坐在讯问椅上的"黄毛"指头上冒出鲜血，我取了根酒精棉签，压在伤口上，他疼得龇牙咧嘴。

"你同伙已经招了，你看着办吧。"

然而，"黄毛"只供出10多起抢包案件。耗了一整晚，3个人都没提强奸杀人的事。

抢劫案的事像是一个插曲，我们又把焦点放回陈燕的社会关系上。案发那天，陈燕和3个人联系过——她的母亲、未婚夫吴胜、同学邹阳。

专案组先拨打了邹阳的电话，响了几声对面就关机了。邹阳是大型国企的工程师，和陈燕是同学，和她的未婚夫吴胜是发小。

民警在邹阳公司了解到，邹阳被公司列为重点培养对象，两个月后，还将和公司副总的女儿结婚。但这两天，邹阳却旷工了。

爱情事业双丰收，邹阳似乎不具备强奸杀人动机。可他却在关键时刻失踪，并拒接电话。当晚，我们去了邹阳公司，在他的办公桌上提取了指纹和DNA检材。

第二天上午9点，我接到DNA实验室的电话，3名抢劫犯和此案无关。

陈燕阴道里的精斑，来自邹阳。

邹阳仿佛人间蒸发了，所有的社会关联都断了。手机再没开过机，家人都联系不上他。

专案组在车站、机场布控，搜查他可能藏身的地点。由于警力不足，我们技术科被编入侦查小组。我和同事来到邹阳的新房，找他的未婚妻了解情况。

乍一看，邹阳的未婚妻和陈燕有几分相像，只是眼睛小点，身材高瘦。

出示证件后，我们被请到屋里。新房宽敞明亮，装修豪华，我目测至少有180平方米。客厅电视柜上摆着结婚照，墙上挂着红色喜字十字绣和中国结。

邹阳的未婚妻狐疑地看着我们，问邹阳犯了什么事，两人几天没见面了。同事从笔记本里拿出陈燕的照片，问："你认识吗？"

她好像猜到了什么，又不停地摇头，说："不可能，他俩怎么会搅和在一起，我们都快结婚了呀！"

我们只说陈燕出了点儿事，可能和邹阳有关。良久，她叹了口气，说邹阳看陈燕的眼神不一般。但她相信，"邹阳是个聪明人，不会做太出格的事"。

城市小，走访的民警很容易就打听到了邹阳、陈燕、吴胜三人的情感纠葛。邹阳和陈燕高中时曾是恋人。陈燕是班花，学习也好，有大批追求者，邹阳就是其中之一。高三时，邹阳追到了陈燕，但随着读大学后分居两地，陈燕身边的人换成了邹阳的发小吴胜。

邹阳和吴胜原来是好哥们儿，在一个大院里长大，却被吴胜抢走女友。一次同学聚会，邹阳为此和吴胜大打出手。后来邹阳摆正了心态，和陈燕保持距离，至少表面上没有逾矩，也渐渐恢复了和吴胜的来往。

未婚妻怀疑邹阳和陈燕私奔了，她告诉我们，邹阳3年前买过一套小公寓，准备婚后出租。她打过那边的座机，没人接。

技侦部门也定位到，陈燕和邹阳的手机信号最后出现的位置就在这套公寓所在的大楼。

制定好抓捕方案，刑警大队长让我一起去，就算抓不到人，也能多发现和提取些有用的物证。

当天下午 2 点，在邹阳家门口，我跟在穿防刺背心、手持伸缩棒、腰间配枪的刑警后面。那是一栋酒店式公寓的二十一楼。走廊里，刑警分散在一扇门的两侧，准备进行突袭。

"我是物业的，里面有人吗？"年轻姑娘神情紧张地敲了敲门。

没有回答，无论是公寓内还是走廊上，都保持着安静。猫眼没有光线透出，里面应该是漆黑一片。

大家打开了配枪的保险。

一位刑警悄悄拉住我，退到队伍最后。我心里很紧张，几年前有同事就是在开门时被疑犯打死的。我寻思着撤退该走哪条路下楼，还低头看了眼鞋带是否系好。

我是一名法医。虽然有持枪证，但我真正的武器是拎在手上的勘查箱。行动结束后，提取现场的痕迹物证才是我的任务。

大队长把配枪抬到胸前，双手握紧，向物业姑娘点头。门被打开的瞬间，他带头冲了进去，其他刑警也跟着进去。一阵混乱过后，二十一楼再次恢复寂静。

屋里窗帘紧闭，光线幽暗，我能听见自己的心跳和大家沉重的呼吸声。空气中弥漫着一股酒味，其中夹杂着尸体发酵的咸腥味。

大家拿着勘查灯到处搜索，直到一条光柱停在落地窗前不再移动，目睹一切的物业姑娘发出一声尖叫，逃离了现场。

光柱里，一个男人的身体被窗帘半裹着，悬挂在窗前。

身前的刑警回头看了我一眼，他的脸吓得煞白。我自己也感到热血往头上涌，头发丝似乎都竖了起来。

不知谁打开了客厅灯，吊死的男人露出了真面目。他的舌头从唇齿间吐出一截，脸色青紫，很瘆人。他穿一件白衬衣，黑西裤是湿的，皮鞋脚尖紧绷着。

一个刑警手里拿着邹阳的照片靠近落地窗，举起来仔细对比。浓眉、方脸、年轻男性，是邹阳。"这家伙畏罪自杀了！"

不到两天，案子就快破了，大家都松了口气。嫌疑人死亡，不需要经过法院审判，对侦查和审讯人员来说或许是一个好消息。

但我没有感到轻松，技术科要做的工作还很多，需要形成完整的证据链，我要从现场和尸体上继续寻找证据。死无对证，对法医来说是不存在的。

"侦查人员撤离，把现场留给法医。"大队长下达命令。

刑警陆续离开现场，我开始为验尸做准备。邹阳上吊用的结，和萨达姆被执行绞刑时打的结是同一种，俗称"上吊结"。

这间40多平方米的单身公寓里，地面很干净，卫生间还有一把湿拖布。茶几上有7个空酒瓶和半瓶酒。很多人自杀前喝酒壮胆，也能减少死前的痛苦。

卧室十分整洁，枕头压在叠好的被子上，没有枕巾。床头柜上有两部手机，邹阳的手机没电了，陈燕的手机关机。

看来邹阳觉得，没有隐藏的必要了。

我勘查了现场环境。拉开冰箱门，我打了个冷战，里面有几块红色的肉——人体组织。我们还找到一把小刀。从现场看，邹阳的犯罪证据确凿。我们叫了运尸车，将尸体运回解剖室。

这是一次没有破案压力的解剖。

邹阳体格健壮，肤色较黑，刀片划过时，能感受到他的腹肌很厚实。胸腹部出现了污绿色树枝般的网状，那是腐败静脉网，一般出现在死后 2 天至 4 天，先出现在腹部和上胸部，慢慢地会扩展到全身。不用靠近，能闻到尸臭。种种腐败迹象说明，死亡时间在 48 小时到 72 小时。

邹阳颈部有明显的生前受力痕迹，没有别的致命伤。确定死于机械性窒息。他胃里全是啤酒，应该是喝多了才上吊的。

我提取了他的阴茎拭子，根据接触即留痕的理论，如果他事后没洗澡，阴茎拭子就有一定概率检验出陈燕的 DNA，那么证据链就更完美了。

解剖完毕，我对邹阳的尸体进行了认真缝合。哪怕他生前十恶不赦，尸体也该被尊重。

邹阳的未婚妻接到通知来辨认尸体。她眼圈发红，没了之前的镇静，慢慢靠近解剖台，眼中闪过一丝失望，沉默片刻，捂着脸离开。

把检材送走后，我被同事拽出去吃了顿饭，晚上好好睡了一觉。说来也奇怪，当了 18 年法医，我几乎天天和尸体打交道，却从来没在梦里见到过他们。

我心里有些遗憾，案子里嫌疑最大的人已经死亡，有些真相可能被永远带走了。

没想到，发现邹阳尸体的第二天早上，我接到市局电话，邹阳家冰箱里的人体组织是陈燕的，但从邹阳公寓里发现的刀，并不是作案工具，上面没有检验出陈燕的DNA。

紧接着，我听到一件令人震惊的事：邹阳的阴茎上没有检验出陈燕的DNA，却检验出一名男性DNA，和陈燕指甲中检验出的DNA一致。在勒死邹阳的网线上，也检验出相同的DNA。

接近完整的证据链，出现了大瑕疵。

难道邹阳的死另有隐情？

我赶紧做了汇报，大队长沉默许久后表示：案子要继续查。大家好不容易放松的弦又立刻紧绷起来。技术科立即开会，重新梳理线索。

回顾勘查现场的情况，我们意识到公寓整洁得有点不正常。邹阳穿着皮鞋缢死，地面上却没有脚印，门把手上也没有指纹。可能有人清理了现场，而且一定和邹阳相熟。

单从尸体看，邹阳符合自缢身亡。但考虑到他使用的是"上吊结"，脖子后面应该也有明显的痕迹才对。

如果邹阳不是自杀，那很可能有人从背后用网线向上，勒晕或勒死邹阳，再用"上吊结"把他悬吊起来。

之前，我们在邹阳胃里检测出和陈燕体内一致的镇定安眠药物。原本的推测是，邹阳对陈燕实施麻醉强奸，随后服用安眠药自缢身亡。

现在看来，结论必须推翻。

专案组调取了邹阳小公寓的大厅监控。陈燕死亡那天晚上11点50分，有人走进公寓，次日凌晨1点多离开，1小时后，又返回公寓。凌晨 3 点多，他再次离开公寓，再也没出现。

这人出现在邹阳死亡的时间范围内，非常可疑。视频中他的面部很模糊，但我感觉这个身影和吴胜很像。

吴胜作为死者的未婚夫，本来是应该首先被调查的。然而邹阳的 DNA 出现在陈燕的阴道内，这个明显的线索影响了我们的调查方向，让我们先将邹阳列为首要嫌疑人。

同事想起，送陈燕的《鉴定意见告知书》时，吴胜也在场，得知警方已经锁定嫌疑人，他表现得很平淡，缉凶的诉求不强烈。

吴胜说："人都没了，追究凶手有什么用，希望能好好赔偿吧。"

当务之急是找到吴胜。

当天深夜，陈燕的尸体被发现的第四天，刑警搅了吴胜的好梦。当时他正和情人睡在一起。

吴胜的情人是名医药代表，看中了他在卫生局工作的便利。她知道吴胜有婚约在身，听他抱怨过已经和未婚妻没有感情了。她清楚吴胜不会娶自己，但就是因为这个男人没有对自己隐瞒，加上初识那会儿吴胜还总给她写诗，这个女人觉得，两人是真爱。

大概是猜到吴胜犯了事，她忙对刑警说自己瞎了眼："早该知道他不是好人。"

我和吴胜见面是第二天早上，我在讯问室给他采血。

吴胜中等身材，体形偏瘦。梳分头，单眼皮，小眼睛，戴一副金框眼镜。上身穿白衬衣，下身是笔挺的灰色西裤和一尘不染的新皮鞋。

他正嚷着自己是受害者家属,要告公安局。他没说脏字,时不时冒出几句文绉绉的话抗议。

两位民警面色憔悴,现在掌握的证据不足,他们心里也没底。

我让吴胜把袖子向上撸,发现他的前臂有几处伤痕,刚结痂。他的手很凉,手心有汗。

我的采血针扎得比较狠,拔出时指尖渗出一粒绿豆大小的血珠,吴胜的手既没有退缩也没有颤抖,他眉头都没皱一下,反而有礼貌地对我点头。我采过千八百人的血,像他这么不怕疼的,真不多。

准备填写信息时,我顿了一秒,把采血卡和笔一起递给吴胜:"来,签个名吧。"

吴胜用左手接过笔,签下名字。我抬头看了一眼负责讯问的民警,他盯着吴胜的左手,眼睛瞪了起来。

陈燕右颈的月牙状伤痕比左颈深,很大可能就是左撇子造成的。

吴胜说陈燕失踪那晚,自己整晚在单位加班,第二天早上,准时提交了主任要的报表。

民警质疑他胳膊上的伤痕,吴胜先说是自己挠的,迟疑了几秒,又说陈燕也经常帮他挠痒,可能是她弄的。多数时候,吴胜以沉默僵持。

第二日凌晨,他开始变得急躁,担心接受警方讯问会影响工作,闹着说单位那里没请假:"还一大把事,领导肯定着急。"

民警要帮他打电话请假,吴胜有点慌,忙说不用。民警问吴胜为什么工作这么久，还是小科员。

吴胜脸有些红，反驳说："科员怎么了，我当年公务员考试成绩是全市第一。"

民警奉承了他几句，吴胜抱怨："有啥用！还不如四流大学毕业生混得好。"

等他渐渐放下防备，民警聊起邹阳："那晚和邹阳喝了几瓶酒？"

"我很久没见他了。"吴胜反应很迅速，没上套。

民警又问："为什么要杀他？"

"他不是自杀吗？"吴胜终于露出破绽。

邹阳死因存疑，我们没有对外通报死讯。

直到民警拿出公寓监控的照片，吴胜才承认，当晚去过邹阳家。他怀疑未婚妻和邹阳在一起，看到邹阳独自在公寓喝酒，就离开了。

监控里人影模糊，即便是民警也不能确认是谁，但吴胜一看到照片就推翻了自己的话。

吴胜说漏嘴了，我意识到，新的证据链开始串联起来了。

吴胜的 DNA 检验鉴定结果出来了。邹阳下体、网线和陈燕指甲里的生物物证都来自他。

按理说，他是陈燕的未婚夫，身上互相有对方的 DNA 很正常，不太能作为定罪依据。但是，吴胜否定不了自己留在网线上的 DNA，他终于承认为了给陈燕报仇而杀害邹阳，但否认自己杀害陈燕。

吴胜和邹阳虽然是发小，但吴胜从小就觉得自己在人格上矮了对方半头。他记得，小时候有一次发生矛盾，父亲逼着自己给邹阳道歉,就因为邹阳父亲的官大。

承认了谋杀邹阳,吴胜的状态没有开始时那么好了,但眼睛依然有神,脸上没有悔意。

技侦部门复原了案发当晚,吴胜和陈燕手机的移动轨迹,确定陈燕的手机是吴胜带去邹阳家的。直到这时,吴胜才承认,自己杀害了陈燕,并伪造现场,嫁祸给邹阳。

他以为自己做足了准备,案子最多查到"畏罪自杀"的邹阳。但无论他做了多少手脚,真相都在尸体上,不可篡改。

面对讯问,吴胜从始至终都没放弃辩解。他说自己只是拿刀威胁陈燕,没想到她直接过来抢夺,刀子意外扎进了陈燕的肚子。

至于杀害邹阳并嫁祸,都是因为邹阳"有错在先",给自己戴绿帽子,索性就"让一对奸夫淫妇下去做伴吧"。

吴胜把自己说得很无辜,好像他才是受害者。

但是经过调查,我们发现,吴胜和陈燕的关系并没有那么简单。

陈燕对吴胜一往情深。大学谈恋爱时,陈燕就对吴胜很好,约会开销都是她主动花钱。

毕业后,吴胜考进区卫生局当公务员。陈燕是个固执的乖乖女,用她父母的话说"比较直实(方言,单纯实在)",她认为接下来两人应该顺理成章地工作、结婚、生孩子。

陈燕怀孕,双方父母见面定了亲,迫于父母压力,吴胜没敢提异议。实际上他十分抗拒结婚。

工作第二年,吴胜就体会到工作中的无奈。他自认为学识、才华、为人处事都不比别人差,单位却把先进名额给了两个新同事,其中一人还被确定为重点提拔对象。

这件事对吴胜打击很大。他认为,那两人的成功是因为"有关系",而自己势单力薄。为了竞争上岗,他找同事借钱买了一箱名酒送领导,结果功亏一篑。吴胜发牢骚:"没有关系真是白瞎。"

陈燕劝他想开点,功利心别那么强。吴胜却认为,陈燕对他的事业没有助力。

负责讯问的刑警遇到过吴胜的大学同学。那人提到,大学时的吴胜就喜欢钻营。毕业前,一位同班同学报考了卫生局,考察阶段被刷下来了,托关系打听才知道,原来有人举报他存在劣迹。

不久,吴胜和卫生局签了工作协议。没人能证实举报同学的事情是他干的,可从那以后,多数同学都开始鄙视吴胜,觉得他是为达目的不择手段的人。

一次偶然的机会,吴胜认识了局领导的女儿。他觉得对方并不讨厌自己,心思活泛起来。他渴望借助领导女儿,改变命运。

当吴胜得知陈燕怀孕,他想过直接摊牌,或领证再离婚,但这会影响他追求领导女儿的计划。在这个小地方,离婚官司一旦闹起来,名声坏了就没法混了。

吴胜提不出分手的理由,又怕陈燕闹得太厉害,只能渐渐冷淡她。那月他只和陈燕发生过一次关系,还在安全期,之后他就出差了。这么一算,吴胜觉得自己一定是被绿了,陈燕肚子里的孩子,只可能属于前男友邹阳。

领结婚证当天,为了和领导的女儿一起吃饭,吴胜和陈燕撒谎,说单位有急事。当天,陈燕和吴胜吵了一架。陈燕说周一必须去登记，让吴胜提前请好假。

吴胜的冷淡让陈燕起了疑心，她查了吴胜的行踪和银行账户。周末晚上，两人揭开了热锅上的盖子。面对出轨的质疑，吴胜反咬陈燕偷人。

分手要付出的代价，吴胜不愿承担。想了半宿，他起了杀心。

那天下午，陈燕打电话约吴胜在两人以前常去的公园见面，好好谈谈。两人一开始都很克制，聊了许多过去的回忆，气氛还算融洽。晚上10点多，他们走到林子深处，陈燕手中的饮料也喝光了，那里面被吴胜下了安眠药。

陈燕说自己是清白的，她给邹阳打了电话，三人可以当面对质。甚至等孩子生出来，他们可以去做亲子鉴定。吴胜试探说要不先不要孩子，等以后再说。

陈燕崩溃了，哭喊着威胁吴胜，要去他单位闹。说到激动处，陈燕给了吴胜一巴掌。吴胜推了一把陈燕，两人撕扯起来。

吴胜用左手掐住陈燕的脖子，把她按在地上。右手用力捂在陈燕的嘴上，不让她叫。陈燕的口唇受力，唇黏膜在牙齿的衬垫下形成衬垫伤，瞬间出现了挫伤和出血点。

一两分钟后，陈燕不叫了，吴胜用双手掐住她的脖子，指甲在脖子上留下月牙状的伤痕。陈燕试图挣扎，指甲划伤了吴胜的手臂。吴胜继续用力，陈燕的舌骨骨折了。她彻底不动了。

陈燕的瞳孔散大，一些针尖大小的血点冒了出来。

杀死陈燕后，吴胜没有感到紧张和内疚，他只想掩盖犯罪事实。

吴胜取走了陈燕的手机和钱包，趁着夜色，他去了邹阳家，说要喝两杯。喝酒时，邹阳用的是自己的玻璃杯，吴胜用一次性纸杯。

邹阳不断解释，他和陈燕是清白的。吴胜趁邹阳上厕所，把事先磨成粉的安眠药下到他的啤酒杯中。

邹阳睡过去后，吴胜拿着一次性纸杯，脱下邹阳的裤子，通过物理刺激，取了邹阳的精液。

完事后，吴胜整理好邹阳的衣服，捡起网线，狠狠勒住邹阳的脖子，直到他停止挣扎。他用网线打了个上吊结，把邹阳挂在了落地窗前。

接着，吴胜打开陈燕的手机，删掉了两人之间不愉快的对话，以及陈燕和邹阳的对话，又用枕巾擦拭干净手机，同邹阳的手机一起摆在床头柜上。他还拖了地，带走了毛巾和纸杯。出门前，又用毛巾擦拭了门把手。

吴胜再次回到公园的林子里，褪掉陈燕的衣服，伪造出强奸杀人现场。

吴胜站在尸体旁，用刀划开陈燕的肚子。他对民警说，他恨那个孩子。要不是这个孩子，他或许能不费力地甩掉陈燕。

作案过程供述得差不多了，但作案工具还没确定。作案工具是证据链中重要的一环，缺了它，案子还是有瑕疵。

讯问室里温度适宜，灯光很白很亮，吴胜脸色有些发黄，发型保持得还行，就是胡茬长出来不少，嘴唇起了皮。

哪怕承认了两起谋杀，他依然在为自己辩解，甚至还在努力维持自己的体面。被质问得说不出话，他就说"没休息好，脑子有点乱"。

民警把吴胜家所有利器都拿到讯问室,在桌上摆成一排。我觉得不太乐观,万一刀子真被扔到河里,且不说打捞费时费力,还不一定能成功,就算捞上来,也做不了DNA检验。

同事心领神会,绕过作案工具,转而问其他问题,发现只要一提到单位,吴胜的眼神就有些游离。

我们跑了一趟吴胜的办公室,撬开他的办公桌抽屉,果然发现了一把折叠单刃匕首。

再次推开讯问室的门,吴胜背对着门口,他的衬衣紧贴在身上,后背湿了一片。同事捏着透明物证袋在吴胜面前晃了晃,里面装着那把折叠刀。吴胜脸色变了,他低下头,眼睛盯着地板砖。

良久,他抬起头说:"我饿了,要吃点东西。"

我们在刀鞘缝隙里检验出陈燕的DNA,那把折叠刀十分精美,吴胜大概舍不得扔掉吧。

讯问结束时,吴胜说:"我想知道那个孩子是谁的。"

我把DNA鉴定书推到他面前,技术不会说谎,吴胜亲手杀死的是自己的儿子。

他低着头嘴唇颤动了几下,再也没有辩解什么。

案件虽然告破,我还要制作鉴定书等案卷材料,依然闲不下来。证据要发挥最大作用,才能不让案子留遗憾,更不让死者含冤。

我想起吴胜赌上一切去追求的领导女儿,其实并没有看上他。吴胜只能算是众多追求者之一。

吴胜对家境优越的女孩很大方,舍得花钱,经常送一些精巧的小礼物。女孩对吴胜印象不错,觉得吴胜很有才,成熟、幽默又不死缠烂打,无论聊天还是吃饭,都让她感觉很舒服。吴胜每周还会写一首诗给她,也让女孩很受用。

但是,吴胜表现得太完美了,反而让女孩犹豫不决,女孩说:"我追求完美,但不相信这样的完美。"

我不得不承认,这是个聪明的女孩。或许,吴胜从动了邪念那一刻起,就注定要走上一条不归路,"算计"得再巧妙,也注定不会成功。

完美的犯罪?他想多了。

05

听老师的话

案发时间：2013年8月

案情摘要： 荒郊出现装有尸块的编织袋。

死　　者： ？

尸体检验分析：

赤裸尸块，无头、手脚。尸僵完全缓解，推断死亡时间在5天到7天。尸斑位于尸块背部，颜色浅，指压不褪色，说明死后一段时间凶手才抛尸。四肢两端从关节部位离断，断面齐整。颈部从第六颈椎椎体断开，较整齐。

根据耻骨联合面特征，推断死者为16岁左右的女性。

直到现在，我都忘不了那个炎热的夏天里，深入骨髓的寒冷。

新闻里说，2013年8月，是我们省半个世纪来最热的月份。

我光着膀子，脖子上搭着一条擦汗的毛巾，坐在弥漫着水蒸气的地下室，守在炉火彻夜不熄的锅旁。通风设备嗡嗡响，抽走腐臭气味的同时，也把空调的冷气抽走了。解剖室里闷热难耐。

我在煮的是块耻骨联合，取自白天发现的女尸。她被凶手分割成5块，但头和手脚还没被找到。打开锅盖瞧了瞧，浑浊的水在翻滚，我关小了炉火。煮骨是个功夫活，要让骨内缓慢地完全分离，并且不破坏骨质。对于未知名尸体，尤其是碎尸案件，通过煮骨去掉软组织，可以更好地观察尸体的骨骼。

耻骨联合面，是法医人类学研究最多的部位之一，进入青春期后，人的耻骨联合面的形态改变随年龄增长会呈现出很强的规律性。经验丰富的法医，可以根据形态特征推算出死者的性别和年龄，准确率很高。

我又给锅里添了些水，靠在椅子上想打盹，却不敢睡着。

我低头看了下表，快深夜 12 点了。

夏天是伤害案件的旺季，人本身就燥热，再喝点啤酒、吃个烧烤，打架斗殴的氛围浓厚。

白天的时候，我在法医门诊坐诊，忙得连厕所都没时间去，一直在询问受伤过程、查看病历资料、测量伤口长度、阅片、拍照……临近中午，送走胳膊上文了虎头的瘸腿壮汉，我刚准备叫份外卖，就被值班室的电话叫走了。

荒郊出现疑似装着尸块的编织袋。

我饿着肚子一路疾驰，跟同事来到辖区边界的水塘。警戒带围着水塘拉了一圈，百米开外的小山坡上，一簇围观群众，远远地往这边看，都想知道编织袋里装着啥。

最先发现情况的是附近的一个村民。上午他骑自行车路过，看到水塘里漂着两个编织袋，还没来得及捞上来看看有啥好东西，就已经被水面的恶臭熏得连退好几步，最终选择了报警。

我们借助民警找来的绳索、树枝，把编织袋拉到岸边。换上水靴，大家七手八脚地抬上岸。

太阳太毒了，树上的蝉玩命地鸣叫。民警找了一张大塑料布铺在柳树的树荫下。我对面的痕检技术员，衣服已经箍在了身上，分不清是流出的汗，还是溅在身上的水。

助手从勘查箱里掏出两个防毒面具，大家看了一眼都摇头。大热的天，那玩意儿扣在脸上，不舒服。

两个编织袋在塑料布上靠在一起，一个蓝白相间，一个绿白相间，款式差不多，高度在 1 米左右。抬编织袋的时候，我明显感觉蓝编织袋要比绿编织袋重一些。

经历了烈日暴晒和污水浸泡，外层的生物物证应该被破坏得差不多了。我轻轻拉开蓝色编织袋，一片污绿色映入眼帘，乍一看分不清是水藻还是腐败的颜色。

那是人的躯干，没有手脚，也没有头。躯干胸部朝上，仰卧在编织袋里，膨胀、肿大，皮肤泛着黑绿色的光。把四肢和躯干一拼，一具女尸呈现在大家面前，所有尸块都是赤裸的，编织袋里没有衣物。

尸块并不能拼起一个完整的人，大家都在揣测一定还存在第三个编织袋。

我赶紧吆喝同事们进一步打捞，看水塘里是否还有没漂上来的编织袋或尸块。与此同时，我在岸边进行了尸表检验。

躯干和四肢的腐败程度差不多，膝关节很容易就能弯曲，尸僵已经完全缓解了，看来死亡时间不短，我推断大致在 5 天到 7 天。尸斑颜色很淡，位于尸块背部，指压不褪色，这说明死后过了一段时间凶手才去抛尸。

让我心惊的是，尸体四肢两端都是从关节部位离断，断面齐整。颈部从第六颈椎的椎体断开，也比较整齐，但颈部皮肤有许多皮瓣，说明经历了多次切割。我怀疑凶手可能有解剖经验，也许是刀法一般的屠夫或医生。

水塘里暂时没捞上更多的尸块，派出所借来了几台抽水机，准备直接把水抽干。办法虽笨，可除此之外也没有更好的办法。

我带着两编织袋的尸块返回解剖室，仍然留在现场的警察在后视镜里变得越来越小，机器的轰鸣声渐渐消失在耳边。

天色微微透亮的时候，我用长镊子检查了锅里的耻骨联合，已经煮好了。

两块分离开的骨头色泽白嫩，骨质细腻。死者肯定是一名未成年女性，年龄在 16 岁左右。

熬了一整夜，我回办公室冲了杯咖啡，顺手打开电脑，准备把目前的尸检情况先录入系统。我忽然想到，上周有 3 名失踪女性被我录入了"疑似被侵害失踪人员"系统，其中有一个 15 岁的少女。

4 天前，快午休的时候，有个黑瘦的中年男人神色匆匆地赶了过来。他眼里布满血丝，眼角和嘴角有许多皱纹，衣着简朴，裤腿和鞋子上沾着泥土。

男人名叫李守富，他的女儿李小琳失踪了。

离高中开学的日子越来越近了，准高中生李小琳上周五去县城补习英语，一直没回家。派出所让李小琳的父亲来刑警队录信息，那天是我给他采的血。

我盯着电脑屏幕，李小琳的信息让我心跳加速，然而在没有证据的情况下，所有怀疑都只能是怀疑。翻开档案材料，看着李小琳的照片，我心情复杂。

弯眉毛，单眼皮，眼睛不大但很有神。脸型稍有点方，颧骨略高，下巴不大，小鼻子小嘴，下颌角圆润，皮肤是小麦色的。

李小琳扎着马尾辫，没留刘海，头顶右侧有一个白色的发卡。照片上，她穿着一件白色的 T 恤，站得有些拘谨，脸上透出一股倔强和自信。

下午，两个消息传来：水塘抽空了，没发现新的尸块；送检的检材也出检验结果了。所有尸块都检验出了同一名女性的 DNA，恰好和周一送检的李守富的血样比中了亲生关系，而他们家只有李小琳这一个孩子。

失踪女孩李小琳就是受害人。

另外，阴道拭子没有检验出男性DNA，很可能是尸体在水中浸泡时间太长的缘故。胃内容物中没有检验出常见毒物，可以初步排除中毒死亡。

刑警队专门和派出所对接了前期调查情况。李小琳，生于1997年，失踪时不满16周岁，以全镇第一名的成绩被重点高中录取。

李小琳家境贫寒，是家中独女，父亲务农，母亲卧病在家。在老师和同学心中，李小琳听话、懂事、乖巧、上进、品学兼优……简直就是典型的"别人家的孩子"。

碎尸案一旦确定了死者身份，案子就相当于破了一半，所有的后续侦查工作也就有了方向。

当务之急，一是确定李小琳失踪当天的行程，借此锁定最后一个接触她的人；二是寻找剩余尸块的下落。

专案组只用了一天时间，基本查明了李小琳的活动轨迹。上周五一早，她坐公交车去城里的英语培训班上课，下午下课后立马前去坐公交车回家。

售票员回忆，那天车上乘客很多，但她对李小琳有印象，小姑娘经常坐这趟车回家，手里总捧着书。

专案组调取了公交车上的监控，监控清晰度不高，可还是能分辨出李小琳。那天她扎着马尾辫，表现与往常不同，在购物商城的站点提前下车了。

有两名男子进入了专案组的视线。两人都在车上和李小琳聊过天，而且都和李小琳在同一站下了车。据售票员反映，李小琳和两个人好像很熟，其中一个是半大小子，看起来像个学生；另一个，则是个中年男人。

那天忙到晚上11点多，我刚准备回家，又被同事拉着去看监控，"你是法医，看人比较准"。其实同事已经把监控研究得很透彻了，只是让我去确定一下可疑男子的面部特征。

在监控画面里，那名和李小琳一起下车的中年男人，带着她走进了一家商店，过了一会儿，两人又一起离开，消失在监控范围内。

我观察到，那个男人比李小琳高出整整一头，体态强壮，留着短发，五官有些模糊，脸大眼小，椭圆脸，颧骨略高，耳朵上方稍微有点尖，步态有些晃。

因为画面清晰度并不高，无法输入系统进行比对，只能打印出照片，背面写上我总结的面部特征，给侦查员人手一份去排查。

大韩最先遇到了符合嫌疑人特征的人，但他却因为对方是个教师，本地也没有教师杀人的先例，只留下对方的联系方式就走了。

听到大韩的汇报，刑警大队长直接拍了桌子，杯子里的茶水都溅了出来。"先审审他再说！"发完脾气的大队长语气缓和了些，"技术科去他家搜一搜。"

嫌疑人江国生，40岁出头，是中学数学老师，家住城里，妻子也是一名教师，孩子正在上大学。

按响江国生家的门铃，里面很快有人回应。大韩把警察证在猫眼前面晃了晃。过了一会儿，门开了一道缝。

一位戴无框眼镜的中年女人探出头，她长得挺白净，面色有点阴沉，警惕地问："你们真是警察？"

她盯着大韩的警察证看了一阵，把我们请进屋，客气地让座。得知我们在寻找江国生，她的态度忽然变得冷淡，说："他已经好久没回家了，你们怎么不去学校找他？"

大韩问她是否清楚上周五晚上江国生的动向，女人摇了摇头，有些不耐烦。

我简单查看了所有房间，没发现其他人，也没发现异常情况。出门后，大韩感慨道："这两口子有些不对劲啊！"

"这女的应该没撒谎，整个家里都没有男人待过的迹象，连牙刷也没有。"我和大韩对视一眼。

我们开车去了江国生位于中学旁边的住所，敲了半天门也没人回应。好在大韩事前申请了搜查证，直接叫来一位开锁师傅撬门。

进门的一瞬间，我闻到一股空气清新剂的味道。这是个三居室，两个卧室在阳面，一个卧室在阴面。屋里装修得很简单，家具不多，都是深色系。地面很干净，白色的地板砖反着光。

大家迅速查看了所有房间，没人，看来我们扑空了。大韩有些郁闷地说："我先去门外透透气，这里先交给你们了。"

屋里只剩下我和助手，我们分头对房间进行搜查。我喜欢先看卫生间，因为卫生间里有水，方便冲刷一些东西，可有些罪证是冲刷不掉的。

很快我就发现了异常。马桶里飘着油花，洗手间的墙壁从侧面打光可以看到许多擦拭痕迹。墙砖缝隙里有一些暗红的小点，我首先想到的就是疑似血痕。

我俯身继续寻找，在洗手盆下方的地面上，发现一小块淡红色的东西，黄豆粒大小，像极了人体组织。如果江国生在卫生间里杀了一只鸡，可能也会留下类似的痕迹，但这年头谁还在家里杀鸡呢？

我随后进了阴面的卧室，那里有两个大书橱，里面全是书。文学名著、医学、法律、周易、文言文黄色小说……靠窗的桌子上摆着一个台灯和五六本书，那几本书都被翻得起了毛边。

最上边是一本老版的《人体解剖学》，比我上学那会儿用的课本还老，书的封面上有一块油污，像一个苹果的形状。

阳面的一间卧室，靠墙摆着一张双人床，旁边有一个衣橱。床上的被褥叠得很整齐，却没有床单和枕头。另一个卧室里没有床，只堆着些杂物。

我们搜查到后半夜，并没找到尸块、女孩衣服之类的东西。但在厨房里，助手发现了一把卷了刃的菜刀和斧头。

李小琳的损伤形态像电影胶片一样在我脑海中迅速闪现，颈椎那处骨质挤压面被不断放大，我蹲下身子靠近斧头，斧头表面很干净，斧柄也没有异常。

"确定吗？"大韩早已闻声走了进来，盯着我问。

"不确定。"我认真回答，"但是和损伤形态符合。"

大韩眯着眼睛说："明白了！我们只缺一个DNA结果。"

我们在镇上一户人家家里找到了江国生。

房门当时是开着的，6个男人围坐在一张圆桌旁，桌子上摆满了扑克牌，还有一碟花生米和几罐啤酒。

其中5个人光着膀子，皮肤黝黑反着光。正对门口的男人却格外白净，穿着一件短袖T恤，显得有些另类，他方面大耳小眼睛，耳朵上方有点尖。

"江国生！"

那人抬起了头，神色有一丝慌张，问："你们是干什么的？"屋里的人齐刷刷盯着我们，空气里弥漫着紧张的气息。

"公安局的，有个事找你了解下情况，和我们走一趟吧。"屋里至少有6个人，我们在力量对比上不占优势，能不起冲突就尽量不起冲突。

过了几秒，江国生很配合地站起来，笑着往外走，边走边和牌友说："没事，你们先打着。"

现在是暑假，江国生已经连续几天都在这里打牌，有时打半天，有时一整天。牌友们说江国生牌技不错，能记牌经常赢，但他"爱较真，谁不讲规矩他就数落谁"。

尽管江国生脾气不太好，大家还是和他一起打牌，一是因为人数有时不好凑，二是因为他是个老师，大家都不愿得罪他。

"谁家没孩子呀，"其中一人叹了口气，"江老师教学水平很高，俺和他搞好关系，说不定到时候他能对俺孩子多关照关照。"

"江老师这几天有没有异常情况？"大韩问。

大家摇了摇头。斜对面一个脸上有颗痦子的男人说："上周六江老师是傍晚才来的，我看见他胳膊上有伤，就开玩笑问是不是和嫂子打仗了，他没吱声，我也没敢再开玩笑。"

江国生被带回局里以后，一直在讯问室里叫嚷着："你们肯定搞错了！"

采血时我捏住他的手，感觉有些凉，手心在出汗，他的胳膊上有一些陈旧的划伤，已经结了痂。扎针时他还瞪了我一眼，那感觉就和我以前上学时，被老师批评一样。

第二天一早，大韩来办公室找我，说审讯不太顺利，江国生啥也不说，让我赶紧催一下DNA检验鉴定结果，别抓错了人。其实我心里也没底，现在的证据还十分薄弱。

接到DNA实验室的电话时，我心情很激动。那把卷刃菜刀的刀柄里，以及斧柄与斧头结合部位都检验出死者李小琳的DNA。卫生间里的疑似血痕和可疑组织，也都是李小琳的！

DNA不会说谎，江国生的家就是第一现场。

直到证据摆在面前，江国生终于开始供述作案过程。

江国生说自己在车上遇到了毕业生李小琳，一路上两人聊得很好，李小琳还向他表达了感谢。

"李小琳本来是要回家的，怎么去了你家？"大韩追问。

"她有些学习上的问题要问我，说要跟我回家坐坐。"江国生盯着前方的地板，仿佛在回忆那天的事情。

"我真没想到，生命会那么脆弱。"江国生皱了皱眉，眼神里露出一丝悲哀，他抿着嘴说，"李小琳的死，其实是个意外。"

他说，那天他留李小琳吃晚饭，李小琳简单地吃了点就急匆匆往外走，出门时摔了一跤，头碰到了地上。

"怎么不打120？"大韩紧盯着江国生的眼睛问。

"没用，人已经死了。"江国生轻轻摇头，"我试过，她没脉搏了。"

"为什么分尸！"

江国生的脸微微发红，鼻翼有些扇动，瞪大了眼睛说："不能被别人知道她死在我家，否则就说不清楚了。"

江国生自述用水果刀、菜刀和斧头将李小琳的尸体进行了分尸，并把尸块抛到了野外。

"头和手脚去哪里了？"大韩出其不意地问了一个关键问题。

江国生愣了一下，三五秒后，他低着头说，他把李小琳的头装进她的书包里，但是"在路上颠了一下，书包掉到了地上"。

江国生的供述似乎可以自圆其说，至少从法医的角度，分尸和抛尸的部分过程是合理的。按照他的说法，他只是处置了李小琳的尸体，并没有杀人。

然而，李小琳的死实在太巧合了，而且我之前对江国生住处进行过勘查，并没有发现明显的摔跌痕迹。

借着上厕所的工夫，我和大韩进行了交流。虽然不清楚李小琳是否存在颅脑损伤，但尸体存在窒息征象，而且有被性侵的迹象，江国生刻意回避了这两点。

江国生的口供无法被验证，我们又缺乏完整的证据，案子一直悬着。局里派出了大量警力去寻找李小琳的手脚和头颅了。

我们这儿是小地方，有点消息很快就能传开。案子迟迟未破，社会上流言四起，本地人在网上讨论着江国生的为人，已经认定他就是凶手，痛骂他禽兽不如。还有人认为，江国生迟迟不能定罪，是因为背后有黑幕。

李小琳的父母都是老实人，孩子如今尸首残缺地躺在地下室，两口子在街头拉起了横幅，白底黑字，要求严惩江国生。

他们常来打听案子的进展，总是直勾勾地盯着前方，见到警察就哭着下跪。

李小琳生前剪过一次辫子，舍不得扔，一直放在家里。两口子睹物思人，手里总是紧紧捏着女儿留在世上的最后一缕头发。

我心里很难受，无论是那些子虚乌有的谣言，还是那对可怜的父母。

李小琳尸块被发现的第十天，我像往常一样到法医门诊坐诊，刚坐下就接到了痕检技术员的电话："又有案子了。"

痕检技术员在桥下发现几个塑料袋，一半露在外面，一半沉在淤泥里。打开所有袋子，黄白色的骨质映入眼帘，尸骨已经完全白骨化，分离成许多碎骨块。

塑料袋一共有4个，其中一只白色塑料袋内装着部分手、足骨，一只红色塑料袋装着部分颅骨，剩余两个黑色塑料袋里装着部分颅骨及手骨。

只有头颅和手脚！我不由自主地联想到李小琳。

然而这些骨头已经白骨化，应该被抛尸有一段时间了，不太可能来自李小琳。助手猜测，这是另一起分尸手法差不多的案子。

我盯着地上的尸骨，说："先不管那么多了，按流程检验吧。"

我们就地对这些尸骨碎块进行了拼凑，首先拼起了手和脚，双手掌骨近端有光滑的砍痕面，部分足骨和跖骨近端也有砍痕面。

颅骨被分离成很多块，我们需要把颅骨进行复原，然后拍照、检验。我从河边取了一些土，用河水和成泥巴，团成一个球，然后把散开的颅骨骨片按照各自所处的部位贴在上面。办法虽然很土，可是很实用。

很快，一个颅骨呈现在大家面前。这个颅骨并不完整，上颌骨和牙齿部分缺失，下颌骨倒是完整，但牙齿也少了几颗。对颅骨进行法医人类学检验，这也是一名女性，年龄也不大。

让我感到意外的是，最下边的第六颈椎残留了一半，离断面的痕迹居然和李小琳尸体的颈椎离断面一模一样。

我们将这些尸骨带了回去，不久，送检的牙齿检验出了DNA结果，死者竟然真是李小琳！

按理说，李小琳的尸块不该这么快就白骨化，这事有些反常。但正是因为找到了颅骨，江国生再也不能对自己的罪行避重就轻了。

李小琳的颅骨上并没有发现与钝性物体接触的痕迹，江国生所说的摔跌致死，不攻自破。很明显，李小琳的死并不是意外。

江国生再也没有借口了。

那天在公交车上，喝了酒的江国生和李小琳偶遇。江国生说要让李小琳帮忙试一下鞋子，李小琳答应了，和他一起下车去了商场。

买完鞋，江国生又说在学校旁边买了房子，邀请李小琳和他回母校看看，顺便去家里坐坐。

"她当时犹豫了一阵，最后还是跟我回了家，对我比较信任吧。"江国生回忆。

李小琳到了老师家中，简单吃了点东西，就提出要回家。江国生开始对李小琳动手动脚，"她不太听话，还抓了我，我很生气"。

江国生把李小琳拖到床上侵犯了她。李小琳试图反抗，江国生粗暴地控制住她，造成她四肢皮下出血。

事后江国生想安抚李小琳，但让他不能容忍的是，李小琳哭着喊救命。害怕事情败露，江国生右膝跪在床上，左膝跪在李小琳右胸部，拿起床上的小枕头，摁在了李小琳的口鼻上。

江国生用尽力气，李小琳右侧第三肋骨断裂了，肋间肌开始流血。她的呼吸越来越困难，右肺叶间冒出了少量出血点和出血斑。

没过多久，李小琳窒息身亡。江国生说，李小琳"躺在床上像睡着了一样，好像流了眼泪"。

杀死李小琳后，江国生锁上门离开了家，去 KTV 吼到了后半夜。这期间，一直仰卧在床上的李小琳，背部逐渐形成了尸斑。

回到住处，江国生发现李小琳的眼睛一直睁着，他用手抹了一把，让眼皮闭上。随后他把尸体拖进卫生间，手里翻看着在旧货市场淘来的《人体解剖学》，开始肢解尸体。

血液和细碎的尸块、骨渣迸溅得到处都是，卫生间墙面留下了血痕，洗手盆下方的地面留下了一块软组织。

江国生没有就此停手。他将李小琳的头颅和手脚都割了下来，丢进铝锅中煮。他不想让人辨认出李小琳，以为只要销毁指纹和面容就能逃避罪行。

那一天，就在距离中学校园不过百米的居民楼里，李小琳的颅骨和手脚完全变成了白骨，因为煮骨，也加快了李小琳尸块白骨化的速度。这之后，江国生把尸块分别装入编织袋和塑料袋，准备抛尸。

每次他都从自己独居的那间三居室出发，开着面包车或电动车。他把李小琳的躯干和四肢抛在了 12 千米外，一片被树林和农田环绕的水塘里，把头颅和手脚抛在了 10 千米外的河里。

江国生因涉嫌故意杀人和强奸被正式逮捕。刑警队的兄弟们都松了口气，总算对李小琳父母有个交代了。

指认现场那天，周围挤满了愤怒的百姓，江国生被押着，拖着步子慢慢地走，他一向苍白的脸上，居然露出了一丝红色。

那一刻，我知道，江国生就是凶手。

虽然警方这边结案了，但江国生并没有老老实实认罪，还幻想着能够逃脱法律的制裁。江国生翻了供，说李小琳是自愿和他发生关系的，并且当晚就住在了江国生家里。他说第二天李小琳威胁他，开口就要上千元钱和每月 200 元、持续两年的补偿。

江国生声称自己失手杀死李小琳，可是在证据面前，一切谎言都站不住脚。尸体已经告诉了我们真相。

辩解行不通，江国生就开始装疯卖傻，说自己有精神病。经过鉴定，他具备完全刑事责任能力。

江国生一审被判处死刑，他马上提出上诉，又多活了一年。

事发后，学校不认为自己对李小琳的死负有责任，理由是"李小琳已经初中毕业，不是学校的学生。而江国生强奸杀害李小琳，属于个人行为，与学校无关"。

江国生的父亲凑了 2 万多元钱送到李小琳家，差点下跪，李家才收了钱，但仍表示不原谅。

我觉得，江国生的父亲其实不只是为了请求李小琳家原谅自己的儿子，而是觉得自己也有责任。

一个法院的朋友告诉我，江国生被执行死刑前，要求见一堆人，但是除了妻子，没有一个人来见他最后一面。

那次见面，他妻子总是低着头，没了魂一样，好像自己犯了错，静静地听着江国生坐在铁窗对面忏悔和安排后事。

死刑前要对他验明正身，他再次试图翻供，声称自己没有杀人。那是江国生最后一次狡辩。

我想不通江国生残杀李小琳的原因。

那是我们这儿第一次出现教师行凶的案子，当初大韩没在第一时间带他回局里，也是因为完全想象不到老师会谋杀自己的学生。

后来我和不少人打听了江国生的情况，试图了解这背后的原因。

江国生父亲是村里的会计，算是半个文化人，家里有两儿一女。江国生排行老二，从小就格外聪明，和李小琳一样，被父母寄予厚望。后来江国生成为教师，还娶了同为教师的妻子，算是光耀门楣。

他们夫妻关系一开始还不错，可后来江国生回家的次数渐渐变少，留在单位加班的时间越来越多。

听江国生以前的邻居说，江国生和妻子的性格差异很大，江国生不太爱说话，有点阴冷，但他妻子很热情，心直口快，"两人不是一类人"。

江国生妻子觉得江国生一点也不顾家。到了后来，两人干脆分居，只是保留形式上的婚姻关系。江国生开始把更多精力放在钻研五花八门的知识上，并在学生身上寻找成就感。

他抓学习是厉害，听说还得过优秀教师的荣誉。然而我有个同学认识江国生的同事，两人吃饭时，那位老师说3年前碰见过江国生在办公室里猥亵学生。

那次他推门进办公室，看到江国生正从后面抱着女学生。江国生并不慌张，只是解释说正在给学生讲题，学生很上进，放了学也来问问题。

那位老师当时刚参加工作，没什么根基，本着多一事不如少一事的想法，事后没有揭发江国生。

他和校长反映过江国生的行为不检点，但校长听到一半就摆着手说大局为重，家丑不能外扬，所有老师都要注意维护学校的形象。没有证据的事别乱说，闹大了对学校、对学生都不好。

他说，学校里那么多老师，肯定不止自己一个人发现过江国生的行径，但没有人站出来揭发。谈到李小琳的案子，他有些自责，拍着自己的头说，要是当初揭发了江国生，可能这起惨案就不会发生了。

我还有个亲戚住在学校附近，他邻居家的女孩曾在晚自习后被江国生叫去办公室。事情暴露后，邻居并没有报警，而是托关系找到校长告状。

校长把江国生训了一顿，让他赔礼道歉，又扣了他1000元工资当作精神损失的补偿。事情也就过去了。

江国生事发后，刑警队曾针对传言多方搜集证据，但老师和家长都没有站出来提供证据。

亲戚对我说："江国生这次肯定活不了，没必要再把自己孩子的清誉搭进去。"那位老师后来也叮嘱我的同学："喝多了说的事，怎么能当真。"

本来江国生距离杀人还隔着几道坎：如果同事坚决举报，受害学生的家长积极维权，校长能够公正处理。

然而，没有人及时拦住他。

刑警队找校长做笔录，校长痛斥江国生"禽兽不如"，是教师队伍里的败类，给学校抹了黑，自己"很震惊、很心痛"，唯独没有说到学校和自己的责任。

李小琳的父母一直上访，教育局专门去看望了他们，并送去了慰问金。后来校长被撤了职，学校也被撤并了，这个小地方再也没有他们的消息。

对于其他学生的影响，似乎只有每天上学要多跑上7千米这一点。

听书记员说，执行死刑前，江国生走出监室，将4封皱皱巴巴的遗书交给了她。

江国生的4封遗书分别写给儿子、妹妹、妹夫和妻子。每封都写了好长，密密麻麻的，字迹潦草难认。

他在信里回忆了曾经带儿子去郊外玩的夏天。他们一起挖野菜，找蚕蛹。他嘱咐刚工作的儿子事业有成了再找对象，生活中遇到什么不开心的事情，就抬头看天，和自己说说话。

江国生嘱咐书记员帮忙邮寄遗书，但书记员说，遗书全部被退回了，就放在自己的办公桌上，她也不知道该怎么处理。

江国生最后的话，已经没人愿意听了。

06

消失在床柜里的女孩

案发时间： 2014 年 8 月

案情摘要： 辖区居民郝素兰在家中卧室床板下发现失踪女儿的尸体。

死　　者： 林莉莉

尸体检验分析：

头面部为青色。颈部有暗红色掐痕，舌骨骨折，心肺有出血点。右腕部有锐器割伤，边缘齐，生活反应不明显，推测为濒死期损伤或死后伤。

尸斑位于和床底接触一面未受压部位，颜色正常，说明死后未被挪动过，卧室就是案发现场。

北方四季分明，我们法医的工作也"四季分明"。

我不太喜欢夏天。夏天是溺水事件的高峰期，同时因为炎热，人心浮气躁，案件相对较多。我总是忙得团团转，不在命案现场，就在法医门诊。

除了活多，夏天还有个令人讨厌的特点——气味浓烈。有些味道，就算闻过无数次，早就习惯，还是很难爱上它。

那年夏天快结束的时候，我在一个女孩闺房里，闻到了那股熟悉的味道。

黄色警戒线围住一栋平房独院，金属门楼，红漆刺眼。院门敞开，门上有把巨大的挂锁，上面贴着一副气派的红对联，写着"大财源自川汇海，好生意连年兴旺"。

30分钟前，指挥中心接警员通知我，辖区内发现一具女尸，她挂电话前，友情提示——室内现场，做好心理准备。

我脚刚踏进院子，一条大黄狗就发出浑厚的低吼，跳起来扑我，拴狗的橛子猛烈摇晃，狗绳绷得笔直。

痕检技术员阿良往后退了一步，差点踩到我的脚。阿良身高和体重都在180以上，要是被踩到，肯定很惨烈。

一个中年女人被搀着出来，面如土灰。

女人有点面熟，我多看了两眼，心里立即咯噔一下，不会这么巧吧？

她叫郝素兰，我们今天上午刚刚见过面。

上午9点多，郝素兰来公安局报失踪，就坐在我对面。她脸膛黑红，用布满老茧和裂纹的手递过一张照片——一个圆脸大眼、扎马尾的女孩，脸色红润得像苹果似的，眉眼与郝素兰相像。

她说，这是女儿林莉莉，已经失踪2天了。

莉莉是家中独女，就读于本地一所大学，暑假过后就上大二了。2天前，周一早上7点，郝素兰和丈夫赶去50千米外的装修工地，出发前，莉莉还在卧室睡觉，但从那之后就再也没见过她，手机也一直关机。

我经手过大量的失踪人员信息，按我的经验，精神正常的成年人不会轻易失踪。真正失踪的极少，多数人不久就会被找到或者自己回家。

我认真记下林莉莉母亲介绍的情况，叮嘱她回去以后继续寻找，有消息及时沟通。但没想到，我们这么快再次见面，而且以我最不希望的方式。

郝素兰没认出我，眼神迷茫。但我脑海里浮现出照片上的女孩。

这个家毁了。

林莉莉的尸体是母亲郝素兰无意中发现的。

报完失踪回家，她来到女儿卧室，整理女儿扔在床上的睡衣，突然间发现墙角地面上，躺着那把平时放在客厅的水果刀。

郝素兰弯身去捡刀子，扭头瞥见床边地砖上有一摊黑红色、黏糊糊的液体。她用手蘸了一点，放到鼻子上闻，腥臭味刺鼻。

郝素兰趴在地上，看见液体是从床底木板渗出来的。她心跳得厉害，赶紧掀开凉席和棉被，打开床板。当看到一双蜷缩的腿时，郝素兰脑子嗡的一声，双脚发软，崩溃了。

郝素兰家院子很宽敞，有个小菜园，大理石地砖，空调、太阳能热水器一应俱全。

派出所民警领着我穿过客厅，走进莉莉的卧室。屋里凉，我直起鸡皮疙瘩。隔着口罩，我闻到一股熟悉的气味，好在不算十分浓烈。卧室不大、很整洁，木质双人床靠窗摆放，床头上印着一朵紫色的花。

派出所民警说，女孩就在床板下的床底柜里！

我不由深吸了一口气，尸体的位置已经说明了莉莉不太可能是自杀或者意外死亡，这很明显是他杀。

床上的毛巾被、凉席已经被掀到一边，能看到上面有红色斑痕和少量甩溅血迹。凉席上还扔着黑色女包、红色双肩背包、女式牛仔短裤和短裙。透过床板上 40 厘米见方的孔洞，我看到两条人腿。双腿色泽正常，看不出腐败的迹象。

尸体发现得越早，对法医来说越有利，或许就能发现更多证据。

我们挪开床垫、掀开所有床板，到现在已经失踪 2 天的林莉莉出现在眼前。

女孩双腿蜷着，小腿和大腿紧紧折叠在一起。她双足绷直，上半身仰卧，双手摆在身体两侧，身旁散布着许多课本和练习册。

确实是莉莉。她一头乌黑的短发，眼睑和嘴唇肿得厉害。穿着浅蓝色蕾丝内裤，白色胸罩断了一根带。

白色胸罩仿佛一道分界线，把莉莉的身体分成了颜色分明的两部分。下半部分色泽正常，肢体紧绷而有弹性。越往上颜色越深，胸前布满蜘蛛网似的腐败静脉网，头面部是乌青色。

莉莉颈部有暗红色的掐痕，右内踝及足背处有皮肤擦伤和表皮剥脱，应该是被人掐住颈部时拼命挣扎，跟凉席摩擦形成的。

这两点与头面部的腐败状态都符合窒息死亡的特点。

"刘哥，你看这是咋回事？"阿良指着莉莉臀部一处脚印轮廓问我。

我俯下身子看，那是一处弧形皮下出血，说明莉莉死前这个位置曾受过力。女孩右腿有表皮剥脱，像被揉搓掉似的，应该也是濒死期形成的。

这两点说明，林莉莉被塞入床底柜时还活着！

我脑海里浮现出一幅情景：在幽暗狭窄的床底柜里，林莉莉的意识渐渐模糊，但腿脚仍可微弱地动弹。挣扎中，她磕碰到床柜，最终，蜷缩的体位加上密闭的环境，导致了窒息死亡。林莉莉口鼻中淌出暗红色的鲜血，顺着面颊流到床底板上。

这是我经历过最"憋闷"的现场。我不得不承认，凶手把现场处理得很好。林莉莉失踪之后两天，卧室里的摆设和以前一模一样，郝素兰来过女儿卧室很多次，都没感觉异常。

卧室很整洁，除了床上的一点血痕，没有明显打斗过的痕迹，而且，家里值钱的东西一样也没少。

藏尸位置也非常巧妙，要不是腐败液体渗出床板、滴到地上，又恰好被郝素兰看见，恐怕还要晚几天才会被人发现。那样留给我们的线索就更少了。

阿良说，凶手"干活"很仔细。他在现场没有发现一枚有用的指纹，他怀疑嫌疑人是故意戴手套作案。

唯一异常的就是那把浅蓝色水果刀，平时放在客厅，意外出现在莉莉房里。刀是单刃的，塑料刀柄上面缠满了胶带，刀尖崩掉一块，但刀上没有明显血迹。

不过我总相信，是凶手就有漏洞。

比如，被褥下、床板上有一块深色湿抹布，洇湿了一大片床板。还有，卧室地面很干净，但床边的一双女式拖鞋鞋底却有泥水干了后的印记，如果不是莉莉妈妈，那很可能就是凶手掩盖现场时拖的地。

离开院子时，我回头看蜷缩作一团的大黄狗，它一定见过凶手，只可惜不能告诉我们那人到底是谁。

傍晚，我带着解剖结果来到会议室，与侦查员一起汇总案件信息。莉莉的死因是掐颈导致的机械性窒息。她颈部出血，舌骨骨折，心肺有出血点。

但她的右腕部有一道锐器割伤，边缘齐，生活反应不明显——创口周围不太红肿，也没有皮下出血，推测是濒死期损伤或死后伤，难道是凶手担心莉莉没彻底死去，又补刀？

莉莉的死亡时间约40小时，她胃里没有东西，应该是父母刚离开家，还没吃早饭就遇害了。

莉莉身上的尸斑位于和床底接触的一面未受压部位，颜色正常，说明她死后没被挪动过，卧室就是案发现场。

我说完尸检情况，大韩开始介绍走访了解到的情况。

莉莉的父亲林志斌是一名刑满释放人员。10多年前，曾因打架被判了3年，村干部和村民反映，林志斌不太合群，性子有些急，但出狱回家后收敛了很多，与人相处还算友善。

莉莉的社会关系十分简单，正值暑假，她大多待在家里，偶尔找同村的闺密或隔壁村的高中同学玩，不大可能与人结怨。凶手应该不是找她寻仇。

林家没丢贵重物品，应该也不是谋财。唯一的异常是，周一晚上夫妻俩回家时，平时习惯从里面锁住的院门，被从外面锁上了。

莉莉被发现时身体半裸，胸罩带像被撕断的，凶手有可能是"图色杀人"，但这类案件大多发生在夜间，大清早入室劫色，凶手要么色胆包天，要么早有预谋。

而且，林家位置偏僻，其他房间无明显争斗和翻找痕迹，说明凶手熟悉林家环境，知道郝素兰两口子早出晚归，莉莉一人在家，他直奔目标，径直去了莉莉的卧室。

我们做了一个大胆的猜测——莉莉是被熟人杀死的。既然莉莉没有仇人，会不会是林志斌的死对头来寻仇呢？

大家决定顺着"熟人"这条线索展开调查。

我们先找到当年与林志斌打架的村民老郑。老郑和林志斌以前是朋友，因一件小事反目成仇，"他人不坏，就是脾气太暴"。

当年林志斌入狱后，老郑就搬家了，位置离林志斌家很远，也再没见过他。

案发那天，老郑说自己在邻居家打牌。"他坐了牢，肯定怨恨我，不找我麻烦就烧高香了，我哪敢再去招惹他。"

派出所民警还提供了一条线索。2年前，林志斌还和本村的老潘打过架，争执起于两家田地间的一条排水沟。老潘两口子骂人厉害，林志斌忍不住动了手，派出所还出了警。双方伤得都不重，但两家人见面不再说话，也算结了仇。有没有可能是老潘怀恨在心伺机报复？

我们又找到老潘，他说，周一那天天不亮，自己就去浇玉米地，一直忙活到晌午才回家吃饭。但我们注意到，老潘家的玉米地离林志斌家步行只要五六分钟，不能说他没有作案时间，便给他采了血。

不知为何，老潘对侦查员说："林志斌以前坐过牢，干出啥事也不奇怪。"见警察盯着他，又说是自己乱讲的，让我们当他没说。

难道是林志斌因为某种原因杀了自己的女儿？

勘查现场时，我就注意到林志斌，他是个黑瘦的中年男人，个子不高，穿一件蓝色条纹T恤，牛仔裤上沾了灰尘，裤腿向外挽起来一块。眼窝深陷，眼周布满皱纹，头发乱蓬蓬的，五官紧紧聚拢在一起。他缩着肩膀，弯着背，整个人都不舒展，别别扭扭的。当时，林志斌站在院外，目光游移，脸上挤出一丝难看的笑容，就像犯错的学生站在老师面前一样。

莉莉的闺密说，莉莉从小和父亲关系很紧张，有事喜欢和母亲商量，但母亲又做不了主，渐渐地她就不再和父母沟通了。

林志斌入狱那年，莉莉只有3岁。

从监狱回家那天，外面下雪，林志斌进门时摔了一跤。6岁的女儿莉莉从里屋跑出来，怯怯地看着陌生的父亲。小女儿避开爸爸的拥抱，一脸茫然。郝素兰似乎对丈夫的归来也不热情。

林志斌则心中有愧，毕竟3年没回家，没履行丈夫和父亲的责任。

那个晚上，莉莉忽然问了母亲一句："张叔叔今天还来不来？"

林志斌听了心中一惊。

"张叔叔"是隔壁村的单身汉，郝素兰的初中同学，林志斌也认识。郝素兰不得不向丈夫承认，林志斌入狱后，"张叔叔"常来照顾她们母女，帮着干家务，也哄莉莉玩。两人好上了。

那天晚上，这对3年未见的夫妻在卧室聊了一夜。林志斌最后对老婆说，他不想一出狱就妻离子散，决定原谅她。但对于"隔壁老张"，他不准备隐忍，要采取些行动。

第二天一早，林志斌从厨房摸出一把菜刀出门了。林志斌向老张讹了1万元钱，并吓唬对方，不给就砍死他，还让对方立下字据，绝不再联系自己老婆。

回家后，林志斌对郝素兰撂下话："以前的事，我不再追究，谁让我不在家，以后你要老实地过日子！"

这件事就成了郝素兰的"小辫子"，此后家中大小事全由林志斌说了算。

在莉莉同学的印象中，莉莉父亲是个严肃的人，不爱笑。有次她父母打架，莉莉上前拉父亲，被一把推倒，头上碰出个大包，莉莉一生气，在同学家住了好几天。

林志斌说，自己小时候没人管，后来才蹲班房，他想亲近、好好管教女儿，但莉莉总是疏远他，他毫无办法。好在莉莉从小听话，放学就回家，从不乱跑或不经父母同意到同学家玩。虽然学习成绩一般，但从不惹事，这让两口子很舒心。

女儿上大学后，林志斌脸上的笑容渐渐多了，常与老婆讨论、规划女儿的将来。

郝素兰说，莉莉心肠软，不懂拒绝别人，但是完美主义，眼光高。她对未来的女婿要求不高，"只要对方脾气好，不打人就行"。

但林志斌不同意，他说女儿应该找个经济条件好的，至少有房有车。

除了从小对莉莉的关心不够、交流不畅，对女儿择偶标准的不认可似乎也成了这位坐过牢的父亲与女儿之间的新矛盾。

这会与莉莉被害有关吗？

虎毒不食子。我当然不愿意这个假设成真。

与林家有关的男人，不只"仇人"，还有朋友。

林志斌说，案发前一天是"财神节"。也不知从何时起，我们这里就对财神节越过越重视了。

那天中午，林志斌曾经请宋军华和丁鹏飞来家喝酒，他俩都是林家的帮工。宋军华也坐过牢，生活作风不太好。

专案组先找到宋军华家，敲了半天门，里面一个男人大声嚷嚷："敲什么敲啊！"

宋军华开门后，光着膀子堵在门口，黝黑精瘦，一脸怒气，嘴里嘟囔："警察有啥了不起，俺又没犯法。"

大韩把警察证一晃，径直进屋。屋里弥漫着怪异的气味，床上有个披散着头发的女人,双手捂胸,神色慌乱,是宋军华的女友。女人在洗浴中心上班,她说案发前的晚上,宋军华去找自己,当晚就睡在洗浴中心。第二天上午 9 点多,他和自己逛了超市,又一起回到住处。

女人的证言真假难辨,其中的可能性太多了。

而财神节中午一起喝酒的另一个帮工丁鹏飞没在家,电话也处于关机状态。妻子告诉我们他去外地干活了,并且回忆说,财神节那天,丈夫一大早去了外地,回来时她已经睡下了。

"整天忙成个鬼,家里啥事也不管。"妻子对丁鹏飞很不满。

丁鹏飞对妻子撒谎了,那天中午,他明明就在林志斌家吃饭,根本没去外地!

在这个节骨眼上,撒谎、外出、失联,丁鹏飞此人不善。

除了林志斌的朋友,郝素兰告诉我们,莉莉其实还有一个男网友,她也是刚刚知道。

发现女儿不见后,郝素兰逐一给女儿的好友打过电话,但都说没见着莉莉。莉莉消失第二天的中午 12 点多,她的闺密给郝素兰打过一个电话,言语支吾,郝素兰追问下才知道,莉莉最近网恋了,对方还刚来见了她。

郝素兰气得大发雷霆:"女大不中留,连爹娘也瞒着!"

挂断电话后,她开始胡思乱想,女儿说不定跟着男网友跑了?会不会被他软禁起来?

郝素兰虽然不会上网,但也知道网上人杂,她害怕对方是个骗子,但又不知道该上哪儿寻找这个男网友和女儿,只能干着急。

还是那天晚上，10点多，郝素兰的电话忽然响起，她摸起手机，心里一阵失望。来电的不是女儿，是莉莉的另一名高中同学。

她告诉郝素兰，莉莉的QQ空间更新了一条消息：不哭不闹很好，就是不爱说话。

郝素兰听不懂，问这句话是什么意思，同学说，那句话像莉莉写的，她平时喜欢文艺范的、伤感的话。莉莉应该没出事，人还好好的。听女儿同学这么说，郝素兰放心了不少。

第二天上午，郝素兰到公安局报完失踪，刚走出公安局，就接到一个陌生电话，接通后，她一下紧张起来，身体直打哆嗦。

电话那头的男人自我介绍，他叫陈浩，是莉莉的男网友。

接到电话的郝素兰琢磨着怎么才能稳住莉莉这个网友、男友，别让他跑了。没想到，却被陈浩当头一问——林莉莉去哪儿了？

陈浩说，当时他认为莉莉很可能被父母软禁了，不让她和自己联系，这才打电话给林莉莉母亲，想确认下。这真是奇闻，父母怀疑女儿被这个网友绑架，而网友还怀疑女友被她父母绑架。

郝素兰赶到陈浩住的宾馆，没找到女儿。她告诉我们，当时一想到陈浩可能是准女婿，自己的态度就温和多了。路上，真不知怎么想的，郝素兰还叫上姑姑，让她帮自己把把"女婿"的关。

陈浩样貌秀气，体形偏瘦，留着小分头，说话温和，没有北方男人那股子"冲"劲，看起来靠谱，身高和容貌也跟女儿般配。郝素兰竟然将女儿失踪的事暂时放在了一边，满意地在街上买了熟食,还邀请陈浩和姑姑一起回家吃饭。

陈浩是南方人,年初在网上玩游戏的时候认识了林莉莉。陈浩成了莉莉游戏里的师父,经常送她装备。两人熟了,就不只玩游戏,还经常在 QQ 上聊天到深夜。

陈浩管莉莉叫妹妹,因为莉莉说,她希望有个哥哥。陈浩把莉莉哄得很开心,他经常听莉莉说学校的事,还会收到莉莉发的自拍照。

一次,莉莉和同学闹矛盾,陈浩安慰她到凌晨 2 点多。莉莉说,要是能找个像陈浩这样的男友就好了。陈浩顺势提出,让莉莉做他女朋友。莉莉一开始拒绝了,她说两人相隔这么远,连面也见不上。陈浩告诉我们,自己当时就产生了来找莉莉见面的念头。

这一年,女生节、儿童节和莉莉生日,陈浩都在网上给她订了礼物。林莉莉在网上很活泼,但又很正气,能开玩笑,但从不乱发脾气,很温柔。

陈浩对莉莉说,两人的缘分是上天注定的,距离不是问题,他们一定能幸福。

林莉莉没有太多朋友,也担心陈浩是骗子,就要求必须经过父母的同意,才能以男女朋友的名义和陈浩交往。

陈浩说,他这次来,就是想和莉莉确认恋爱关系。

案发前天,陈浩在林家见到莉莉,他对莉莉很满意,于是找了家宾馆住下来。第二天,两人在莉莉闺密家中见面。这个细节闺密向我们证实了,还说当时自己不仅让出卧室,还买了葡萄和西瓜。那晚两人谈得很好,房间里发出阵阵笑声,这段恋情似乎水到渠成。

林莉莉仪式感很强，与陈浩见面后，虽然彼此很满意，但她要求陈浩必须和自己父母见一面，父母同意后才能和他正式交往。两人约好第三天再见，和林莉莉父母摊牌，还约定不久后一起去海边玩。

第三天正是我们确认莉莉遇害的当天。

当着我们的面，陈浩说，莉莉直爽大方，不矫揉造作，是个大气的女孩，和他周围的女孩都不同，还有一股传统而优雅的气质。也正是这种气质，吸引他不远千里来和她见面。

他说，自己实在想不明白，这么好的姑娘怎么会被人杀害了。

但事情真像他说的那么简单？陈浩一来莉莉就死了，事情哪有这么巧？我暗暗怀疑。毕竟两人只是网友，现实中见过两面，还不熟悉。因爱生恨的事太常见了。

我们调查了陈浩的行踪——

案发前一晚，陈浩晚上9点多回到宾馆，整晚没有外出。第二天，也就是大约案发时，上午8点多，陈浩离开宾馆，40分钟后返回。陈浩说，他在附近一家早餐铺吃早饭，吃的肉烧饼，喝的蛋花汤。

我们找到那家早餐铺，店主说，那天早上是有一个南方口音的人来吃过饭，但不确定是不是照片上的陈浩。

陈浩离开宾馆后的这40分钟究竟发生了什么呢？

采血时，陈浩神情沮丧，耷拉着头，嘴唇紧抿着。他不断地说："我真不该来！要是我不来，莉莉或许就不会出事了。"

我们一边调查，一边继续跟郝素兰两口子交流，争取挖出更多的线索。大韩给郝素兰两口子倒水，发现两人在小声嘟囔什么，声音越来越大，林志斌有些生气，见到大韩，又忽然闭嘴。

郝素兰舔着嘴唇，张了好几次嘴没说话，大韩转身离开时，她忽然说："俺觉得还有个事不太正常。"

"别乱说！"林志斌一掌拍在桌上，茶水溅出茶杯，他狠狠瞪了妻子一眼，郝素兰缩着肩膀，欲言又止。

林志斌语气缓和下来，使劲摇头对妻子说："不会是他！肯定不是他！我们有十几年交情，我摸得着他。"

财神节那天，中午和晚上都在林家吃饭的，其实还有一个人，叫杨利兵。他是林志斌出狱后为数不多的朋友之一，与林家交往了10多年。

郝素兰说，丈夫林志斌经常租用杨利兵的车去干活，也常请他在家里吃饭。杨利兵与林莉莉很熟，有时还在一起玩游戏。

"可他那天很不正常。"郝素兰很生气，当着大韩的面和丈夫争辩起来。郝素兰左手攥着拳，右手揉捏着左手，办公室里变得鸦雀无声。

大韩把两人分开单独询问，郝素兰这才打开话匣子。

案发那天早上，林志斌约好让杨利兵拉东西，在矿石厂见面。杨利兵平时干活很守时，但那天早上却不见人影，直到9点多，电话也不接。

后来，杨利兵给郝素兰回电话，说他在路上骑电动车，掉泥窝子里，胳膊受伤了。郝素兰两口子赶到，看见他一身泥，小臂有伤，还在流血。两人拿了钥匙就离开了。

"杨利兵摔倒受伤这个事应该是真的，俺两口子都亲眼见过。"郝素兰也不敢一口咬定杨利兵的嫌疑。

但片刻之后，郝素兰抬起头来说："杨利兵耍流氓。"

郝素兰说，杨利兵曾经翻墙到她家偷窥过林莉莉换衣服，而林志斌觉得那次也许另有隐情。他认为，杨利兵与自己10多年交情，和女儿关系也不错，不可能是凶手。

专案组到杨利兵家时，他正在和儿子玩耍，被带走时很不情愿。

杨利兵瘦而强壮，穿着蓝色T恤、蓝色牛仔裤、黑皮鞋。他头发竖起，浓眉大眼，颧骨凸起，咬肌很发达。

杨利兵说，林莉莉失踪，他毫不知情，最后一次见到莉莉是财神节晚上，他在林家吃饭。

杨利兵对案发当天早上的描述，与林志斌两口子一致——自己骑电动车外出买早饭，回家途中路滑摔倒，胳膊受伤，在地上躺了好久，耽搁了去外地干活，还在诊所打了两天吊瓶。他说，林志斌两口子和妻子都能给他作证。

当天晚上，杨利兵接到过林志斌电话，说莉莉不见了，他说自己并未在意。

采血时，杨利兵皱着眉头，手凉凉的。痕检技术员测量和检验过杨利兵的鞋，与林莉莉臀部的印痕很吻合。杨利兵胳膊上的新鲜损伤，主要集中在左臂，内侧和外侧都有多处平行伤痕，看起来也有点像抓伤。

大韩问我："有没有可能是摔在地上，胳膊和地面摩擦形成的？"

"胳膊是圆的，不可能同时在内外两侧形成擦伤。从损伤形态看，我觉得指甲形成的可能性很大。"

但就算他胳膊上的伤是被抓伤的，也无法确定是被谁抓伤的，仅能说明他有嫌疑。脚印和抓伤都只能用来排除，不能用来认定嫌疑人。

我和阿良连夜去杨利兵家中搜查。是杨利兵妻子开的门，她中等身材，面色红润，三角眼，眼角上挑，下颌圆润，神情有些慌张。一个大眼睛的男孩躲在门边怯怯地望着我们。

杨利兵家不大，有一间专门的书房，里面有很多书籍和字画，还有一张单人床。简易书架上，摆满了五花八门的书。杨利兵妻子说，杨利兵有时候会睡在书房。

阳台显眼的位置，摆着一盆兰花。她说，那盆兰花是杨利兵的心头肉，连儿子也不能随便动。有次儿子调皮，掰了几片叶，被杨利兵狠狠说了一顿。

我们问她最近有什么异常，她说前几天卖废品时，发现家里有个陌生的包装盒，像装手电筒的。另外，还找到一个移动硬盘。再无其他收获。

晚上，刑警队所有屋都亮着灯。

我们找到了所有能接触到林莉莉的"熟人"——老郑、老潘、宋军华、陈浩、杨利兵，还有莫名失联、刚从外地回家的丁鹏飞。我采了很多份血样，包括林志斌和郝素兰的，连同其他物证一起送去检验。

审讯进展缓慢，他们都有嫌疑，但又都有不在场理由。

首先是陈浩。经过测算，从陈浩所在的宾馆到林家，乘车单程最快 15 分钟，还要加上等车的时间。如果凶手是陈浩，留给他杀人、藏尸、处理现场的时间最多只有 10 分钟，这么短的时间几乎不可能完成。

另一间审讯室里，丁鹏飞坐在椅子上，不停打呵欠。他又黑又壮，头发不长、打卷，小眼大鼻子，脸上坑坑洼洼。

大韩问他财神节那天去哪了。

"去外地干活了啊！"丁鹏飞瞪着眼说。

大韩一拍桌子："你要是没事，我们能找你吗？你最好实话实说！"

丁鹏飞只能承认："撒谎主要是为了骗老婆。"

丁鹏飞说，一年前他开始迷上去20千米外的表弟家打牌。赢多输少，抽的烟档次都高了。因为打牌，丁鹏飞经常后半夜回家，倒头就睡，工作心不在焉，妻子也对他不满，雇主林志斌还训过他。

"但林志斌必须得用我，他找不着别人。"丁鹏飞不以为然地说。林志斌说话不好听，朋友少，在圈子里口碑一般，招不到人。

财神节那天，他在林志斌家吃完午饭后就揣着300元钱去了表弟家。4个男人打了一天牌，丁鹏飞手气不好，钱都输光了。

第二天晚上林志斌给他打过电话，问过他见没见着莉莉。丁鹏飞说，直到被公安局传唤，自己都没再见过林志斌家人。他说自己对莉莉没有太深印象，只记得这女孩平时不太爱说话，但很有礼貌。

丁鹏飞不住地央求大韩，不要把打牌的事告诉他老婆。

另一边，杨利兵似乎更是委屈。"我和林家关系很好，怎么可能去害人呢？"

杨利兵说，刚认识林志斌时就有人提醒他，对方坐过牢，最好少来往。他说，当时觉得那毕竟是以前的事，且错不全在林志斌，林志斌脾气暴些，但为人很直，没坏心思，慢慢就处成了好朋友。

不过,杨利兵透露林志斌有一点不好:"喝多酒会打骂老婆,郝素兰和莉莉都有点怕他。"

杨利兵回忆说,有次他去林家,恰好碰上林志斌对郝素兰动手,他上前劝阻,挨了两拳还被小板凳砸了一下,但自己没放心上。"我不还手,他就不好意思打了。"从这个小细节看,他们关系的确非常好。

我们也证实了杨利兵确实与林志斌交往时间最长,关系很好。林志斌经常借杨利兵的货车拉货,有时只给个油钱。提到好友的女儿,杨利兵的眼神黯淡下来。他说,因为总去林家玩,和莉莉确实很熟悉。

仅凭口供,还不能完全排除几人的作案嫌疑,只能进一步等待 DNA 检验鉴定结果。

人会撒谎,DNA 不会。

第二天中午,也就是莉莉被害的第四天,我们从她指甲缝中提取的嫌疑人 DNA 比对结果出来了。

我们只将那个人留在了审讯室。

案发前一天是财神节,传说这一天是财神爷的生日,老板照例要请员工吃饭。

这天,林志斌邀请了手下的宋军华、丁鹏飞,还有好友杨利兵一起吃午饭。

晚上,林志斌又执意再约杨利兵来吃饭:"你中午开车,没能喝酒,晚上一起喝。"

林志斌的老婆郝素兰忙着张罗饭菜,女儿莉莉乖巧地打下手,灶火映红了她的脸。她刚在闺密家见过远道而来的网友陈浩，心情大好。

几杯酒下肚，杨利兵不胜酒力，与林志斌聊天渐渐心不在焉，一抬头，看到坐在自己对面的莉莉，他觉得莉莉那天格外漂亮。

晚饭后，杨利兵跟莉莉进屋玩游戏。刚下过雨，天气闷热，杨利兵坐在衣着清凉的莉莉旁边，一股香味往自己鼻腔里钻。

杨利兵听莉莉说，有个男网友从外地来见她，她觉得男孩不错。莉莉声音如往常一样柔美好听，说这句的时候还多了些欣喜。

不知为什么，一听莉莉说要谈恋爱了，杨利兵突然觉得像失去了什么。

当晚9点30分，妻子来电话催他回家。临走时，他和林志斌两口子约定，第二天早上三人在厂里见面，杨利兵帮他们拉货。

第二天一早，杨利兵就骑着电动车出门了，他跟妻子说出门买早餐，与林志斌两口子约定的时间也快到了。

然而，杨利兵的妻子没有等到他的早餐，林志斌两口子也没在约定地点等到来拉货的杨利兵。

杨利兵的电动车驶向了林家。

林家大门往往不锁，他是知道的。站在那扇虚掩的院门前，等着、看着，过去一切与门里面那个人有关的记忆都倒灌回杨利兵的心里。

莉莉与杨利兵很亲，亲得甚至超过父亲林志斌。杨利兵是出入家里的常客，是莉莉从小就熟识甚至经常一起玩的

"杨叔"。

"杨叔"不仅很文艺,而且特别喜欢和她玩同一款网络游戏,懂很多攻略——不知莉莉知不知道,"杨叔"家里就有个移动硬盘,里面有不少网络游戏攻略。

比起父母,莉莉更喜欢和"杨叔"一起玩,觉得和"杨叔"更有共同语言,"杨叔"人好。有一次,莉莉对父母说:"你俩思想太落后,人家杨叔啥都懂。"

林志斌听了有些无奈,但女儿开心总不是坏事,谁叫女儿成长最关键的那几年自己不在呢,莉莉不过是想从"杨叔"身上多感受一下自己当年没有给的父爱吧。

不过随着莉莉年龄增长,林志斌慢慢地觉得有些不妥了。

有次,林志斌看到自己上小学的女儿当着杨利兵的面在院子里蹲下解手。杨利兵非但没有回避,还脸红了。

还有一年暑假,在外地干活的林志斌临时回家,发现杨利兵正在自己家里和莉莉打游戏。一问才知道,"杨叔"是专程来给莉莉送饭的。

莉莉没有感到不适、不妥。"杨叔"懂她、疼她、照顾她,她甚至习惯了。经过一段时间,林志斌似乎也习惯了。对女儿的愧疚,对朋友的需要,甚至生意上对杨利兵的依靠,最终让他把那些"不妥"的疑虑压了下来,不再去想。

在林家院门口徘徊了一会儿,杨利兵掏出手机,7点9分。按前一天约定的时间,这会儿林志斌两口子已经出门了,莉莉应该还在睡觉。林家只要有人,大门就不会锁。

突然手机响起。我们事后查明,7点30分,杨利兵妻子给他打过电话,想问他早餐怎么还没买回来。杨利兵一看是妻子打来的，就关机了。他也失去了一次爬出深渊的机会。

两扇门中间有道缝，杨利兵只轻轻一推就开了。林家的大黄狗一定看见了杨利兵，但对这位"常客"一声没叫。

杨利兵在院子里走了一圈。林志斌的三轮车不在，两口子屋里的电脑是关着的。莉莉平时就在这个房间玩电脑。接着，他反身出门把自己的电动车推进院子。

杨利兵刻意不去握门把手，小心翼翼地推开第二道门。莉莉的卧室门此刻紧闭着，但杨利兵知道，她睡觉没有锁门的习惯。他没有停下，用手握住莉莉房间的球形锁，轻轻一扭——

第三道门也开了。

院门、屋门、卧室门全开着。

某种意义上，此刻的杨利兵不在自己家，也不在莉莉家，长久以来，他都沉浸在自己的世界里。

在妻子眼里，杨利兵不是合格的丈夫。她说丈夫对朋友比对家人好，为此吃过不少亏，还不长记性。而且想法虽多，都没长性，既懒又不肯吃苦。

两人是打工时认识的，都离过婚，认识不久就怀孕了，之后很快又结婚了。婚后两人感情很淡，用杨利兵后来的话说是"不在一个频道上"。他觉得妻子眼里只有柴米油盐，没有诗和远方。他做什么事都不对，说不了几句话就挨骂。

后来杨利兵告诉我们，被妻子叨叨烦时，他想过离婚，甚至还想到过跳楼或掐死妻子，是看在儿子面上打消了念头。

杨利兵挣的钱不全交老婆，"男人手里不能没钱，不然太掉价"。杨利兵是家里的顶梁柱，妻子只能由着他的性子作。

杨利兵沉醉在自己的世界里。他是村子里的异类，清高，也有很多"闲情"。杨利兵文化水平不高,但家里摆满了书,还喜欢收集字画,虽然字画来路不明,也不名贵,可挂在家里很能唬人。

他喜欢钻研在村里人看来"不务正业"的东西:种花、养乌龟、在葫芦上画画、用桃核做挂坠……他还有把二手吉他,没事拨弄一下,虽然一首曲子也弹不全,但足够博得未经世事的莉莉的好感了。

和林家交往之初,杨利兵也没感觉啥特别。后来莉莉上了中学,从小女孩发育成大姑娘,杨利兵对莉莉越来越欣赏了。他说在他眼里,莉莉年轻、漂亮、温柔,她说话好听、有文化,"和我认识的女人全不一样"。

杨利兵也说,妻子长相普通,但身材很好,"一米七,大屁股。有旺夫相,能生儿子",不过他俩聊不到一起。莉莉就不同了。形容莉莉的时候,杨利兵就文雅了许多,说"她就是一朵优雅的兰花"。

杨利兵觉得,只有和莉莉待在一起自己才舒服,他俩才是同类。所以,杨利兵总和莉莉一起打游戏,还给莉莉充过钱。

案发前两周的中午,林志斌夫妇不在家,莉莉饿了又懒得做饭,在游戏里告诉了杨利兵,他立马买了饭给莉莉送来。

至少至此,在莉莉面前,杨利兵维持着一个比她父亲林志斌更高大亲切的形象。

但实际上,除了"异类"、清高,这些年杨利兵一直不太顺,干啥都不成,是家人与村民眼中的"失败者"。

他给朋友担保贷款,结果朋友还不上钱还玩失踪。杨利兵自己担了近10万元的债务。和几个朋友合伙做买卖,结果被坑了,又当了一把冤大头。

妻子埋怨杨利兵，他觉得很没面子，但不认为自己做错了，因为"男人必须讲义气"。杨利兵说自己不笨，只是太容易相信人。

几年前，杨利兵碰到一对南方口音、衣着时髦的男女，自称是台湾人，问他这里是不是叫柳树岭。杨利兵很惊讶，这个叫法只有上了年纪的老人才知道。这两人什么来路？

对方干脆和盘托出，说家里已故老人当年在这埋了个宝贝。在杨利兵见证下，两人在玉米地里找到一棵大柳树，挖出一块拳头大小、金光闪闪的金佛！

接下来女人说，这次回故乡寻宝仓促，没带足够的钱，她看杨利兵面善，想把金佛先寄存到他家中，借3000元路费，最迟俩月回来取金佛，到时归还路费，再给5000元酬谢。

杨利兵想，这沉甸甸的金佛至少值10万元，只保管个把月时间，就能净赚5000元，这买卖很划算，就答应帮忙。

结果那两人一去不返。杨利兵偷偷找人验"金佛"，外面是黄铜，里面是铅块，连镀金工艺都没有，完全不值钱。

杨利兵只能安慰自己，花3000元请回一尊佛，不算吃亏。后来"金佛"被他供在了家里。

还有一次，杨利兵在游戏里被一个"美女"搭讪，对方是高等级玩家，装备精良，价值不菲，因急需用钱，200元转让账号。"美女"说自己是个穷学生，刚和男朋友分手，还被骗走了生活费。杨利兵很同情她，豪爽地买下账号还多打了50元。

"美女"恳求，再玩最后一天就把账号交出。结果一天后，杨利兵被拉黑了。

"失败者"当然也体现在家庭内部。杨利兵因分家和哥哥闹矛盾，妻子觉得受了委屈，和公婆的关系也恶化了，一家人极少走动。

前不久，杨利兵接到哥哥电话，说母亲想他，约他团聚。杨利兵不敢和妻子说去看父母，撒谎去外地干活，自己偷偷去了。谁知第二天就露馅了。妻子指着杨利兵的鼻子，骂他不是个玩意："你装了好人，就俺是坏人！"

那天，杨利兵心里憋屈，忍不住和莉莉发牢骚。莉莉劝他别生气："这事你没做错，但俺婶子也是好意。"

杨利兵想，一个孩子都比自家老婆有肚量，直夸莉莉"识大体"，他对莉莉更着迷了。

此时，杨利兵蹑手蹑脚地走到莉莉床前，没发出一丝声响。

莉莉仍在沉睡，嘴角微微翘起，挂着笑意。她身上的毯子只盖住胸部到大腿，再往下是裸露的。

杨利兵第一次如此靠近、肆无忌惮地"观赏"莉莉。他甚至感觉自己在端详一件艺术品。杨利兵再也把持不住，他把一只手伸向莉莉的胸部，另一只手伸向了她的大腿。

终于可以触碰这朵散发着幽香的兰花了。

莉莉没有反应，杨利兵的胆子更壮了些，他掏出电棍。介绍上说：只需 3 秒，就能把人电晕。

电棍是花 200 元从网上买的。之前因为附近有人被劫道，一死一伤，杨利兵跑运输最害怕这帮人，就买了一根防身。但他不想让妻子知道，特意让快递小哥送到隔壁村，自己骑电动车去取的。

这时杨利兵把电棍缓缓伸到莉莉大腿处。他按下按钮——

"刺啦！刺啦！"

"啊！"莉莉没被电晕，反而从睡梦中惊醒了。

莉莉猛地想坐起来，杨利兵赶紧用一只手摁住她的胸部，身体死死压住她。

林莉莉吓坏了，大声喊着："爸爸！爸爸！"

杨利兵心里骂着"该死的（电棍）骗子卖家"，让他掉了链子。"我太容易相信别人了。"

杨利兵非常害怕莉莉看到自己，情急之下拽过毯子，蒙到莉莉头上。莉莉奋力挣扎，指甲在杨利兵胳膊上留下几处抓痕。

毯子突然滑落——

莉莉不敢相信，自己眼前居然是"杨叔"！莉莉刚想张口说话，"杨叔"却没给她机会。

杨利兵脑子里只剩一个念头——莉莉认出他了，得杀掉她！

他把莉莉仰面压在床上，双手紧紧掐住她的脖子，莉莉涨红了脸，松开杨利兵的胳膊，拼命摆手。杨利兵明白她在求饶，但没理会。杨利兵害怕自己一旦松手，就会有牢狱之灾，还会身败名裂。他心疼自己的名声。胳膊上的疼痛刺激着杨利兵，他手上力道更大了。

几分钟后，莉莉口鼻出血，身体抽搐，微微颤抖后，慢慢瘫软，再没动静。

杨利兵松开手，鲜血顺着他的手滴落到凉席和毛巾被上。

莉莉一动不动，屋里安静得可怕。

杨利兵出了一身汗，心里的邪火和眼前的莉莉一起冷了下来。

杨利兵喜欢的是活生生的、优雅又温柔的女大学生莉莉，不是眼前这具冰冷的尸体。

"既然做了，就把事做彻底！"杨利兵平时喜欢看法制节目，知道不能留下指纹和DNA。他到厨房找到塑料盆、抹布，浸湿后认真擦拭莉莉的双手和颈部，比自己洗澡都仔细。

一开始他想分尸再转移，可那样浪费时间，还会弄脏现场，村里到处是熟人，携带尸体外出，风险太大。

可这么大一个人，该往哪儿藏呢？

他想起莉莉说，以前上学的书都没舍得卖，就放在床柜里，为这事还和父亲闹过别扭。

杨利兵推开床垫被褥，掀开床板，一个宽敞的密闭空间出现在他眼前，里面扔着几本旧书。他到林志斌卧室找了件黑色羽绒服穿上，以免自己的汗液沾到莉莉身上。

抱起莉莉时，她的身体还很柔软，手还在抽搐，杨利兵吓了一跳，以为莉莉"活了"，便又到客厅里找到一把水果刀，在莉莉手腕内侧割出一道血痕。割到一半，突然停下了。

这朵"兰花"已经被杨利兵亲手杀死了。

此时的莉莉什么反应也没有了，杨利兵这才放心。他先把莉莉的头和上半身放进床柜，再折叠双腿，没怎么费力就把下半身放进了柜子。尸体的臀部有些高，盖不上床板，杨利兵还用脚踩了一下，又用抹布细心地擦掉上面的脚印。

但他不知道，皮下出血擦不掉，而且还会随着死亡时间变长愈发明显。

杨利兵清洗了带血的枕头，又找到莉莉的手机，关机后扔进衣橱最顶层的几包棉花后面，然后把羽绒服叠好放回原处，又擦拭了卧室、储物间、门把手，所有自己接触过的地方，还拖了两遍地。

最后，他用手指勾着门边关门，一边擦地一边往外走，从外面锁上了大门，一方面想延迟莉莉尸体被发现的时间，另一方面想制造莉莉外出的假象。

杨利兵还是骑电动车离开的，半道儿他把电棍扔进了玉米地里。

在杀完人、藏好尸体之后，他甚至买好了答应妻子的早餐，往家赶。

后来，杨利兵对我们说，骑到村西头时，车子突然歪倒跌进了泥坑，胳膊碰伤了。他第一时间给林志斌打电话，说自己受了伤，不能去干活了，但车可以借给他们用。

林志斌两口子赶来时，杨利兵还在泥坑里躺着，特意向他们展示了胳膊上的伤。

之后，杨利兵来到村诊所。刚伸出胳膊，医生就开玩笑说："你这是被老婆挠的吧？"杨利兵忙解释，路过泥坑时摔倒了。

医生又问："那你身上和胳膊上怎么没有泥呢？"杨利兵说他回家清洗过了。

医生给他简单消毒、涂上紫药水，让他回家。妻子见他脸色不好，以为是受了伤，吓着了，也没敢多问。

晚上，林志斌来电话，问他见过莉莉没，林志斌知道杨利兵经常和女儿一起打游戏，想让他在网上帮忙找莉莉。

杨利兵说没见着，也没存过莉莉的电话号码。还宽慰林志斌说，莉莉肯定跑出去玩了，说不定明天就回家了。

林志斌此时仍然觉得莉莉平时和"杨叔"玩得好,杨利兵比自己更了解女儿,心里竟不那么着急了。

参与审讯的同事都觉得,杨利兵身上很矛盾。他胆大心细,掩盖现场时冷静得让经验丰富的办案民警都觉得可怕。在杀死莉莉的第二天晚上,他还故意登录莉莉的QQ,发了条说说。可同时,他又好像少了根筋,杀人、藏尸、伪造不在场证据,一步接一步,走向深渊似乎都不觉察。

也许这就是真凶虚伪懦弱的两面,极端脆弱敏感,又极端残忍暴力。

其实,还是有制止罪恶发生的可能。

就在案发前两周的一个早上,那天林志斌和郝素兰醒来,正躺在床上说话,突然听见院里传出动静。郝素兰起身要出去看,被林志斌一把拽住:"咱家狗没叫唤,你甭出去。"

不一会儿,院里又有声响,两人觉得不对劲,来到院里,看到杨利兵正趴在女儿窗前。莉莉当时正在卧室里换衣服。

林志斌冲上去揍了杨利兵两拳,又捡起地上的小凳子打了几下,但下手不算重。

杨利兵没还手,只说了句:"你们一直不开门,我就进来看看你们在干啥。"然后他扭头跑了。

场景、被打结果都一致,但起因却在先前第一次讯问时被杨利兵改成了林志斌夫妻二人打架,他则因劝架挨打。

杨利兵走后,郝素兰曾对林志斌说:"以后不能让杨利兵再往咱家跑了,咱闺女是大学生,将来肯定得找个好人家。"林志斌却觉得自己刚才的行为太冒失,没问清情况就打人。

林志斌后来告诉我们,当时觉得这"不算是个大事",我想其中肯定还有林志斌在生意上经常用得到杨利兵,不好撕破脸皮的隐忍。

这事后来谁也没再提，就算过去了。杨利兵还是"杨叔"，林家的大门也依然不挂锁。

作案之后，杨利兵一直待在家里，他说自己之所以没有逃走，是想多陪陪6岁的儿子。

后来，我们在玉米地找了好久，没找到电警棍。同事调取快递单，证实了杨利兵购买电警棍的送货记录。

那天，我们带杨利兵指认现场，找到了他清洗血迹的拖把、脸盆、抹布，还有抱莉莉尸体时穿的那件黑色羽绒服。我们挪开衣橱顶上的棉花，莉莉的黑色直板触屏手机就在那里。

郝素兰看见女儿的手机失声痛哭。衣橱里5包满满的棉花，是准备莉莉未来出嫁时做棉被用的。

审讯时，杨利兵低着头说："我和老林相识十来年，做出这样的事，我愧对他们一家人。"

但无论我们怎么问，杨利兵都死死咬住，电动车摔倒是个意外，不是故意想弄出伤口。我觉得，这只是杨利兵还想保留住一点点可怜的面子而已。

杨利兵有很多机会扼制住自己那些可怜又可悲的欲望。

莉莉已经长大了，再不谙世事也该有太多机会警醒下这个熟悉的"杨叔"。

而这些年来，包括直到案发前的"偷窥事件"，莉莉父母都更有机会扼制住罪恶的发生，甚至他们要做的仅仅是挂上门锁。

杨利兵的辩护律师说，杨利兵自愿认罪，有悔过情节，而且愿意积极赔偿受害人的损失。

但其实杨利兵家没多少钱,妻子觉得他背叛自己,还让儿子也跟着受牵连,不愿赔偿。

在得知儿子杀人后,杨利兵的父母十分震惊:"他连鸡都不敢杀,怎么敢杀人?"

郝素兰在指认现场捶胸顿足,哭着大骂杨利兵:"就算他想占便宜,为啥要了俺闺女的命啊?"

可悲,他们到现在也不明白。

07

弑母录像

案发时间： 2018 年 5 月

案情摘要： 小巷内一轿车后备厢里发现一具被捆绑的尸体。

死　　者： 毛文琴

尸体检验分析：

尸体尚未腐败，角膜轻度混浊，尸僵较强，尸斑处于扩散期，推断死亡时间不超过12小时。

面部见皮下出血，四肢见瘀青，头顶较包，推测遭受过暴力打击，但头皮无破损，颅骨未骨折，说明打击力量不大且致伤工具较平钝。

颈部见明显细条状勒痕，面部青紫肿胀，心脏及肺表面有出血点，明显的窒息征象。

眼看着天要黑了，红色"大奔"还在街上晃悠。

坐在驾驶位的是本地第二中学高二3班的张宇鹏。后排坐着他的两个好哥们儿：技校二年级的宋大头和另一所高中的高一学弟阿壮。

3个少年晃悠了大半个下午，仍然没有找到一个合心意的"车位"。

张宇鹏惦记着回学校给女朋友送礼物，最后把车开到学校附近，找了个小巷子停下了。

那条巷子到了晚上几乎没人，张宇鹏觉得车停那儿"没事"。

三人分开之后，宋大头打车回家，一路上心神不宁。他给张宇鹏发了条信息，让他别拖到明天了，今晚就想办法再给"大奔"找个稳妥的地儿。

嘱咐完，宋大头松了口气，想着再过几天自己就过生日了，可以拿刚"赚"来的钱请几个朋友吃个饭。

阿壮不像宋大头想得那么多，甭管明天咋样，先把今天过好。他揣着500元钱去了网吧，点了份外卖，要了两瓶啤酒，舒舒服服地玩儿了起来。

张宇鹏拿着钱和两部手机回到学校，迎接他期盼已久的高光时刻。

转校之后，张宇鹏一直过得很压抑，班里同学好像在孤立他，多数同学都对他敬而远之，老师们也都不关注他。张宇鹏有时甚至羡慕那些被老师批评的同学，那样还多少有些存在感。

他急切地想要证明自己也有"一套"，不比别人差。而让班花成为女友，就是张宇鹏最近想到的证明自己存在感的好方法。

只见他掏出一沓现金，啪啪地甩在手心，趾高气扬地在班里走了一圈，像打了胜仗的将军一般俯视着教室里的同学。

随后他掏出两部崭新的苹果手机，把其中一部递到班花手里，还把手里那一沓 5000 元现金交给班花保管。

女孩又惊又喜，脸上的笑藏也藏不住。不少同学随之投来艳羡的目光，这让张宇鹏十分享受。

晚自习课间，张宇鹏又拽着班长来到校园一角。他和班长的关系处得不错，经常请人家吃饭，还带人家出去玩。这回，他干脆把一部手机交到班长手里，叮嘱他放回宿舍，"藏好"。

做完这些，张宇鹏觉得自己这次"成了"，现在班里谁也不敢瞧不起他了。

当晚，张宇鹏又收到哥们儿宋大头发来的好几条信息，都是催促他赶紧把车换个地方停好的。

张宇鹏在床上翻来覆去，有点不耐烦，他需要时间好好想个地方。

张宇鹏进入梦乡没多久，我的手机就响了。

抓起手机那一刻,我听到了自己的心跳,睡意全无。

"红色奔驰车后备厢里发现一具被捆绑的尸体。"

毫无疑问,大案子。我迅速穿好衣服,喝了一大杯水,踮着脚跑下楼,尽量不吵醒邻居们。

虽然违背自然规律,但这就是一名法医的工作常态,每天晚上入睡前,我都会做好夜里出现场的心理准备。

现场在一条巷子里,这里白天很繁华,上下班高峰全是卖东西的小贩,经常水泄不通。而此刻,这里又黑又空旷,闪烁的红蓝警灯也无法照亮幽深的巷子深处。

我注意到,警车旁还有辆高大的消防车,像擎天柱一样静静守着那辆被警戒线层层包围的红色奔驰。

红色的车漆锃亮,反射出一丝扎眼的光;后备厢大敞,一条黄色丝巾垂到了外面,正随风摆动。

派出所的老民警介绍了发现尸体的经过:热心群众报警称巷子里有辆车堵了路,他赶到现场后查了车主的电话,打过去关机。

围着车转了两圈,发现后备厢露出一截黄丝巾,凑到跟前闻了闻,竟有股血腥味,于是老民警立即汇报指挥中心,联系消防队来撬开了车后备厢。

黄丝巾的另一头系在一个女人的脖子上。女人的双手交叉,被黑色胶皮线捆在身后,双脚被绿色胶皮线捆绑,整个人弓着身子蜷缩在后备厢里,头上还套着褐色沙发巾。

掀开沙发巾,里面的女人脸色通红,鼻孔和嘴角都有血液流出,血已经浸透了大半条黄丝巾,风一吹,散发出阵阵血腥味。

痕检技术员从车里翻出了驾驶证和行驶证:车主毛文琴,

44岁。照片上的她方脸大眼,看起来十分干练。

在医院抢救无效的毛文琴被就近送到太平间进行解剖。尸体尚未腐败,死亡时间应该不长,结合角膜轻度混浊,尸僵较强,尸斑正处于扩散期,我推断死者死亡时间不超过12小时。

死者面部有几处皮下出血,四肢也有很多瘀青,头顶上鼓了个包,很明显遭受过暴力打击;但头皮没有破损,颅骨也没骨折,说明打击的力量不大且致伤工具较平钝。

死者颈部有明显的细条状勒痕,面部青紫肿胀,心脏和肺表面有出血点,这是明显的窒息征象。毛文琴应该是被人勒颈并打击头面部,最终窒息死亡。

小巷、红奔驰、独自驾车的女人,我脑海中立即浮现出一幅罪恶的画面:

一辆红色奔驰,车里有两个黑影,一个用细绳勒住毛文琴的脖子,另一个的拳头落在毛文琴头上和脸上,势单力薄的毛文琴渐渐没了动静,生命消散在黑暗中。

要完成这样的犯罪过程,至少需要两个人。

很快,城郊派出所所长带着一男两女,来我们队里了。

中年男人的脸色有些憔悴,但头发锃亮,腰板笔挺,眼神犀利;两个女人打扮得得体入时,神色略显慌乱。

所长向我介绍,男人是他一朋友,也是毛文琴的前夫;两个女人是毛文琴的闺密。

这三人是最早发现毛文琴"异样"的人。

发现尸体的当天上午,毛文琴曾打电话让前夫安排个酒店,晚上要和闺密们聚餐。结果到了晚上,两个闺密左等右等,没等到毛文琴,给毛文琴打电话,电话却关了机。

晚上9点多，闺密放心不下，继续给毛文琴打电话，依然关机，闺密索性相约一起去毛文琴家看看。到了毛文琴家，摁了半天门铃没人应，她们就直接输入密码进门了。

"毛文琴不在家，她那辆红奔驰也不在家。"闺密楼上楼下找了个遍也没找到毛文琴，当即给她的前夫打电话，让他赶紧过来。

晚上10点多，前夫赶到毛文琴住处，也担心毛文琴出事，就给自己的所长朋友打了电话，看看能不能帮忙找人。

直到听说我们接警，在红奔驰里发现了一具女尸。

我带着他们去辨认尸体，毛文琴的前夫盯着尸体看了一会儿，脸色阴沉，点了点头，两个女人直接相拥而泣。

我们从三人那儿了解到，毛文琴是本地一位茶叶经销商，经营着几家茶店和一家茶楼，前夫是房地产开发商，名下有多套别墅和多辆豪车。

几年前两人离了婚，毛文琴带着儿子一起生活，儿子常年住校。两人的亲戚朋友也都是有钱人。

一般来说，这种有头有脸的人社会关系都比较复杂，调查起来也更费劲。

女性被害，我们一般首先会想到情杀，继而想到图财害命。城郊派出所所长说，毛文琴和前夫的关系很好，离婚后也互相照应，情杀的可能性不大。但很明显，毛文琴是个有钱人，图财害命的概率非常高。

我们没有在现场发现她的手包和手机，大家推测，这极有可能是一起图财的抢劫案或绑架案。本地前些年就曾发生过多起女司机被劫案。

如果是图财,案子又有个明显的疑点:毛文琴的红奔驰没有被开走。

这车价值不菲,按理说人都杀了,怎么也该把车开走卖个好价钱,可嫌疑人直接连人带车扔在了闹市区巷子里,这操作让我百思不得其解。

凶手到底是不是冲着毛文琴的钱来的?

张宇鹏爸妈都是做生意的,是货真价实的富二代,从小到大没在"钱"字上犯过愁。

但最近这段时间他很郁闷,好几个"债主"都在催他还钱。

熟悉张宇鹏的人都知道他大方,平时请客吃饭玩乐眼睛都不眨,可没人知道对张宇鹏来说,这是"脸面",也是一种手段——他需要用这样的方式留住朋友。

父母生意越做越大,陪伴他的时间却越来越少,张宇鹏多数时候都和各种各样的朋友厮混在一起,他特别需要朋友。

要交朋友就得在人前展示自己的"实力"。此前,为了维持一贯的高消费,张宇鹏欠了很多钱,还借了 6 万多高利贷,后来是父亲帮他还上了钱。但同时父亲也警告他不许再借高利贷,以后出了事不会再帮他擦屁股。

每次闯了祸,张宇鹏就会被转校。这次转校,父母和他约法三章,要是再敢在学校惹事就没有学上了,到时候掐断经济支持,让他自生自灭。

张宇鹏没办法,只能跟朋友们借钱当富二代。

张宇鹏的哥们儿宋大头其实也是他的债主。1 个多月前,张宇鹏借了宋大头 3000 元钱,后来只还上 1600 元。宋大头隔三差五就给他打电话。

最近一周，张宇鹏被这样的催债电话搞得寝食难安，他发了疯似的想要"搞钱"。经过一番谋划，张宇鹏想出一个计划，他想联系宋大头一起干。

但令张宇鹏气愤的是，宋大头听了张宇鹏的计划，竟然拒绝了。

张宇鹏又想起自己另一个朋友。转到二中后，张宇鹏收了一个嫡系"小弟"、同学胡文奇。两人同是转校生，很谈得来。

他把胡文奇约到家里玩，游说对方加入自己的"搞钱大计"。可胡文奇胆子太小，一听就愣了："这个事我可办不了，你看我这么瘦……"

再度被拒绝的张宇鹏心烦意乱，一整晚都没睡好。第二天一早，又接到一个债主的催债电话，张宇鹏受不了了，又找到宋大头。

他觉得对方之前不帮自己可能是因为没什么好处，于是抬高了价码，答应"事成之后"把欠的钱还了，另外再多给他1000元辛苦费。这次宋大头爽快地答应了。

等宋大头的间隙，张宇鹏已经在筹划搞到钱后要怎么花了，他抑制不住内心的激动，掏出手机联系了班花：晚自习等着我，我送你一部手机。

班花没有拒绝，张宇鹏觉得自己的机会来了。

转学到这个班的第一天，张宇鹏就给班里的女生排了"名次"，这个女孩漂亮、大方、身材好，被他排在第一名。

张宇鹏暗下决心，要让班花成为自己的女朋友。但很快他就发现自己的情敌不少，除了班里的男同学经常献殷勤之外，还有高年级的学长，这让张宇鹏有了危机感。

有次上晚自习,张宇鹏和班花闲聊,对方抱怨自己的手机太旧,反应越来越慢。张宇鹏把这事记在了心里。

开弓没有回头箭,已经向自己心爱的女孩承诺了,这次的"搞钱大计"必须成功。

张宇鹏在家里静静等待着好哥们儿宋大头上门。

毛文琴的闺密向我们提供了一条线索:毛文琴的住处好像不太对劲。

"有的物品摆放不太正常,茶几上有几个一次性纸杯,客厅和楼梯上还有几块破碎的瓷砖。"

毛文琴家在本地著名的别墅区,原先我对这片别墅区只是有所耳闻,但因为办案的缘故,居然慢慢熟悉起来。小区里的"大人物"属实不少,曾有个老板被老婆和司机合伙杀死在家。那案子当时也轰动一时。

"看来有钱人住的地方也不安生。"我身边的痕检技术员摇了摇头,推开毛文琴家别墅的大门。

因为此前在这办过案,这次我们已经不再惊叹房子的豪华,但仍然惊叹于房间之多,有一种进了迷宫的感觉。偌大的别墅里,只有我和痕检技术员两个人,说话都有回音。

确实如闺密说的那样,客厅茶几上摆着3个一次性纸杯,一看就是给客人用的。水杯的位置基本能反映客人的位置,当时有3个人坐在沙发上。

茶几上还有个盛着开心果的透明罐子,里面剩下不到一半的开心果,罐子旁边有张展开的卫生纸,放着剥开的果壳,茶几旁的垃圾桶里还有很多果壳和西瓜皮。

又是喝水,又是吃开心果,还啃了西瓜,看来这几位客人挺实诚，在毛文琴家逗留的时间也很长，嫌疑很大。

很快，我的视线被沙发吸引过去，沙发上明显少了一块沙发巾，剩余的褐色沙发巾和裹住毛文琴头部的沙发巾一模一样。

客厅旁边有个楼梯通往楼上，在客厅和楼梯交界处有几块破碎的瓷砖。联想到毛文琴头上的损伤，很像是这些瓷砖打击形成的。

厨房台面上有个三相电源插头，与之相连的是一小截黑色电线，旁边还有个只剩小半根电线的吹风机，电线是绿色的。它们都被裁掉了一截，而被裁去的部分很可能就是用来捆绑毛文琴了。

在毛文琴家待得越久我心里越有底，种种迹象表明，这起案子的第一现场应该就在这——毛文琴的家中，嫌疑人至少是3个，而且熟人作案的可能性很大。

"不可能啊！"毛文琴的两个闺密哭红了眼，说毛姐是不可能惹事的人，从来不张扬炫富，脾气也好，有什么说什么，从来不藏着掖着。

毛文琴是三人中的主心骨，经常组织一些活动，大家有什么烦心事都会找她倾诉。

"毛姐这么好的人，怎么会有人害她呢？"

离开毛文琴家时，我又回头瞅了一眼这栋壮观的别墅，上千平方米的豪宅却看不到一丝烟火气。住在这么空旷的房子里，真的舒服吗？

回到队里天已经微微亮了，我给毛文琴的前夫采了血，叮嘱他尽快让毛文琴的直系亲属来采血。

他们的儿子常年住校，男人说等天亮了就去学校接儿子，再通知岳父。

男人再回来的时候,身后跟着个穿校服的男孩子,正是他和毛文琴的儿子。男孩快赶上男人的个头了,一进门就东瞅西看,一直不用正眼看我。

给他采血时,我明显感觉到男孩的手在抖,手心也在冒汗。我想,眼前的孩子此刻应该正沉浸在失去母亲的震惊和悲痛之中。

但接下来发生的一切完全超出了我的想象。

毛文琴的前夫刚要带着儿子离开,大韩走进办公室,伸手拦住了爷俩的去路。

他看了一眼躲在男人身后的男孩:"有些事咱得详细聊聊。"

就在我们勘查别墅的时候,专案组查到了毛文琴手机的下落。

在本地第二中学的男生宿舍里,高二3班班长交给专案组一部红色手机。

班长告诉专案组的同事,手机是班上同学张宇鹏交给他保管的,同时还有一张银行卡、一张身份证——

那是一张女人的身份证,照片里的女人方脸、大眼,正是此刻已经躺在解剖台上的毛文琴。

而被大韩拦住的正是我刚刚采过血的男孩:张宇鹏。

就在专案组准备在学校展开调查的时候,宋大头在父母的陪同下去附近派出所自首了,他说的情况和我们在毛文琴家现场勘查的情况极其吻合。

第三名同伙阿壮是宋大头喊来的,阿壮比他和张宇鹏小一级，在另一所中学上学。

案发后阿壮一直不见踪影，最后是阿壮母亲用一条"回家吃饭"的短信把人喊了回来。只不过阿壮一进家门就被等在家里的专案组带走了，没能吃上母亲为他准备的晚饭。

大家本以为这是一起复杂难搞的案子，谁也没想到案发后第二天晚上，嫌疑人已经全部到案。但全队上下没有一个人是轻松的。

凶手竟然是这样几个未成年的学生？

当然，更多的还有震惊和困惑，因为在张宇鹏被扣下的那一刻，案情一下就变得恐怖起来——毛文琴被害那天，家里确实来了3个人，但有个人不是"客人"，而是那栋大别墅原本的主人：毛文琴的儿子张宇鹏。

儿子伙同两个同学杀死了自己的妈妈？这实在不是个能轻易消化的信息。

3个男孩乍一看和普通中学生没啥区别，甚至更多了几分青涩。张宇鹏皮肤白净，椭圆的脸上有几颗青春痘，留着时髦的锅盖头；宋大头留着短发，看起来很干练；阿壮因为练过几年体育，胳膊十分粗壮。

昨天之前，他们还都是身穿校服的学生，各家父母的宝贝儿子。

出乎我们意料的是，对3个男孩的审讯并不顺利，三人似乎是达成了"攻守同盟"，对具体的犯罪经过遮遮掩掩。

但就像老天爷在跟几个小孩开玩笑，那天的别墅里，其实还有第四双眼睛。

最先报案的班长说，同宿舍的同学胡文奇悄悄告诉了他一个"秘密"。

"我前一天晚上住在张宇鹏家里,他跟我说,让我把他妈妈拍晕。"胡文奇说,当时他因为害怕没同意,但也没离开。第二天案发时,他就在张宇鹏家的别墅里。

"旁观者"胡文奇成了破案的关键。

专案组找到胡文奇,这是个瘦小的戴眼镜的男生。案发后他没报警,只跟班长说了,是因为觉得"鹏哥很讲义气也很大方,我不能出卖他"。

面对我们的讯问,胡文奇一开始依然不想说,但在同事一番苦口婆心的交谈之后,胡文奇拿出了一部手机。

案发那天,他用手机拍下了一段视频。

案发前一天,张宇鹏约胡文奇来家里玩,毛阿姨还接待了他。

两人玩了一会儿游戏,张宇鹏突然盯着他问:"你想出去玩吗?"

胡文奇点点头,谁知张宇鹏随即说了个吓人的想法。"俺家里有几块瓷砖,你拿瓷砖把俺妈打晕,我拿着她的银行卡带你出去玩吧!"

一向胆小的胡文奇直接愣住了:"这个事我可办不了,你看我这么瘦……"

"那就算了,今晚哪儿也甭想去了。"说完张宇鹏又闷头玩手机去了。

没一会儿,张宇鹏起身去上厕所,手机就放在桌上,胡文奇凑过去看了看好哥们儿的手机,发现张宇鹏竟然在网上搜"怎么能让人快速晕倒"之类的内容。

第二天一早，张宇鹏接到一个催债电话，挂断电话后他扭头看向胡文奇："你帮我弄晕俺妈，我额外给你 500 元钱！"

胡文奇还是摇头，不敢答应。

"你太不够朋友了！"张宇鹏一边斥责他，一边又给别人打电话，似乎在找帮手。

临近中午，宋大头急匆匆赶到张宇鹏家，毛文琴端出一盘切好的西瓜。宋大头也不客气，拿起一块就猛啃起来。

宋大头抬头看了一眼，发现毛文琴体格有些健壮。"这事恐怕不太好办，"宋大头向张宇鹏靠了靠，小声嘀咕，"要不咱就算了吧。"

"说好的事！可不能黄了。"张宇鹏见宋大头打了退堂鼓，急了，"人少了可能不太行，要不你再找个帮手？人多力量大。"张宇鹏当场承诺可以单独给帮手些辛苦费。

"行吧！"宋大头咬咬牙，联系了自己的"哥们儿"阿壮。

很快阿壮也来到别墅。此时，大别墅因为几位"客人"的到来变得比往常热闹了许多。

几个少年在客厅里吃吃喝喝，到了饭点，毛文琴给他们炒了几个菜，还和这几个男孩一起吃了饭。

也许是几个少年隐藏得太好，也许是毛文琴根本没往这个方面想，她丝毫没有察觉到危险。

午饭后，毛文琴回二楼卧室休息，叮嘱张宇鹏别玩太晚。张宇鹏、宋大头和阿壮三人在客厅一边吃着毛文琴招待他们的西瓜和开心果，一边商量怎么弄晕她。

胡文奇由于此前两次拒绝参与"行动"，被张宇鹏赶去了三楼的卧室，他索性在张宇鹏卧室里玩起了电脑。

十几分钟后，客厅里的三人商量好了行动方案和具体分工：由宋大头吸引毛文琴注意力，阿壮乘其不备控制住她，亲儿子张宇鹏出手将妈妈打晕。

阿壮从沙发上扯了块沙发巾拎在手上，踮着脚，慢慢走上楼梯，紧盯着二楼那扇紧闭的房门。

他的心怦怦跳，生怕卧室的门忽然打开。

他一直走到毛文琴卧室西侧的墙角，紧贴着墙，藏了起来，然后向楼梯口的宋大头比了个"OK"的手势。

宋大头站在楼梯口，回头看了一眼张宇鹏，张宇鹏向他点点头。宋大头猛吸一口气，大声朝楼上喊："阿姨，没水了！"过了几秒，没有回应，宋大头再次大喊："阿姨，我要喝水！"

又过了几十秒，卧室门吱一声打开了。"来了，来了！"毛文琴从卧室走出来，急匆匆准备下楼。可她的一只脚刚踏上楼梯，眼前忽然就黑了，紧接着一阵窒息，喘不动气。

阿壮像幽灵一样出现在毛文琴身后，手中的沙发巾套住了毛文琴的头，粗壮的胳膊紧紧勒住毛文琴的脖子，毛文琴发不出声，只能用手抓住阿壮的胳膊，使劲往下拉。

"哎哟！"毛文琴的指甲抠进阿壮的胳膊，阿壮没忍住疼，吆喝了一声，胳膊上的力道也小了许多，毛文琴大喊："你们要干什么？"

张宇鹏心中大急，从后面推了宋大头一把，宋大头心领神会，快速跑上楼梯，拽着毛文琴和阿壮下了楼。

"快放开我！"毛文琴一边说着，一遍撕扯头上的沙发巾。阿壮和宋大头拼了命阻挠，无论如何也不能让毛文琴看到他们。

这时，亲儿子张宇鹏拿起事先准备好的一块大理石瓷砖，朝自己妈妈的头上狠狠砸去——

瓷砖碎成几块散落在地上,发出清脆的声响。

嘈杂的声音惊动了三楼卧室里的胡文奇,他从三楼跑到二楼,恰好看到张宇鹏和另外两个男孩正试图控制住毛文琴。

张宇鹏猛地抬头,看到了他,摆手让他上楼。

事情恐怕要闹大了。

躲在楼梯拐角的胡文奇这么想着,第一反应是掏出手机,打开录像功能。但他不敢光明正大地拍,镜头一直对着楼梯。

虽然没有直接拍到三人作案的场景,但案发时的声音清清楚楚。胡文奇不敢过多停留,录了1分多钟之后就躲去了三楼。

他刚进卧室就再次听到了毛文琴的哭喊声。

毛文琴并没有像亲儿子设想的那样晕过去,这可急坏了张宇鹏。万一母亲脱了身,以她的性格,绝对不会轻饶了自己。

情急之中,张宇鹏跑去厨房,用菜刀砍断电线,把那一截砍下来的电线套在了母亲的脖子上。

好哥们儿宋大头和阿壮分别拽住电线的两头,用力往两边拉。张宇鹏则鬼使神差地从地上捡起一块较大的瓷砖碎片,反复朝母亲身上砸。

他不记得自己打到哪里,也不记得打了多少下。毛文琴的反抗不那么强烈了,喧闹的别墅忽然安静下来,几个少年都能听到彼此的呼吸,他们渐渐松开手。

三人围着毛文琴观察了两分钟,毛文琴一动不动。阿壮把手伸进沙发套,可能是摸了摸鼻子,然后抬头对他说:"没气了。"

看着妈妈倒在自己面前,张宇鹏只说:"心情十分复杂。"

他知道自己闯了祸,心里很害怕,但与此同时,他感到一种前所未有的畅快,"再也没人叨叨我了"。

他特别提到了案发前一天母亲的"表现"。

案发前一天,张宇鹏约胡文奇来家里玩时,本以为母亲会热情招待自己的小弟,就像他以前约好朋友到家里玩、开生日派对一样,但没想到那天母亲毛文琴的表现让他很失望。

"搞得我很没面子!"张宇鹏回想起那天的事依然很生气。他是个很要面子的人,谁不给他面子就是和他过不去,母亲也不例外。

张宇鹏让毛文琴洗水果、订外卖款待自己朋友,毛文琴表现得不热情:"你自己有手有脚的,不会自己干?"还问他作业写完了没,先写完作业再玩。

这真是哪壶不开提哪壶——那段时间张宇鹏都是抄胡文奇的作业。

那天当着胡文奇的面下不来台,张宇鹏觉得胸口有一股火苗被引燃了,就和母亲吵了几句,带着胡文奇回了房间。

到了傍晚,母亲叫张宇鹏下楼吃饭,他看到饭菜比较丰盛,才稍稍消了气。

晚饭的气氛还算融洽,毛文琴一直给胡文奇夹菜,让他多吃点。张宇鹏觉得妈妈心情不错,应该可以问妈妈要点钱带胡文奇出去娱乐放松一下。

但他一说要钱,毛文琴立刻冷脸,态度坚决:"哪有钱给你!"

张宇鹏不说话了,毛文琴态度略缓和,劝儿子少出去玩,多把心思用在学习上,以后等她老了,很多事都要靠张宇鹏自己。

毛文琴可能想不到，张宇鹏其实早就厌烦了母亲的说教，一听这种话就头疼。"小时候从来不管我，长大了来限制我、管我了？"尤其是当着好朋友胡文奇的面这么说。

张宇鹏脸红耳赤，心中的烈火烧得更剧烈了。

他一晚上没睡好，满脑子都是母亲不给他面子的"嘴脸"，甚至还和以前的一些事联系起来了。

以前在本地读书的时候，有次母亲闯到学校，当着全班同学和老师的面，揪着他的耳朵把他拽出教室，张宇鹏永远忘不了当时全班同学幸灾乐祸的神情。

因为早恋问题，学校约谈了双方家长，女孩母亲情绪很激动，说了些难听的话，意思大概是什么样的家长教育出什么样的孩子，张宇鹏家虽然有钱，但父母素质太低。毛文琴回到家直接打了他一个耳光。

那次张宇鹏懵了。从小到大毛文琴都没打过他，他气得浑身发抖，拳头握紧、松开，又再次握紧。

从那之后，张宇鹏觉得母亲好像不如以前爱他了。

后来父母离了婚，张宇鹏一开始是跟着母亲生活的，但中间有段时间母亲无情地"抛弃"了他，执意让他转学，去省城跟着父亲生活。

张宇鹏越想越生气，好不容易熬到天亮，听见毛文琴喊他和胡文奇到一楼吃早饭。

守着一桌丰盛的早餐，看着母亲的笑脸，张宇鹏只觉得"假"。"她只会做表面功夫，从来没有真正尊重过我！"

毛文琴就是用这样"让人失望的表现"，让儿子张宇鹏下定了动手的决心。

张宇鹏始终没有忘记自己的"头等大事"：搞钱、还债、买手机送给班花。

趁着母亲的肢体没变硬，他第一时间用她的手指解锁了手机，登录母亲的支付宝账号，又去卧室找来母亲的身份证和银行卡，把银行卡绑定在支付宝上，向自己的支付宝转了6笔钱，共计7万多元钱。

张宇鹏的腰包一下子鼓了起来，所有的债务都不是问题了。那天下午学校还有课，张宇鹏用母亲手机，模仿她的语气给班主任发了条短信，给自己请了假。

然后几个人坐在客厅沙发上商量如何处理尸体，讨论了半个多小时也没想出具体办法，但大家都觉得不能把尸体扔在家里。

"咱先出去再说。"张宇鹏虽然年龄太小没有驾照，但平时经常偷开父母的车，艺高人胆大。

3个少年抬着毛文琴去了车库，把毛文琴塞进奔驰车后备厢，然后张宇鹏上楼叫上胡文奇，开车拉着众人驶出高档小区。

经过小区门口时，帅气的保安朝张宇鹏打了个敬礼，脸上堆满笑，张宇鹏只是瞥了他一眼，对这种"礼遇"习以为常。

虽然没想好抛尸地点，但并不妨碍办其他事情。张宇鹏开车去了附近的家电广场，买了两部苹果手机，还通过转账方式套现了9000多元。

分赃的时刻到了，张宇鹏给了宋大头2500元现金，还清了1400元欠款，还额外给了1100元；给了阿壮500元钱作为辛苦费；也给了胡文奇500元钱，还清此前借他的钱。

先把胡文奇送回，3个少年又开始物色抛尸地点，红色奔驰车驶出城区，刺眼的阳光让张宇鹏很不舒服。

一路上，宋大头不断催促，张宇鹏被问得越来越焦虑，恰好路过本地最大的水库，随口说道："不行就扔水库里去！"

"现在不行，晚上倒是可以。"宋大头瞅了一眼窗外的水库，波光粼粼，一望无边，但水岸边有不少人在钓鱼。

过了一会儿，他对张宇鹏说："我听说死人在水里会漂起来。"

3个少年开车转悠了大半个下午，也没找到合适的抛尸地点，眼瞅着天快黑了，张宇鹏挂念着回学校送女友礼物，提议说："先回去吧，晚上咱再商量。"

三人各怀心思，分道扬镳。

其实，在张宇鹏的计划里，好几位家人都曾是他的"猎物"。

他第一个想到的是自己的舅舅。舅舅是父亲房地产公司的高管，出手阔绰，以前每年过年都给张宇鹏不少压岁钱。但明着要钱肯定不行，父母已经通知了所有亲戚，坚决不能借钱给张宇鹏。

张宇鹏联系宋大头，提出的第一个"搞钱计划"竟然是问对方能不能帮他打晕舅舅，"搞到钱后就可以把剩余的欠款还给你"。

宋大头拒绝了。

舅舅是壮汉，打起来可能有难度，考虑再三，张宇鹏又打起了姑姑的主意。

相比舅舅，姑姑明显是更理想的"猎物"。姑姑和姑父一起做生意，也非常有钱，更重要的是，打晕瘦弱的姑姑应该问题不大。

案发前两天中午，张宇鹏又联系宋大头："你帮我把姑姑绑了，吓唬她要钱，事办好了我可以把欠你的钱还了，另外再多给你800元。"

案发当天，宋大头接到张宇鹏电话的时候，才知道"猎物"从张宇鹏的姑姑换成了妈妈。

但这对宋大头来说其实没啥区别，当张宇鹏承诺再给他加200元辛苦费，把酬劳涨到1000元后，宋大头爽快地答应了。

只是张宇鹏万万没想到，角落里的第四双眼睛——"小弟"胡文奇很快就将他的罪行告诉了班长，班长又主动向警方坦白了一切。

有了视频的"铁证"，专案组很快拿下了张宇鹏三人的口供，其中宋大头的供述最详细，他不但有自首情节，也曾提出要送张宇鹏妈妈去医院抢救。

现场物证的DNA检验鉴定结果也出来了，更加坐实了张宇鹏三人的犯罪事实，也印证了他们的犯罪过程。

案件真相大白，我却怎么也高兴不起来。我无法揣测毛文琴遇害时的想法，面对突如其来的黑手，她毫无防备。

尽管毛文琴被蒙住了头，而且几个男孩作案全程都没说话，但在生命的最后时刻，她一定知道是自己的儿子伙同另外几个孩子对自己下了狠手。

她背负着背叛、辜负、遗憾，以及不能用语言形容的痛楚，像是在等一个解释似的死不瞑目。

而她的儿子，亲手结束毛文琴生命的张宇鹏，从始至终也没有说出什么惊天动地、非得杀之而后快的理由,来给这一切一个解释。

没有什么特别的原因,只是想搞点钱,恰好家人都很有钱,恰好母亲那天的"表现不好"。

比起杀害母亲的残忍经过,更让我脊背发凉的是张宇鹏讲述这件事时的状态——有点后悔,但只是一点,也没有特别难受。提起母亲的时候就像在说一个陌生人,杀人好像只是做错了一件小事。

一切案件相关的证据都对上了,但DNA检验出了一个意想不到的结果:张宇鹏和毛文琴的前夫,甚至毛文琴,都没有亲缘关系。

我也懵了。一般来说,我们只出具DNA鉴定书,并不负责解释鉴定结论。考虑再三,我们暂时没把这个结果告诉毛文琴的前夫,毕竟这个结果和案件本身关系不大。

但即便我们不说,这些证据最终也会呈现在法庭上。

因为涉及未成年人犯罪,这起案件没有公开审理。毛文琴的前夫在法庭上听到DNA检验鉴定结果时当场愣住,憋了半天才冒出一句:"怎么会这样?"

那位所长朋友后来告诉我,张宇鹏应该是代孕来的。毛文琴婚后陆续生了3个女儿,前夫一直想要个儿子好"后继有人",可毛文琴因为身体原因,不适合再生孩子。

夫妻俩应该是代孕,被人做局骗了。

张宇鹏一出生就在毛文琴夫妇那儿过上了富二代的生活,一大家子守着这么一根"独苗"。

张宇鹏的待遇让家里3个姐姐都很眼红。

有次父亲给张宇鹏买了一件玩具，三姐也想玩，就和张宇鹏争抢，张宇鹏干脆把玩具摔坏了，他宁愿自己不玩也不让别人玩。

张宇鹏说，小时候他听到过很多风言风语，有人说他和父母、姐姐们长得都不像，是个捡来的孩子。张宇鹏就跑去问母亲，毛文琴紧紧搂住他说："别听人家胡说八道，你就是妈妈亲生的！"

几天后，张宇鹏把其中一个"造谣"的小朋友打得头破血流。

张宇鹏的姥爷曾警告过毛文琴夫妇，张宇鹏这个孩子很"邪"，一定要好好管教，可"老来得子"的夫妇俩没听进去，觉得老爷子有偏见。

等到后来，毛文琴夫妇发现张宇鹏有很多坏习惯，想要严加管教时，却为时已晚。张宇鹏不但不听反而更加叛逆，为此还转了两次学。

后来毛文琴离了婚，但和前夫两人的关系一直不错。有人说，这两口子是为了规避债务才离的婚。

离婚后，张宇鹏再也没享受过一家人的团圆，"他们都在外边忙，根本顾不上我"。

张宇鹏一开始跟着母亲毛文琴生活，可他为了和其他男生"争夺"一位女同学，双方约了人打群架，被学校劝退。前夫恰好在省城有几套房子，毛文琴这才安排张宇鹏去省城上学，跟着父亲生活。

张宇鹏在省城读书期间，父亲限制他消费，本意是想逐步严加管教，可这让习惯了大手大脚花钱的张宇鹏很不适应。

省城的夜生活丰富多彩，张宇鹏经常去网吧、游戏厅玩耍，甚至逃课去喝酒、蹦迪、逛夜店，结识了很多"趣味相投"的朋友。白天上课他总是打瞌睡，被老师教育多次也不知悔改，后来因为屡次违反校规被劝退，再次转学回到本地，在母亲毛文琴监管下继续读书。

毛文琴也逐渐意识到需要对张宇鹏严加管教，可是积重难返，小时候疏于管教的张宇鹏哪有那么容易服从，反而导致母子矛盾日益严重。

毛文琴试着用3个姐姐的学习经历教育张宇鹏，让他像3个姐姐一样好好学习，将来上个好大学，结果张宇鹏一听毛文琴提姐姐就炸毛："姐姐们那么好你们生我干啥？掐死我就是了。"

毛文琴只要一说教，张宇鹏就非常反感，要么争吵几句，要么干脆不说话。别看毛文琴在生意场上风风火火，人际关系也处理得不错，但对自己的儿子，毛文琴却束手无策。

有时毛文琴会向闺密倾诉自己的烦恼，闺密们时常宽慰她："孩子健健康康的就行，以后还能饿着他？"

毛文琴的闺密们也没想到，干练爽朗有亲和力的大姐毛文琴，最终死在了自己"儿子"手上。

最终，案件被定性为抢劫罪，3名犯罪少年都受到了法律的严惩。

但事情并没有结束。

几个月后的一个下午，我的一位法官同学约我喝茶，我们坐在阳光明媚的窗前，同学义愤填膺地说起张宇鹏家的事情。

"我第一次见这样的一家人。"同学抿了一口茶水，抬起头认真地说，"这家人都掉进钱眼儿里了！"

原来，张宇鹏的 3 个姐姐为了争夺财产，互相把对方告上了法庭，我的同学是主审法官。

毛文琴死后，遗产继承权问题成了张宇鹏 3 个姐姐关注的焦点，她们首先把张宇鹏的继承权排除了，因为张宇鹏不是毛文琴的亲生儿子，而且他是杀死母亲的罪犯。

开庭那天，张宇鹏的 3 个姐姐在法庭上扭打成一团。

我无法更加全面深入地了解这一家人，但争遗产这件事或多或少能反映出，这家人对利益极其看重。每个人都希望自己能获取最大利益，甚至每个家人在彼此眼中，也只是可利用的工具。

众人眼中的"弑母者"张宇鹏，此前对自己的身世并不知情——直到毛文琴咽气前的最后一刻，他砸向的，仍是养了自己十几年的母亲。

把母亲的尸体运走时，张宇鹏忽然觉得要让她走得"好看"些，于是去卧室找出了一条毛文琴常戴的黄丝巾，系在了她的脖子上。

这成了他为"母亲"做的最后一件事，也是我在办案过程中看到的，唯一一点能证明他们曾是"母子"的证据。

08

邻人之恶

案发时间： 2014 年 7 月

案情摘要： 兴旺村某户村民家中起火，独居老人被烧死。

死　　者： 张秀芬

尸体检验分析：

右颧部有长径约 6 厘米的洞，边缘多处向内凹陷，孔洞下方见碎裂骨片和脑组织，需多次打击才能形成。

口腔、气管干净，未吸入烟灰，说明起火时，她已经遇害了。

早上8点多，15岁的曹玉靖躺在床上，发现手机里的电子书快看完了，这批存货还是他在电子厂工作时，被开除之前下载的。

他手上的白色山寨手机是一年前父亲花600元从镇上买的，当时办了张100元的手机卡，之后父亲再没给他交过话费。

现在，曹玉靖没钱交话费了。中午12点30分，曹玉靖从床底摸出羊角锤出了门。

20分钟后，曹玉靖挂着满身的血迹回到家。父母还在午睡，他悄悄脱下带血的裤子，扔进卧室角落的小橱柜，然后在猪圈旁的水桶里，把锤子洗刷干净。

曹玉靖迅速躺回床上，又过了20分钟，父母醒了，进他的卧室看了一眼。

等父母离开，曹玉靖取出藏好的血裤，扔进洗衣机洗净，晾到院子里。

他再次回到卧室，把一张新手机卡装进手机，继续下载电子书。16点30分，他用流量下载了20多部小说，新手机卡里的话费也花光了。

当天晚上，曹玉靖听见外面有警车响。他干脆躺在床上，等着警察找上门。

父亲板着脸进屋看了他一眼，见他像往常一样懒散，没说话。母亲进屋看了他好几次，也不说话，一瘸一拐地走开了。

母亲的腿是几年前瘸的，父亲说是倒车时没看见她，发生了意外。曹玉靖不信，他想，一定是母亲偷东西被抓才瘸的，但又不敢问。

夜里，父母屋里很晚才关灯。曹玉靖听到他们在说张秀芬。这个心善的老太太死了，"没得到好报"。

父母还商量给曹玉靖再找个活儿干，依然没个结论。曹玉靖躺了一晚上，第二天也没怎么下床。

他无法平静，在心里对自己说："这下要完了。"

推开审讯室的门，我看到曹玉靖单薄的背影。

他抬头看我，那是一张稚嫩而清秀的脸。粗眉毛、双眼皮，眼珠陷在眼眶里，留着两撇稀疏的小胡子，略卷曲的长发上挑染了几缕褐色。

他穿着一件长袖灰白格T恤，脖子上的皮肤像凸起的鱼鳞，有点脏，似乎许多天没洗澡了。

发现我盯着他，那小子竟有些不自在，低下了头。

大韩递给我一张身份证，我算了下日子，曹玉靖才15周岁，尚未成年。

审讯室角落坐着个中年男人，他是曹玉靖的父亲曹老三。讯问未成年人时需要法定代理人或亲属在场。

曹玉靖眼神羞涩，不愿和人直视。他声音尖细带点颤，双腿不停地抖动，有些焦虑地抿嘴咬牙，盯着面前那杯水，不知在想什么。

我是来给他采血的。握住他的胳膊,我发现他的手腕上有一层"鱼鳞",这是一种皮肤病,民间也叫"蛇皮",他的手凉凉的,一直在打颤。曹玉靖的情绪不稳定,还在硬撑。

"男子汉大丈夫,怎么敢做不敢当?"大韩激他,"不过就凭你这小鸡崽子的熊样,肯定杀不了人。"

"谁说的!"曹玉靖恶狠狠地盯着审讯人员,然后低头沉默片刻,红着眼睛抬起头说,"我杀了人。"

他很痛快地向我们回忆起,那天下午发生的事情:

他先是走到老太太张秀芬身后,抡起锤子,敲了她头顶一下。

"把老奶奶的头打破了,血流到了右边脸。"接着,他把张秀芬拽到卧室,"我脑子里忽然冒出想法,想弄死她。不知为什么,就是想弄死她。"

他压在张秀芬身上,手脚并用按住她的双手,然后腾出右手,拿起一把小镰刀,"朝她头上扎了四五下,她只是身子在扭,不再叫唤了"。最后,他又用锤子朝张秀芬头顶砸了十多下,曹玉靖说:"最后一锤子,我感觉砸进了她的头里。"

"老奶奶发现你了吗?你为什么想弄死她?"

曹玉靖摇了摇头,说:"我脑子懵了,好像控制不住自己似的。"

无论审讯人怎么问,曹玉靖只有这一个回答。

"我当时脑子一片空白,就想着杀死她,其他什么也不想了。"

两天前,我在参加业务培训,正听得入神,口袋里的手机突然振动起来。

我在众目睽睽下低头弯腰走出教室。警情很简单——兴旺村村民家中起火,有个老太太被烧死了。

兴旺村依山傍水,位于辖区边界,离省道很近,半小时车程就到了。

我被派出所民警带到死者张秀芬家。这是典型的北方农村老屋,4间老式平房的白墙有些泛黄,左手边第二个房间窗户敞开着,绿窗棂、玻璃都被熏得发黑,救火时洒在地上的水还没有完全蒸发完。

宽敞的院子里站了许多人,几名妇女围着火盆烧纸,神情专注,不时传来几声抽泣。

下午4点多,张秀芬的二儿子发现母亲家着了火。派出所出警的民警看着有小50岁了,他告诉我:"估计是烧火做饭引燃了什么东西,毕竟年纪那么大了。"

老太太无财可图,平时为人和善也无仇可寻,和情杀更是沾不上边,老民警言下之意,这应该不是一起"案子",而是意外。

家属对老太太的死因也没有疑问,正在商量后事。

可是非常规死法,需要公安局出具火化通知书,就让法医来走个过场。

家属们围上来,老太太的小儿子眼睛通红,带着哭腔:"事情已经发生了,就让俺娘入土为安吧。"

他一个劲儿地给我递烟,脸上挤出别扭的笑,老民警也不时插话,想迅速给这起警情画上句号。

死亡现场连警戒带都没拉,基本没有保护。我提出要看现场、做尸检时,老民警脸上的肌肉僵住了,他皱起眉,张了张嘴没说话。

"医生同志,人都烧没了,还看啥呀?"张秀芬的小儿子一脸沮丧地恳求我,"差不多就行了吧。"

我严肃地告诉他:"既然报了警,就一定得查个清楚!"

我的前辈办过一起命案,凶手杀人后伪装成逼真的交通事故,受害者尸体被送去医学院,上解剖课用完就扔进尸体池了。后来抓到嫌疑人,供述了作案过程,领导怪法医。前辈被这事折磨坏了。

我没有看尸体的癖好,但活儿必须干,不然不放心。

活人的话不可信,干法医这么多年,更多时候我宁愿相信尸体。

我和痕检技术员请家属暂时离开院子,从最西侧掉漆的木门进入厨房。

张秀芬躺在厨房和卧室中间,被烧毁的木门压住,左手高举过头顶。她的腰腹部几乎被烧没了,但通过残存的四肢和头颅还能依稀分辨出人形。

她身旁到处是烧焦、碳化的家具。熏得通黑的搪瓷盆、墙面,烧得只剩下灰色弹簧的沙发和床垫,以及烧变形的直板按键老年手机。

痕检技术员指着那堆弹簧说:"这应该就是起火点!"那里位置比较低,燃烧最严重,旁边墙上的烧痕明显。石英钟也被熏黑了,时针停在 1 点 59 分 30 秒。可以确定,当时火势已经很大了。

起火点在张秀芬的卧室,明显不是生火做饭引起的;火烧范围局限在一间屋内,不是从别处蔓延过来的;卧室里的电线上没有发现电熔珠，不像是电气及线路原因引起的火灾。

屋里只有我和痕检技术员，周围忽然安静下来，他小心翼翼地问："刘哥，我怎么觉着像个案子？"

我的心突然悬了起来。

张秀芬今年78岁，身高1.6米，偏胖，但这具快烧没了的尸体上，已经看不出这些信息了。

当我剥开她右颞部残存的头皮时，心跳骤然加速，不禁舔了舔发干的嘴唇。

那里有个长径约6厘米的洞，像一颗梨。边缘多处向内凹陷，孔洞下方是碎裂的骨片和脑组织。这需要多次打击才能形成。

张秀芬的口腔和气管很干净，没有吸入烟灰——起火时，她已经死了。

夏日炎热，救火现场蒸腾着水汽，树上的知了玩儿命地叫着。蹲在这座农家小院里，我竟感到脊背发凉，心中一阵后怕。

干这行久了，人会变得越来越胆小。我时常叮嘱自己，不能在阴沟里翻船。假如我没有坚持检验尸体，或者草草收工，这起案子会成为我法医生涯中抹不去的污点。

那个老民警坚持认为这是一起火灾，他问我死者头上的伤是不是被门框砸的。

"这是个命案！是死后焚尸。"我抬起头盯着他。

大半个刑警队都来了。借助勘查灯，我又发现了一些新线索。

土炕和墙壁的夹角处，有两处疑似喷溅血痕。血量很少，位置隐蔽。

柜子里，我们找到一块红手帕，包着金耳环、金戒指和银手镯。

现场基本没被翻动过，丢失的贵重财物只有2000元现金，那是张秀芬常年随身携带的"安心钱"。她每个月有110元的固定收入，其余由在东北当公务员的三儿子资助。家里没多少值钱物件。

我们想弄清楚死者和谁联系过，检验手机时却发现，手机卡不见了。这个号码，始终没打通。

"莫非是停了机？我上个月刚给她充了100元。"小女儿嘟囔着，"奇怪了，俺娘平时电话也不多。"

几年前丈夫去世，张秀芬独居，她性格开朗乐观，在村里人缘不错，家里平时也没有外人出入。

村支书说，这里民风淳朴，治安状况良好，从来没出过大事，"今天的案子算是破天荒了"。

他张开五指，把手一伸："小偷小摸不算数。哪个村没偷鸡摸狗的？"

大韩在村里走访时，许多村民反映：有几户姓曹的人家，品行不大好，有小偷小摸的习惯。

听他们的形容，那就是个小偷家族。"这一家就像锅里的老鼠屎，看着恶心，不想和他们有牵扯。""大家都知道，但不想得罪他们。"

一位村民说，几个月前，曾看见有个人影从张秀芬家爬墙出来，模样像是曹老三家的儿子曹玉靖。

他们两家的大门距离不过40米。村里人都知道，张秀芬这几年被曹玉靖偷过好几次。老太太对此却不愿多讲。

前年,张秀芬丢了一部老年手机和几十元钱。老太太没报警,只和小女儿说起过。

女儿追问是谁,张秀芬不肯说,只叮嘱女儿不要声张,"是个毛孩子,本身又不坏,怪可怜的"。

去年,张秀芬又丢了200元钱和一张手机卡,门也被撬了。儿女们一番追问后,报了警。

因为案值本身不大,查了半天没发现证据,也没找到曹玉靖这孩子。一旁的老民警摆了摆手:"农村这种小案子很多,压根没法查,除非抓现行。"

村支书和治保主任点头,随声附和:"就是。"

张秀芬家周围的邻居都说没听到奇怪的动静。如果家中闯进生人,肯定会呼喊。老太太没喊,要么是她没发现,要么是她认为,对方构不成威胁。

唯一的疑点是手机卡不见了。但直到案发当天下午4点30分,张秀芬的手机卡号却一直在上网,产生了许多流量费,直到余额用完。

在技术部门的协助下,我们确定手机卡上网地点离张秀芬家不远。

大韩怀疑是曹玉靖的父亲曹老三干的,因为这两口子"手不太干净"。

晚上,刑警队传唤了当天下午待在村里的曹家人。其中有曹老三,还有他的儿子曹玉靖。

曹老三消瘦的脸庞黝黑,额头和嘴角全是皱纹。他穿着褪色的蓝T恤和灰短裤,接受审讯时,两手放在膝盖上,有些拘束，眼睛转来转去。

侦查员调查发现，这两口子当天在集市卖油桃，中午短暂地回过家。村里很多人在集市上见过他俩。

曹玉靖也是嫌疑人之一，他表现得精神高度紧张，有经验的民警一眼就看出了他不对头。

大韩一诈，曹玉靖很快开始供述自己杀死张秀芬的细节。

趁着父亲曹老三出去抽烟，曹玉靖回头瞥了一眼，突然对我们诉起了苦："他们总是说一套做一套，说钱是给我攒的，又不舍得给我花。"

曹玉靖从小没被父母管过，家里由着他性子耍。但自从母亲受伤瘸了腿，父母对他的态度变得越来越严，总是想把他留在家，别出门惹事。

被禁足在家的曹玉靖，只剩下打游戏、聊天、看小说的爱好。如果偷东西能是个爱好，也算一个。

虽然父母告诉他，不要去偷别人的东西，他也依然我行我素。曹玉靖对我们说："他们连自己也管不好，还想来管我？笨蛋！"

曹玉靖有钱的时候，会去网吧玩。他的QQ、微信昵称和头像都是女性化的。在他喜欢的两款游戏《穿越火线》和《女神联盟》里，账号也是女性身份。

曹玉靖说，网上女性身份比较受欢迎，偶尔能占点便宜，一个游戏里的好友还帮他充过钱。

有时，曹玉靖也会讨厌偷窃行为，比如他的游戏账号被盗。他很郁闷，气得一整天吃不下饭。

最近一段时间，他待在家里无所事事，"闲得慌，每天除了看电视就是看电子书，下载的电子书都快看完了，手机卡没流量了"。

曹玉靖说，他杀死张秀芬，就是为了偷手机卡。

曹玉靖虽然叫不上张秀芬的名字，但对她家的情况十分熟悉。"她一个人住在俺家西面。她孙子叫王强，俺俩去她家耍过好几次。"

曹玉靖是王强的好朋友，经常被王强带去奶奶家玩耍。张秀芬家人少院子大，没有大人的管束，孩子玩得很尽兴。每次过去，张秀芬都会拿出零食给曹玉靖吃。"老奶奶一点也不凶，怎么玩都不管，她家有很多好东西。"曹玉靖说。

杀死张秀芬后，曹玉靖掀起炕上的被褥，盖在她身上，找了个打火机点火。他不想让人知道自己杀了老奶奶，所以放火掩盖罪行。

听完这些，高壮的大韩用拳头撑在办公桌上，小臂上绷起血管，他瞪大了小眼睛说："曹老三还一直在护犊子。"

曹玉靖承认罪行前，曹老三一直强调，那天中午和晚上，他儿子一直在床上躺着。

"他应该猜到儿子做了啥，只是不愿意说罢了。"大韩把材料夹在腋下，转身往外走去，脚步很轻松，"好在小孩一般都说真话。"

大韩把曹玉靖的供述交给技术科，我们特意从警犬基地借了条拉布拉多，去寻找锤子和手机卡。

在曹玉靖家的橱子内壁，我们提取到了疑似血痕。但找了一天，也没发现曹玉靖交代的，扔到河里的装着锤子和手机卡的塑料袋。

"按理说，锤子不会被冲走才对。"大韩皱眉，背着手，脚步凌乱地在走廊来回踱步,"那小子应该不会撒谎,他都招了啊。"

我总觉得不对劲,曹玉靖的杀人动机好像过于简单,既然行窃过程没被发现,他根本没必要杀人。

15岁的曹玉靖非但没长着一张凶悍的脸,反而有种人畜无害的感觉。他焚尸灭迹,小心翼翼回家,说明对法律有敬畏之心,没有视生命如草芥的反社会倾向。

"还得继续审!"大韩猛地拍大腿,意识到曹玉靖撒了谎,"玩鹰的还能让小麻雀啄了眼?"

大韩邀请我旁听"小麻雀"的第二次讯问,我试图从现场和尸检的角度,推敲曹玉靖的供词是否准确。

大韩直接拍桌子:"你小子别东拉西扯的,把事情交代清楚,对你绝对有好处!"

曹玉靖露出惊恐的眼神,问:"警察叔叔,我会判死刑吗?"

"你觉得呢?"大韩狠狠瞪着曹玉靖。

曹玉靖低下头,有些沮丧。

"你要是老老实实把事情交代清楚,或许我们能帮你。"大韩的语气缓和了很多。

"那我还想交代点事。"曹玉靖抬起头来,眼神安稳了许多,"我说实话吧!她和我有仇!"

曹玉靖忽然瞪起眼睛:"有一次,她儿子和闺女都到我家去了,还报警了。可能是因为我弄坏了她家的门吧,不弄坏门我进不去啊!"曹玉靖一脸无辜地说。

"我经常到别人家里偷东西,周围邻居都知道。我每次下手都很轻，又不伤筋动骨的。"曹玉靖觉得，自己多次偷窃却没人报案，是因为自己下手干净，不节外生枝。

民警走访时发现，这个村子民风淳朴，村民们大多老实巴交、不善言辞。提起曹玉靖，大家说的最多的话是"他还是个孩子"。也有村民说，曹家人口不少，万一惹急了也不好。

曹玉靖至少偷过五六户村民，一位村民说，去年他家里少了200元现金，有人看见曹玉靖从他家院子里爬墙出来。

但曹玉靖从来不偷村干部家，"一是院墙高不好爬；二是那几家都很撑劲（方言，势力强大），不敢去"。

"我只在缺钱的时候偷，我也不乱偷。"他认为自己很讲原则，张秀芬的儿女报警，让他受到了不公正待遇。

张秀芬的儿女们在报案前去找过曹玉靖，被他的父母拦在了门口，曹玉靖的母亲坚持说："俺儿子是清白的，你们别瞎说！"当天，曹玉靖被父亲送到亲戚家。

"警察到村子里查过，我不在家，他们也没证据抓我。"曹玉靖的嘴角微微一翘。没得意一会儿，他的笑容就消失了。"动了公家，事儿就不一样了。"他脸涨得通红，呼吸渐渐急促，"警察进村找我，我在全村人面前丢了脸！"

"本来大家只是猜，这回全村人都知道我偷了，我面子往哪搁？"曹玉靖把拳头握得铁青，似乎是在捍卫自己的"面子"。

当小偷也爱面子，我从大韩眼里看到一丝无奈。

就因为这次报警，曹玉靖开始怨恨张秀芬，"就算是记下这个仇了"。

曹玉靖心里其实有很多仇恨。

从他记事起，身上就长"鱼鳞"，小学三年级时，父母曾带他去医院治疗过一次，但效果不好。

在学校里，同学都刻意躲着他，不愿意和他玩，"有的还笑话我，说我身上有病。我也就不大和别人说话了"。

曹玉靖越自卑，遇事就越想用拳头解决。有次，班里同学丢了支钢笔，大家都怀疑是曹玉靖偷的，强行搜查了曹玉靖的课桌和书包，结果没找到，只好作罢。

曹玉靖拽住同学，让他道歉，对方不但不道歉，还说他全家都是小偷。

曹玉靖的家庭，确实是个小偷家族。据说，曹家人是从曹玉靖曾爷爷那辈开始以偷窃为生的。

曹玉靖的爷爷奶奶鼓励子女们偷窃。奶奶常领着女儿、儿媳，抱着小孩去赶集，有时也去附近的超市，她们互相掩护，小到干果零食，大到洗发水、沐浴露，什么都偷，被发现就撒泼耍赖。

因为盗窃数额不大，又是老弱妇孺组合，很多人拿她们没办法，骂一顿就算了。

曹家人丁兴旺，曹玉靖的爷爷奶奶有6个子女。有一次，曹玉靖的爷爷喝了酒，把儿女们叫来训话："人无横财不富，马无夜草不肥。"

在他的观念里，会偷东西的人，必须胆大心细，是有能力的表现。

他还得意地说："闹饥荒那会儿，要不是咱家善偷，你们这帮崽子们早就饿死了。"老爷子声泪俱下，说当年差点把老伴给杀了。

那年，村里饿死了不少人，能偷来吃的早就被别人偷走了。曹玉靖的爷爷和大伯在田里干活时,商量着回家把曹玉靖的奶奶杀了煮肉吃。

回家以后,两个人大眼瞪小眼,谁也下不去手,曹玉靖的奶奶说:"你们发什么愣,还不快吃饭?"

揭开锅一看,是热气腾腾的包子。原来,曹玉靖的奶奶跑去公社粮所偷来了麸皮,又从隔壁村偷来了麦秸,掺和在一起,做成包子形状。

因为会偷,曹玉靖的奶奶无意之中救了自己的命。

老爷子把酒杯往桌上一放,豪情万丈:"没什么不能偷的,人还能被活活饿死?"

因为偷,曹家的生活质量明显得到了改善。村里人都是早出晚归,曹家却恰恰相反,白天待在家里,傍晚才出门。

他们每次偷得不多,也不会老偷一家,村里人很烦,但没人报过案。

曹玉靖的表姐继承了长辈们偷窃的习惯,她在县城餐馆打工,第一个月,就把所有同事的工资偷了。

在曹玉靖的爷爷奶奶看来,偷是一种技能,是生存法则。

而今,曹玉靖因为在学校被叫作小偷,觉得受了奇耻大辱,"脑子嗡嗡响",直接扑了上去。

他打架没占到便宜,回家告诉了父母,期待父母帮他讨回公道。没想到,父母只是告诉他:"不要偷别人东西。"

曹玉靖觉得委屈,管不好自己的父母却来管他。"我就偷给他们看!"

他要报复父母,报复冤枉他的同学,甚至报复他自己。

去年 10 月,曹玉靖初中没上完就辍学了。经亲戚介绍,他谎报年龄进了电子厂打工。曹玉靖本想在工厂好好干下去，却总能感受出某种异样。

宿舍里，工友们像防贼一样防着他。从来不锁橱柜的人，开始随手上锁，每次他一回到宿舍，有说有笑的舍友们就立刻不说话了。

曹玉靖只在电子厂工作了3个月，就因为两次旷工被开除了。

曹玉靖固执地认为，这一切不顺利的根源，是张秀芬的家人报了警，让所有人知道自己是个贼。他知道偷不对，但说小偷凭什么就该低贱地活着。

曹玉靖知道，他的父母和家人经常偷东西，脸皮很厚，但他觉得自己不同，"他们可能不在乎，但我受不了"。

他觉得，自己像小说里的侠盗，虽然做了坏事，但士可杀，不可辱。

从此他整天无所事事，不是去网吧玩游戏，就是在家里看电子书，再也不想出去工作。

在家待业的日子，一开始很悠闲，曹玉靖也渐渐忘记了对老奶奶的仇恨。但6月中旬的一个傍晚，曹玉靖在上厕所，听到墙外几个老太太闲聊，其中一个声音很熟悉，是张秀芬。

"我听到她的声音，又把这个仇给记起来了。"曹玉靖紧握着拳头对我说，"有仇不报非君子，我必须让她付出代价！"

那天上午8点多，没有小说看的曹玉靖，脑海里冒出一个简单而疯狂的念头：杀了张秀芬。

他越来越觉得是张家人报警才毁了他的人生，必须向张秀芬复仇。而另一个杀人原因是：他没钱了，需要现金和手机卡。

他没有马上行动,而是看了一上午电视。"当时路上人来人往的,怕人看见。"

坐在审讯室的椅子里,曹玉靖很平静地说:"我像个猎人,等待时机。"

11点40分,父母从集市回来,在卧室休息。曹玉靖等到12点30分,街上没人了,父母也已经睡着。

他觉得,时机到了。

曹玉靖从床底拿出羊角锤,小心翼翼地从卧室窗户爬到院子里,翻墙离开家。他打算像往常一样,借助墙边的杨树,从张秀芬家的西墙爬进去。这条路线他轻车熟路。

但他忽然听见重重的关门声,有村民推着小车正在向外走。曹玉靖做贼心虚,放弃了翻墙。他先找墙角躲起来,然后贴着墙根,转到张秀芬家门口。

防盗门居然没锁。曹玉靖探头看见张秀芬抱着芸豆走进厨房,他趁机溜进院子,顺手把防盗门带上了。

他快步跑过去,拉开厨房门,张秀芬听到动静,刚要回头看,曹玉靖抡起羊角锤,朝她后脑勺狠狠打了一下。

张秀芬手里的芸豆落在地上,但她并没有像曹玉靖预想的那样,被一锤打倒在地。

张秀芬转过身来,看见是曹玉靖,嘴里喊着他的小名,连问两句:"你在干什么?你在干什么?"

曹玉靖一言不发,拽着张秀芬的左胳膊往屋里拖,张秀芬挣扎着往外走,但她力气小,还是被拽进卧室。

曹玉靖没能把她的头按在沙发上,两个人一起摔倒在地。张秀芬往卧室门方向爬,曹玉靖骑在她身上,又用羊角锤朝她的头打了两下。

张秀芬转过身来,双手捂住头问曹玉靖:"你要干什么?"

曹玉靖发现,张秀芬的目光有些浑浊,声音在颤抖,但都到这分上了,她的眼神竟和以前一样温和。曹玉靖愣住了。

以前行窃时,他至少有两次被张秀芬撞着,但张秀芬只是温和地看着他,不呼喊,也没有责怪。曹玉靖记得这个眼神。

那一刻,曹玉靖动了恻隐之心。他对张秀芬说:"你起来,咱们去医院。"

或许在潜意识里,曹玉靖对张秀芬是尊重的,在审讯过程中,他一直用"老奶奶"来称呼张秀芬。

张秀芬喜欢摸他的头,那是她喜欢小孩的表现,但曹玉靖很反感,他不喜欢别人接触自己,还害怕会长不高,心里有些不自在。

趁曹玉靖愣神的工夫,张秀芬用右手握住曹玉靖的手腕,左手去夺羊角锤。

曹玉靖回过神。"既然她在找死,那我就成全她!"

曹玉靖害怕别人听见张秀芬叫喊。他用左手捂住她的嘴,右手从旁边的小方桌上摸起擀面杖,对着张秀芬的前额一通乱打。

张秀芬用手护头,曹玉靖感觉擀面杖太短,不好用力,就扔到一边,拿起小桌上的铁盆,用盆底朝张秀芬头上砸。

盆子被砸变形了,曹玉靖扔下铁盆,从桌上拿起小镰刀,向张秀芬头部乱扎了五六下。

曹玉靖觉得镰刀的威力还是不够,最后他又想到了自己带来的羊角锤。他用左手掰住张秀芬的手指,右手抢回羊角锤,不假思索地抡起,狠狠地砸向张秀芬的头。

"老奶奶侧着身子,想躲开我的锤子。"曹玉靖沉浸在回忆里,眼睛直勾勾盯着地板,脸上的肌肉有些狰狞。

砸了七八下之后,曹玉靖使出全身力气,锤头砸进了脑子里,他听到了颅骨碎裂的声音。拿出羊角锤的时候,还被碎裂的颅骨挡了一下。

张秀芬不再挣扎,头往外汩汩地冒血,在地上喘着粗气,身子渐渐软了。

曹玉靖累了,坐在张秀芬身上喘了口气。冷静片刻,他站起身,从炕上拿起张秀芬的手机,取出手机卡,放到裤子口袋里,然后把电池和后盖装好,把手机正面朝上放回炕上。

曹玉靖说,自己没有对张秀芬搜身,他简单地翻找了橱子和电视柜,收获了两枚五角硬币。

曹玉靖想到了毁尸灭迹,他就地取材,把炕上叠着的6床棉被盖在张秀芬身上,又在屋里转悠了一圈,在灶台上的茶叶筒中发现3个打火机。他用一个黄色打火机点燃了被子,又把打火机扔进火里。

看着火势渐渐变大,即将蔓延到整间卧室,他才跑了出来。

张秀芬家的院子里,一切如常。梧桐树遮住阳光,杏树枝头挂着零星的果子,两只花母鸡跑来跑去,到处啄食。家门口两扇绿色铁门紧闭,上面贴着一副红色对联:"福寿双全地,人财两旺家"。

曹玉靖悄悄关好了大门。院墙外,一排笔直的白杨树上,知了成片成片地叫着。没人听见,一个少年刚对老人的虐杀。

曹玉靖回到家,躺在床上,开始享受犯罪成果。

16点30分,张秀芬手机卡里的余额被耗光。

曹玉靖起床,把洗干净的羊角锤塞进了猪圈东墙的缝隙里,又把手机卡折了,扔到前邻家的后窗户缝里。

讲述作案过程时,曹玉靖在杀人焚尸的过程上没有说谎,但在各种小细节上,却总是不说实话。

比如凶器的去向,进入张秀芬家的方法,是趁人不备的偷袭还是赤裸裸地痛下杀手。

他怕死,"想说实话,但又憋在心里说不出来"。

曹老三捶胸顿足,在审讯室外面抽了半宿烟。"这都是命啊!"曹老三蹲在地上不住地叹气。

他早就知道儿子有偷窃的习惯,跟我们说:"训了他几次也不管用,他年纪那么小,万一被人抓住揍个半死咋办!"

曹老三说,曹玉靖是家中独子,从小娇惯,有求必应。如果不能马上满足他,晚些再给他时,他就会把东西扔在地上,再踩一脚。

曹老三脸上的皱纹挤在一起,表情愁苦。"也不敢说得太急,这孩子有性儿(方言,性格)。"

曹玉靖脾气越来越怪,等父母想管的时候,发现已经管不了他了。

曹老三想着,先让儿子在家里住段时间,年龄大些,再托人给他找份正经工作。一家人帮他攒钱,准备以后给他买房娶媳妇。

曹玉靖曾提出要去贩水果,但他母亲说:"这活儿太累,小孩干不了。"

曹玉靖父母叮嘱他没事别出门,其实是为了保护他。"俺也自知理亏,也不懂咋教育孩子。俺是不想让他走俺们的老路,那条路迟早混不下去。"

曹玉靖撇了撇嘴,说:"我觉得他没资格管我。"

之前查找嫌疑人时,侦查员还带回过曹玉靖的二爷爷,他是张秀芬的棋友,对张秀芬家的情况也很熟悉。前几天下棋时,两位老人不知为啥吵了起来。他具备作案条件和动机,我们曾带他回来问过话。

一头灰白头发的二爷爷瞪着眼,脸憋得通红,他胡子一撅一撅的,声音很洪亮:"我早就不干了!"

老头很健谈,把过去那些不光彩的事情全说出来了。

据说,曹家真正的英雄是二大爷,他胆子大,偷的东西值钱,而且技术高超,偷牛只需要3分钟。

那是这个小偷家族的"黄金时代",之后的一切,很快就证明了曹老三的话:那条路迟早混不下去。

后来,二大爷因为偷牛被判了5年,出狱后又去偷牛,牛刚牵出门,就被抓了。

曹家人感慨:"这么个能人都被抓了,这活的确不好干了。"

二爷爷家也"转型"了。

那年他大儿子想当兵,政审没通过,爷俩吵了一架。二爷爷就洗手不干了,"得积点阴德"。

曹玉靖还有个表哥,从来不偷东西,学习也不错,考军校时,政审也没通过,一气之下去南方打工了。

曹玉靖的父母也希望改变自己的生存方式。

有段时间,他们干起了"正业"——到集市上卖水果。

但不少村民都知道,他们做的是无本买卖,从别处偷来水果，再到集市上卖。

有次，曹玉靖父母开着摩托三轮车去偷苹果，被果园主人发现，拿着铁锹追。情急之下，曹玉靖父亲把三轮车开得飞快，不料轧过一块石头，曹玉靖母亲从车上颠了下来，三轮车后轮从她小腿上压了过去。曹玉靖母亲在家躺了好几个月，之后走路就是一瘸一拐的了。

村里人故意问起这事，曹玉靖父亲谎称，倒车时没看到媳妇，出了意外。

合法买卖既辛苦，挣钱又慢，他们遇到能偷的机会，还是忍不住。

曹玉靖父母唯一能做的，只有刻意减少偷东西的次数，不偷太贵重的物件，而且不在本村和邻村下手。

村里人都觉得，这些年曹家人身上遭遇的不幸，都是因为坏事做太多了。包括曹玉靖身上的"鱼鳞"，也让他们觉得是因果报应。

潜移默化中，曹玉靖自学成才，走上了偷窃道路，两口子感觉很无奈。

曹玉靖年纪小，还从来没有因为偷窃进过看守所。他第一次和公安局打交道，是因为杀人。

第七次审讯时，曹玉靖翻了供。

他说，当时想用锤子砸晕张秀芬，抢手机卡和钱，结果没砸晕，张秀芬开始呼喊、反抗，他怕被人发现，才杀了她。

侦查员问他为什么要翻供，曹玉靖说，之前心里很害怕，有些事情可能说错了。

侦查员一听就明白了是咋回事，这小子一定在所里"受了教育"。

久病熬成医，人往往会异常关注和切身利益有关的知识，许多犯人对法律研究得很透彻。

新犯人进所后，老犯人一般会轮番"审讯"，让他把前因后果说一遍，大家分析，案子会怎么判，有没有什么"转机"。

审讯人员强压住情绪，耐心做曹玉靖的思想工作："你父亲也在这里，你不要害怕，如实讲述当时的情况，不要有任何隐瞒！"

曹玉靖扭头看向角落里的父亲，曹老三阴沉着脸没说话。曹玉靖低下头，过了一会儿又抬头看父亲，眼神游离不定。

终于，他的目光变得平静，抿了抿嘴，嘴角出现酒窝，再次承认去张秀芬家就是为了杀人。

但曹玉靖坚称，他只拿了两枚五角硬币，没拿走其他现金。这次，我们相信他。

"你现在有什么想法？"审讯员问。

曹玉靖低头痛哭，大颗眼泪往下流："我后悔了。"

曹玉靖后悔杀死了张秀芬。但从始至终，他都没有说过，后悔去做小偷。

但我希望，他是这个"小偷家族"最后的继承人。

09

又见青纱帐

案发时间： 2011年9月

案情摘要： 偏远山村一玉米地中发现一具女尸。

死　　者： 黄梦莹

尸体检验分析：

全裸，胸口见条形伤口，伤口极深，刺穿心脏。

背部见条状色素改变，疑似旧伤。

子宫内有一成形胎儿。

2011年9月，又到了青纱帐遍野的时节。彼时，距离李春江被发现还有2个月，我们还活在青纱帐恶魔的阴影中，局里突然接到一起报案，偏远山村一处玉米地里，惊现一具衣不蔽体的女尸。

整个公安局都轰动了。

敏感的季节，敏感的地点，敏感的案件，无数想法不可抑制地涌出来。

奔赴现场的路上，车里异常安静，大家没有像往常出现场那样对案件展开讨论，但我知道每个人心里其实都不平静。

车窗外，一片片绿油油的玉米地闪过，我鼻子竟有些酸。那些年我们压力太大了。我最怕亲朋好友提到这个系列案，甚至听到"青纱帐"三个字时，也不免精神紧张。

我的内心焦虑而矛盾，一方面我不希望再次看到鲜活的生命被残害，另一方面又希望这次的案子是青纱帐恶魔干的，希望他露出更多马脚。

到达现场的时候，玉米地里已经站满了我们的人。

人群中央是受害的女孩，一大片玉米秆倒伏在地上，女孩光着身子躺在玉米秆上,阳光穿过玉米叶,均匀地在尸体上形成黑白相间的光影。

女孩左手搭在小腹上,右手紧握拳头放在身侧,双腿微屈自然分开,脚上没有鞋袜,青筋紧绷。尸体不远处散落着一些衣物和内裤。

我蹲下身,近距离观察死者,她眉眼清秀,鼻梁高挺,皮肤很白,不知为何,我一瞬间觉得她有些面熟。

我们在哪儿见过吗?我的直觉告诉我,这个女孩应该不是乞丐或流浪人员,之前肯定有自己正常的生活。

女孩头歪向左侧,眼角有干涸的泪痕,雪白的胸口上有一道黑乎乎的条形伤口,尚未干涸的血痕沿着胸部向下流,又顺着枝叶淌到地上,洇湿了女孩身下的泥土。

探查女孩胸前创口时,我的钳子完全伸进去都探不到底,可见伤口极深。

我一闭上眼,就能"看到"以前被青纱帐恶魔杀害的那些死者身上的创口。我清楚地记得他有时也会用锐器杀人,创口又多又乱,但这次被害的女孩除了胸前一刀,身上并没有其他刀伤,颈部有几道皮下出血,像是掐痕。

一个犯罪场景浮现在我的眼前:或许是偶遇,或许是早有预谋,嫌疑人控制住女孩,用手掐住女孩的脖子,女孩拼命挣扎反抗,但力量的悬殊让她渐渐失去了力气。

嫌疑人强奸女孩后,掏出随身携带的匕首,狠狠扎进女孩的胸口,女孩知道自己活不成了,绝望的泪水顺着眼角流下。

有点意外的是,死者的身份确认得很快,DNA 比中了本地半年前报了失踪的一个女孩:黄梦莹。

怪不得我对她有种熟悉的感觉。

她失踪时还不到 16 岁，遇害时也不过 16 周岁。

黄梦莹家庭条件优越，黄爸爸是本地一位小有名气的老板，黄梦莹是名副其实的掌上明珠，从小被保护得很好，长得漂亮性格好，心地也十分单纯，擅长舞蹈、钢琴，是同学们眼中的"女神"。

但半年前的一天，她却离奇失踪了。

那天，黄梦莹提出跟爸爸去公司玩，黄爸爸很爽快地答应了，还提前在公司附近一家高档西餐厅订了房间，准备给女儿惊喜。

当天黄爸爸刚好有个重要的会议脱不开身，就让办公室主任张全利带女儿先过去。

结果他开完会刚回办公室，张全利就裹着一阵风闯进来，扑通一声跪在地上，哭丧着脸说："莹莹不见了！"

张全利说自己跟着黄梦莹去了步行街，可一转眼的工夫黄梦莹就消失在人流里了。他急坏了，像没头苍蝇在步行街乱撞，可步行街人太多了，怎么也找不到黄梦莹。

张全利把所有责任都揽在自己身上，黄爸爸一脚把他踹倒，指着他鼻子痛骂："要是找不回莹莹，你也别来上班了！"。

因为平时家教很严，黄梦莹那天没带手机，黄爸爸也联系不上女儿。

当时我们调取了步行街附近的视频监控，但步行街人流量非常大，而且监控有死角，同事们连续看了几天监控，也没发现黄梦莹的踪迹。

被黄爸爸当成掌上明珠一般宠爱的黄梦莹，为什么会在 100 多千米之外的玉米地里遇害？她当初到底是怎么失踪的，失踪之后又经历了什么?

更多的谜团随着我对黄梦莹的解剖浮现出来——

我在解剖室拿水枪冲刷掉她身上的污泥,女孩露出细腻的皮肤,背部隐约有些条状色素改变,像是很久前受过伤。

胸部那一刀直接刺破了心脏,死亡过程应该很快,但愿她没受太多苦。

在子宫被打开的一刹那,我明显感觉到自己拿手术刀的手在发抖。虽然从外表看不出来,但黄梦莹子宫里竟然有一个成形的婴儿!这说明在玉米地的奸杀发生之前,黄梦莹就已经和人发生过性关系。

这个突然出现的胎儿让我想到另一种可能:嫌疑人和黄梦莹是恋人关系,她怀了孕但嫌疑人不想要孩子,俩人起了争执,于是嫌疑人杀害了黄梦莹。

半年前本地就发生过一起这样的案子,有个年轻女孩被杀死在海边的小房子里,后来抓到凶手,是个40多岁的小老板。起因是女孩以怀孕要挟小老板离婚娶她,但小老板没胆抛妻弃子,于是把女孩约到海边的小房子里,痛下杀手。

那个让黄梦莹怀孕的人是谁?她是自愿的吗?

我们在黄梦莹的阴道拭子和指甲里检验出一个男性的DNA。根据尸检和现场情况,女孩遇害后尸体没被挪动过位置,那片玉米地就是第一现场。

现场地域偏僻,交通不便,大家推测黄梦莹和嫌疑人居住的地方离现场的距离应该都不远。

我们初步划定了10千米的搜寻范围,专案组调动一切力量,发动派出所和各村治保主任,逐户排查走访。

第二天一早,大韩打电话告诉我,找到黄梦莹相好的了,要去解剖室辨认尸体。十几分钟后,大韩像一阵风似的冲进办公室,感慨道:"真是无奇不有!"

"嗯?"我没听明白大韩的话,抬头问他咋回事,大韩故作神秘地说:"待会你就明白了。"

当大韩告诉我,那个一瘸一拐走进办公室的中年人很可能是黄梦莹的丈夫时,我终于明白了"无奇不有"的含义。

我设想了一万种可能,也没想到黄梦莹会有"丈夫",而且居然是个中年男人。

男人满脸皱纹,胡子拉碴,满口大黄牙,身上有股难闻的气味。我和大韩带着男人来到解剖室,男人一下伸出粗糙的大手,指着黄梦莹冰冷苍白的尸体说:"这就是俺媳妇!"然后蹲在地上,双手插进乱糟糟的头发里。

距离现场那片玉米地大约5千米之外的山沟里,有个村子叫小河沟村,专案组在走访小河沟村时,有人反映村民董贵祥的媳妇不见了。

"前天晚上我去亲戚家喝酒,回家就找不到媳妇了。"眼前的男人告诉我们,他和家里人四处找人,却一直未报案,直到我们的专案组找到他。

我十分纳闷,谁都看得出来这是极不般配的一对夫妻,黄梦莹肚子里的孩子就是这个男人的?

董贵祥说,他这个傻媳妇是"捡来的"。

董贵祥家住村口,半年前一个夜里,家里忽然来了个陌生女孩,穿得破破烂烂,但长得挺好看,问她什么也不回答,只盯着桌上的饭菜发呆。

"我以为那傻女人是个哑巴。"董贵祥不知道傻女人叫什么，也不知道是哪里人，吃饱喝足，女孩就在他家住了下来。再后来，女孩就成了老光棍董贵祥的媳妇。

我对董贵祥的说法存疑，第一时间就给他取了血，采血针扎在他手上时，他眉毛都没动一下。

我将董贵祥的DNA数据和案发现场提取到的嫌疑人DNA进行了比对，并没有比中。董贵祥不是玉米地里杀害黄梦莹的人。

难道事实真如董贵祥所说，黄梦莹是他捡来的，前天又丢了？

更让我震惊的还在后头。

检验结果显示，黄梦莹子宫里的胎儿和董贵祥没有亲生关系，孩子的父亲另有其人！

这个结果背后的信息量实在太大，此前董贵祥指认黄梦莹是他老婆时，我就觉得不可思议，黄梦莹才16岁，根本没法结婚，董贵祥和她之间并没有法律保障，算不得"媳妇"，但两人肯定已经发生过关系。

而检验结果相当于告诉我们一个更让人悲愤的事实：在董贵祥之外，黄梦莹还遭受过其他男人的侵害。

董贵祥在刑警队待了大半晚，没能提供什么有用的信息，关于"媳妇"之前的事他一概不知，一直说黄梦莹到他家时就已经又傻又哑了。

大家心里都有同一个问题：失踪后的这半年，黄梦莹究竟是怎么过的？局长做出指示：不惜一切代价，全力侦破黄梦莹被杀案，同时彻查黄梦莹失踪之后的行踪。

目前看来至少有3个男人伤害过她：强奸杀害黄梦莹的凶

手;把黄梦莹当成"媳妇"的董贵祥;让黄梦莹怀了孩子的男人。

那几天我很少在单位看到同事,大家都分组出去走访调查,调查组进驻了小河沟村,让村委会找了间屋子,向村民们了解更多关于黄梦莹的情况。

调查并不如预想般顺利,村民们似乎都有顾虑,关于董贵祥家的情况都不愿多说。但越是这样,越说明有问题。

关于黄梦莹,村里流传着好几个版本:有人说董贵祥的媳妇是骗来的,他样子丑但人很精,油嘴滑舌的;有人说董贵祥的媳妇是偷来的,董贵祥给人家女孩灌了药;有人说董贵祥的媳妇是从南方买来的,他有个远房亲戚专干买卖人口的勾当……

大韩向刑警大队长汇报了这些情况,并请求对董贵祥采取侦查措施。

与此同时,在黄梦莹被杀案发生后的第五天,终于有好消息传来:嫌疑人的 DNA 数据比中了数据库里一个前科人员。

比上的嫌疑人叫马学刚,年仅 22 岁,因为参与抢劫在监狱里待了 3 年,1 个月前刚从监狱里放出来。

马学刚家距离案发的玉米地大约 12 千米,刚好在最初划定的 10 千米侦查范围之外。比中当天,刑警队就派了 10 多个人前往马学刚家搜捕,将人一举抓获。

那天晚上刑警队特别热闹,杀害黄梦莹的嫌疑人马学刚和稀里糊涂捡了个媳妇的董贵祥同时在刑警队接受讯问。这两个伤害了黄梦莹的男人只隔着一面墙。所有在外面排查的同事都赶了回来,大家想见证案件真相大白的一刻。

但所有人都把事情想简单了。

两个男人都不好对付，一个是混迹过监狱的前科人员，一个是胡搅蛮缠的老光棍。

董贵祥一直说自己头疼，没法回答问题，"和傻婆娘在一起时间长了，我脑子也不好使了"。

马学刚比董贵祥"刚"很多，第二天上午承认了强奸杀人的事实，但提出要先睡一觉，才肯供述详细经过。

我们让马学刚睡了一觉，睡醒后他又提出想吃水饺。

在吃完一份水饺后，马学刚终于开始供述犯罪经过。

出狱以后，马学刚在家里住了几天，想外出打工赚钱，就跟着舅舅去了工地。但在建筑工地干了不到一周他就干不下去了，"吃不了工地上的苦"。

再次回家后，马学刚无所事事，又不想跟随父母下地干活，就四处晃荡——

"在镇上找了个小姐，又去网吧泡了几天，把身上的钱都花光了，就想着搞点'快钱'。"

那天，马学刚在网吧门口顺了辆自行车，去小卖部买了把西瓜刀，骑车到山间小路上转悠，他本身比较瘦小，不敢在男人身上打主意，就想物色一个过路的单身女子。

但他运气不佳，转悠了很多地方也没碰到单身女性。到了晚上，他又累又饿，恰好看到路边是一片玉米地，就打算掰几个玉米充饥。

忽然，玉米地里传来一阵唰啦声，马学刚有些害怕，寻思别遇上什么野兽。在好奇心的驱使下，马学刚躲了起来，暗中观察那些攒动的绿叶子。

一个人从玉米地走了出来，还是个女人，体形偏瘦！但当时马学刚是有些失望的,"女人没带包,估计没啥钱"。

那女人从玉米地出来后,四下张望,好像迷了路,马学刚从暗处走出来,拦住了女人。"啊!"女人吓得大叫一声,转身就往玉米地里跑。

而马学刚见女人喊叫着跑进玉米地,生怕她找帮手来收拾自己,第一反应是不能让她跑了。

追了几十米,马学刚纵身一跳,把女人扑倒在地,女人大喊救命,不断扭动、挣扎,一股女性特有的气息传到马学刚鼻子里,让他像喝了烈酒一样上头。

借着月光,马学刚发现女人面容姣好,身材匀称,就起了歪心思。"老实点,再叫我弄死你!"一把明晃晃的刀子伸到女人面前。马学刚撕扯掉女人的衣服,一只手掐住女人的脖子,另一只手脱自己裤子。

没想到女人性子很烈,忽然反抗得厉害,用手狠狠抓挠马学刚,马学刚胳膊一阵疼,一气之下就用刀扎了女人胸口。

女人的反抗渐渐弱了,马学刚对她实施了性侵害,然后从女人衣服里翻找出一张百元大钞,迅速逃离现场。

马学刚供述的作案过程和尸检及现场情况基本吻合,杀人案已经水落石出,可我们仍为这个女孩悬着心。

黄梦莹生命最后的那段日子究竟是怎么过的,她是怎么到的小河沟村?腹中的孩子又是谁的,是否还存在我们没有发现的残酷真相?

马学刚的供述让我们确认了一件事:黄梦莹生前应该一直待在小河沟村,所以那个让她怀孕的男人肯定远不了。

同事们逐户采集了小河沟村以及附近几个村男性的DNA

样本，DNA实验室的同事连续熬了几个通宵，统统检验了一遍。

结果让人大跌眼镜。这个男人竟然是董贵祥的邻居。

这邻居比董贵祥年纪略小，浓眉大眼，看着憨厚老实，被带到刑警队时只一个劲儿地说："我对不起她。"

邻居说，董贵祥在村里人缘很差，也就和他关系好些，"董家偷遍全村的时候，唯独不偷我家"。

董贵祥一家从他父亲开始就很"出名"，因为他父亲年轻的时候就带着他和母亲偷鸡摸狗，有时去外面偷，有时干脆就在村里偷。村里人只要少了东西，都知道是董家偷的。

但多数村民敢怒不敢言，怕遭到董家报复。曾经有户人家种的菜被偷，去董家理论，被董贵祥父亲咬掉一截手指。也有人报过警，但因为涉案价值不大而且缺乏证据，董父很快就从派出所出来了，还在那户人家门口泼了大粪。

久而久之，村里人都躲着董家，董家明明穷得叮当响，却光脚的不怕穿鞋的，反而什么都不怕。

董家"名声在外"，再加上董贵祥长得丑，一直没娶上媳妇。

黄梦莹是被拐卖到董家的，作为邻居，男人很清楚隔壁的情况。董贵祥外出干活时会把院门钥匙放在隐蔽处，让他们两口子帮他"照看"媳妇。他看见黄梦莹被锁在董家卧室里，身上还有伤。

那时不时隔着墙传来的打骂声和哭声，让他心里挺不是滋味。

他让自己的媳妇过去送饭，和黄梦莹聊聊天。黄梦莹不止一次求女人报警，或给她家里报个信，但他媳妇胆小怕事，总是摇头拒绝。

有一次,女人在董贵祥家窗外发现一张纸条,上面写着"好心人救救我",后面有个电话号码。女人顺手把纸条扔进了炉子,并告诫黄梦莹:"别总想逃跑,不然会被打得很惨。"

后来,邻居和自己媳妇轮流"照看"黄梦莹,有次,黄梦莹悄悄向他求助:"只要肯帮我逃走,让我干啥都行。"男人慢慢低下头,并未表态,但心里隐隐动了心思。

那天看董贵祥出了远门,自己媳妇也领着孩子回了娘家,男人在家坐卧不安,脑海里不断浮现黄梦莹漂亮的脸蛋。他终于忍不住去了隔壁,告诉黄梦莹他可以找个机会放她走,但不能送她,也不能被董贵祥或村民们看到,能逃多远全凭黄梦莹自己的造化。

但要开的"条件",他还没说。眼看着对面漂亮的女孩眼中有光亮起来,脸上也有了笑容,男人一把抱住了对方。

此后一段时间,男人只要瞅到机会就去隔壁"照看"黄梦莹,他说那段时间是这辈子最快乐的时光。

这样的"快乐"没持续多久,黄梦莹突然告诉他,自己好像怀孕了,再不走不行了。男人一下心虚起来,觉得孩子八成是自己的,万一生下来像自己就麻烦了。

尽管不舍得放黄梦莹走,但他更不敢面对接下来可能降生在一墙之隔的自己的骨肉。他给了黄梦莹100元钱,找了个董贵祥不在家的晚上,把人放跑了。

逃出生天的黄梦莹头也不回,玩命地在漫天的青纱帐里飞奔,任凭横加阻拦的玉米叶子把她细嫩的皮肤划伤。

她要离开这里,她要回家了。

其实在此之前，黄梦莹还逃过两次。第一次只跑到村口，第二次她沿着小路跑了 3 千米，被董贵祥骑车追上。

那次回家之后，董贵祥找出一根生锈的铁链把她拴住，不让她出卧室，吃喝拉撒都在卧室里。

此后，她也一直很"听话"，再没偷跑或做出格的事，直到等来了邻居的"好心相助"，换来自己最后一次逃生的机会。

但她逃出了小河沟村，却没能逃出命运的魔爪。刚逃离魔窟，就遇到了另一个恶魔——揣着刀子等在玉米地里的马学刚。

至此，黄梦莹被拐卖到小河沟村后发生的事情基本明朗：被董贵祥囚禁在家里半年，多次逃跑被抓回去，向邻居及村民求助都被拒绝。后来为了让邻居帮她逃走，和对方发生关系并怀了孕。

但根据现有证据，我们只能证明邻居和黄梦莹发生过关系且导致黄梦莹怀孕，却无法证明邻居违背了黄梦莹的意志，所以没法认定邻居的犯罪事实。这让我们非常遗憾。

黄梦莹直到生命最后一刻都没有放弃，她想尽一切办法，哪怕舍弃一些宝贵的东西。

作为一个 16 岁的女孩，她已经拼尽全力了。

而她的这些努力也没有白费，我们跟着她反抗的痕迹一路追查至此，揪出邻居，而邻居的证词又成了有力的指证，为我们窥见最后的真相，撕开了一道口子。

经过一夜突击审讯，董贵祥终于承认，"媳妇"是花钱买的，但他没觉得自己犯了罪，反而觉得自己也是受害人。

"这次真是亏大了，钱没了，人也没了。"

半年前，一个远房亲戚吴婆找到董贵祥，说可以帮他介绍个对象，让他准备2万元彩礼钱，只要他愿意就肯定能成。

董贵祥说最多只能拿出5000元，对方表示那可不行，至少1万元，妹子长得可俊了，就是脑子不太好，不然他也捡不了这个大便宜。

董贵祥点头同意。第二天夜里，吴婆和一个戴墨镜的青年一起把黄梦莹送到了董贵祥家。黄梦莹像一只小白兔蹲在角落里，双手抱膝，浑身发抖，睁大眼睛盯着眼前这些陌生人。

"人给你领来了，以后好好过日子吧。"吴婆笑眯眯拿着钱走了，院里只剩下董贵祥和新买来的"媳妇"。

董贵祥指了指自己黑咕隆咚的房子，说："进屋吧！"

黄梦莹没说话，董贵祥看出女孩精神不太正常，没法正常交流，但他一个大老粗，也不会什么轻声细语的交流，一把拽起黄梦莹就拖进里屋。

打了大半辈子光棍的董贵祥终于有了媳妇，别提有多高兴。但第二天一早，董贵祥却发现"媳妇"跑了，他骑上车就去追。

小河沟村位置偏僻，周围都是山，只有一条小路通往外面，到最近的镇上去步行要1个多小时。黄梦莹刚跑出村口，就被董贵祥追上，他像抓小鸡一样把人拖回家里一顿揍。

黄梦莹不停地哭喊，董贵祥凑到她脸前恶狠狠地说："你要是再跑，我就弄死你！"

黄梦莹跪在地上，忽然开口说话，她说自己家有钱，求董贵祥放她一马，可以给董贵祥一大笔钱。

"俺又不傻，放了她我不就完了吗？"他其实隐约猜到黄梦莹的来历，但黄梦莹家越有钱，董贵祥就越害怕——自己花钱买来的"媳妇",不能就这么打了水漂。

董贵祥警告黄梦莹,再跑就打断她的腿,只要她安心做自己媳妇,自己也会好好对她。

后来黄梦莹总是干呕,董贵祥看出她应该是怀孕了,他觉得只要俩人有了孩子,就能把黄梦莹真正拴住,没准将来还真能去见见自己的岳父。

董贵祥慢慢放松了警惕,允许黄梦莹在院子里走动,晒晒太阳,但每次出门都从外面锁上院门,不让她出去。

以前董贵祥喜欢到哥哥家里喝酒,一般喝到晚上10点多才回家,但自从有了"媳妇",他一直没去哥哥家喝酒。

那天董贵祥在村里碰到哥哥,哥哥邀请他去家里坐坐,结果晚上回到家,就发现自家院门大敞,黄梦莹不见了。他心里咯噔一下,赶紧找了几个邻居,满村子找"媳妇"。

"可能是忘了关门。"董贵祥使劲挠头也记不起,那天自己从家里出去时是否锁了门。

他反复强调自己打黄梦莹时从没有下狠手,"俺花钱买的媳妇,打坏了不划算"。

小河沟村的调查还在继续,越来越多关于黄梦莹的事情渐渐浮出水面。

董贵祥娶媳妇这件事虽然没有风光操办,但其实全村都是知道的,毕竟在这么个小村子里,根本没什么不透风的墙。所有线索都证实,黄梦莹并不是心甘情愿待在董贵祥家的。

黄梦莹经历的囚禁和凶杀过程已经明晰,只差半年前的失踪和拐卖环节了。专案组抽调精干警力远赴南方,找到了把黄梦莹卖给董贵祥的远房亲戚"吴婆"。

吴婆60岁出头，满脸皱纹，眼睛眯成一条缝，论辈分是董贵祥的姨姥姥。因为年轻时当过村干部，在熟人堆里有威望，又能说会道，周围村民经常找她说媒。

吴婆"业务范围"很广，不光给活人说媒，也给死人搭线，结阴亲。几年前有个年轻漂亮的未婚女护士出车祸死亡，经吴婆一番牵线搭桥，家属收了3万元彩礼钱，吴婆自己挣了5000元。

董贵祥父母在世的时候，就常和她说起发愁董贵祥的婚事，吴婆给他介绍过两个姑娘，但人家一听董家的条件，连面都不愿意见。

据吴婆交代，黄梦莹这单生意是半年前一个叫"涛涛"的男人介绍给自己的。"涛涛"算她很远的一个小辈亲戚，吴婆只知道这人小名叫涛涛，连大名都不太清楚。

涛涛跟吴婆说，自己有个朋友父母双亡，穷得快揭不开锅了，他有个妹妹长得很漂亮，但脑子不好使，想让吴婆给找个婆家，"有口饭吃就行，彩礼多少都无所谓"。

吴婆一下就想起了董贵祥。她说了董贵祥的大致情况，本以为这事不会成，没想到涛涛立刻替朋友答应了，还一个劲儿地强调越快越好，只要吴婆联系好人家，他可以马上把人送过去，并承诺，彩礼钱可以分给吴婆一半。

吴婆当时也觉得有些蹊跷，但一方面自己能捞到好处，另一方面可以给董贵祥办成一桩美事，就把这单生意应承下来了。

专案组顺藤摸瓜，通过技术手段找到了涛涛。涛涛大名张志涛，30岁出头，未婚，没啥正经职业，名下有一辆面包车，偶尔跑跑运输。

我给张志涛采血时,他脸色苍白,手一直在抖。

到刑警队的当天晚上,张志涛就交代了犯罪事实,他说一切都是哥哥的主意,自己都是听哥哥的。

谁也没想到,张志涛口中的"哥哥",竟然是他。

专案组远赴东北,抓回了张志涛的哥哥张全利,此人正是黄爸爸公司的办公室主任张全利。

黄梦莹失踪后不久,张全利就"引咎辞职"了,不明真相的黄爸爸当时甚至觉得有些可惜。

其实张全利是跑路到东北投靠了一个亲戚。他偶尔给弟弟张志涛打个电话,让他勤关注着黄梦莹的动静,发现不对赶紧撤。

一开始张志涛还打听过几次黄梦莹在小河沟村的"新闻",后来一直没什么动静,他就觉得没事了。

张全利比弟弟大5岁,从小到大都是家里的骄傲,大学毕业后进入本地一家大型企业工作,业务过硬,扎实肯干,深得时任副厂长的黄爸爸赏识,被提拔为车间副主任。

后来工厂改制,黄爸爸另起炉灶成立了一家公司,张全利作为老乡兼"心腹",成为新公司的业务经理。

某次,张全利因为决策失误,导致公司亏了几百万元,黄爸爸让张全利当着公司高层做了检讨,并把他调到办公室,奖金一下子少了很多。

从那时起,张全利心里就开始不痛快了。张全利觉得,虽然自己出错了,但毕竟是"嫡系",老板应该保他,而不是不给他面子,让他下不来台。

其实在黄爸爸看来,张全利一直是他最信任的人,他经常当着很多人的面教训张全利，是因为器重他，对他要求高。但张全利并不理解黄老板"责之切"的用意，心底的怒火越烧越旺。

张全利虽然心里不爽，但表面功夫却十分到位。他把办公室工作干得井井有条，还升到了办公室主任。

逢年过节，张全利会到黄家坐坐，他十分羡慕黄家的大别墅，也十分羡慕老板气质娴静的爱人和聪慧漂亮的女儿。一联想到自己的情况，张全利心里更不是滋味。张全利的媳妇是村支书的女儿，家庭条件也不错，但没什么文化，说话直来直去，张全利觉得她"没滋没味"。而且，他们的儿子听力有问题，他总觉得自己孩子"低人一等"。

心理上的压力让张全利觉得生活没了奔头，工作上也开始敷衍。

半年前，黄爸爸在公司进行了一次人事调整，安排了一个比张全利年轻的人干办公室副主任，本意是分担张全利的压力，但张全利心里却拉响了警报，担心自己"被取代"。

张全利自认各方面水平不比老板差，"凭什么他混得比我好"。

他再也无法忍受了。

其实那天的事情，张全利也是临时起意。

当老板让他带黄梦莹出去玩的时候，一个罪恶的念头在张全利脑子里一闪而过，但随后他意识到，自己身体里冒出了一种抑制不住的兴奋感。对老板来说，最在乎的人就是他的宝贝女儿，毁了黄梦莹，他这辈子也就完了。

张全利借着收拾东西的工夫悄悄给弟弟张志涛打了电话。

张志涛对哥哥向来言听计从，当张全利提出报复老板的邪恶方案时，张志涛竟没有半点迟疑就答应了。

按照张全利的指示，张志涛开上面包车，躲开大路上的监控，停在了步行街附近。

因为相熟，又是自己爸爸安排的，黄梦莹几乎毫不迟疑就跟着张全利走了。张全利带着黄梦莹七拐八拐走进一条巷子，然后告诉黄梦莹公司有事，他得回去一趟，让朋友送她先去饭店。

黄梦莹点点头，跟着张叔叔的"朋友"张志涛上了路边一辆面包车。面对自己很熟悉的"张叔叔"，黄梦莹丝毫没有意识到危险即将到来。

张全利迅速返回公司，制造自己和黄梦莹失散，然后一直待在公司的假象。与此同时，黄梦莹已经被张志涛带到住处绑了起来。

得知女儿丢了的黄老板虽然很恼火，但他丝毫没怀疑张全利。

傍晚，稳住老板的张全利在弟弟住处外转悠了几圈之后，轻轻敲开了门。

张全利说，他进屋时，看到黄梦莹眼中明显闪过一丝光亮，但那光芒最多持续了3秒，因为，他正一边走向她，一边脱衣服。

黄梦莹稍有反抗，就会挨一个耳光。一整晚，张氏兄弟都没让黄梦莹睡觉。

第二天一早，兄弟俩发现黄梦莹已经神志恍惚，眼睛直勾勾地盯着天花板。此后几天，任凭张氏兄弟怎么刺激她，她都一句话不说，只是咧着嘴笑。

"她已经傻了。"

审讯结束后,张志涛问大韩:"那个女孩后来怎么样了?"

大韩没回答,只是严肃地盯着张志涛。张志涛慢慢低下了头。

兄弟俩自然知道后果的严重性,但开弓没有回头箭,他们只能一条道走到黑。

商量如何处置黄梦莹时,或许是对"杀人"心存畏惧,他们没有选择直接灭口。张志涛想到自己有个远房亲戚经常给人说媒,就考虑把黄梦莹卖到偏远山区去,于是去找了吴婆。

此后半年多的时间里,因为偏远的环境和周围人的漠视,兄弟俩的罪行一直没被人发现。

一个花季少女的死亡背后,折射出5个男人、1个女人罪恶的面目:性侵、拐卖、囚禁、杀害……但这一连串悲剧中最让我心惊肉跳的,是引发这一切的源头——熟人拐卖。

这种拐卖的可怕之处在于,因为是熟人,信任度高,所以隐蔽性很强,由此甚至可能引发有预谋的"被失踪"。

事后想来,其实张氏兄弟的作案过程有很多漏洞。但黄梦莹父女俩从一开始就太相信张全利,对这个熟人没有半点防备。

只是,谁说熟人就不会背后下狼手呢?

几年后,闺女班级邀请我去进行安全教育,我专门做了个讲座,题目就叫:身边也有"大灰狼"。

10

裤裆巷凶宅案
01·女租客

案发时间： 2005年腊月

案情摘要： 一老汉在仙福山挖出一截人腿。

死　　者： ？

尸体检验分析：

零散尸块，不完全从关节位置离断，股骨头及膝盖断端整齐，断面有条纹，疑为钢锯所致。

双肺及心脏有出血点，明显窒息征象。

胃中有少量食糜，推测于餐后2小时左右遇害。

我是路痴，记路水平一般，但作为法医，无论是散步、就餐还是外出游玩，每路过一个曾经去过的命案现场，我脑海里就会立刻浮现出当时办案的样子，根本不受自己控制。

18年来，我参与过的800多个命案似乎在进行着一种奇妙的组合，拼凑出了一幅只有我才知道的本市"凶宅地图"。老旧居民区、高档小区、棚户区……我由此记住了很多地方，也知道了很多"凶宅"。

这些凶宅大多会被塞进一个个诡异的故事，比如——

有一栋五层小楼，同一个单元的5位男主人在5年内相继去世，老婆孩子都平安无事。男主人们的死因并不奇特，无外乎病死或意外，但"每年死一个"，还是让那栋楼蒙上了一层神秘色彩。

有人说那栋楼建在一段古城墙遗址上，出事的那个单元以前正好是炮台的位置。也有人说盖楼封顶那天，有个挺着大肚子的女人从楼上掉下去摔死了。

后来那栋楼拆了，改成了一个小公园，风景优美、人流如织。曾经的凶宅渐渐被人们遗忘。

离公安局最近的一处凶宅也很有故事。当时我们局北墙外有条小路，沿路百米是一排二层小楼，由于面临拆迁，住户很少。但炎炎夏日，尸臭直接灌进了公安局。

附近居民许多天前就已经察觉不对劲，但事不关己，没人报案，见警察来了才纷纷吐槽。

面临拆迁的房子，居住人员少而杂，很容易变成凶宅。但凶宅也不全是老城区的破旧民宅，高档小区、甚至别墅区里也有。

多年前本地有个灭门惨案，豪华别墅里一家三口全部遇害。凶手最初盯上这家就是因为女主人开了辆豪车。

这幅"凶宅地图"算是我的私人收藏，当中和我最有"缘分"的，是老城区一处一楼带院的宅子。

2005年夏天，我刚参加工作不久，这栋房子也迎来它第一、第二位租户，一个女孩和她的猫。女孩干净立整，待人有礼貌，房东对女孩的第一印象挺好，主动舍去了房租零头。租期1年。

可租期刚过半，2005年冬天，在距离房子30千米外的山坡上，女孩被人从地里挖了出来，成了一截截尸块。房子自此成了凶宅。

而凶宅的"诅咒"似乎才刚刚开始，从女孩入住、被害的往后15年里，一共12人住进了这栋房子，3个人丢了性命。老宅成了名副其实的凶宅。

我的命运似乎也就此和这栋凶宅缠在了一起。为了破获前后3起命案，我一次又一次踏进那栋房子。我太多次打量过它，但无论如何，实在看不出是哪里不对劲。

16年前那个冬天的下午，我提着勘查箱站在老城区一条繁华巷口,被久违的太阳推搡着,一头扎进巷子里。

巷子两边全是小商贩和各种门头,光洗头房就有五六个。往里走,嘈杂的巷子忽然安静了些,只是多了些同住这条巷子、此刻却站在道边的居民。大家都盯着我们,像在看异类。

再往里,东西方向的巷子突然从中间分叉,一条斜着往北,一条斜着向南,像裤子的两条腿。我一下就明白了为啥大家都叫这条巷子"裤裆巷"。

"裤裆巷"当然是别名,但巷子的本名早被人忘了。我要去的那栋宅子恰好位于"裤裆"交汇处。房子建于 20 世纪 90 年代初,是某企业的单位房,4 层楼分属于 4 户人家。

同行的房东打开院门,我和同事踏进了幽静的小院。

院子估摸有三四十平方米,东南角盖了个小棚屋,里面有个蜂窝煤炉子,旁边堆了些煤球和大白菜。院内东西两侧各有一棵拇指粗细的无花果树,像两位瘦弱的门神,静静值守着小院。院墙和窗户上残留着一些爬山虎的藤蔓,地面砖缝里存着干枯的杂草,墙角堆着落叶。

虽然近期疏于打理,略有些荒凉,但仍能看出这里曾经的生活气息。我天生对花草树木有亲近感,一眼就喜欢上了这处房子。

可周围人的眼光和手里重重的勘查箱又在提醒我,这里是一处凶宅,我此行,就是为那个被残忍杀害的女孩而来。

一周前,我们接到了报案,有个老汉在本地仙福山挖树坑时挖出了"怪东西"。一开始以为是死狗死猫,可越端详越不对劲:那"东西"光溜溜没有毛,惨白惨白的,很瘆人。

老汉挖到的是一截人腿,一端露出股骨头,另一端是膝盖,股骨头和膝盖的断端都很整齐,不是完全从关节位置离断，断面有条纹。分尸手法简单粗暴，一柄闪着寒光的钢锯浮现在我脑海。

我们在山上找到了尸体剩余的部分，躯干被包裹在一个绿色蛇皮编织袋里，其他肢体分别用黑或红塑料袋包裹，没有找到头和手。

那是我工作后遇到的第一起碎尸案。以前遇到的尸体甭管腐败多严重，至少还有"人"形，这次却都是零散的"部件"，虽然我分辨得出具体部位，但感觉很别扭，拼凑尸块时，激动和寒冷让我忍不住发抖，我期待这些尸块早点"讲"出它们的遭遇。

解剖室里，我们把零散的尸块拼到一起，虽然不全，但好在没有多出来。多年之后我遇到过一起案子，现场出现了3条腿，大家都慌了神。

由于没有头和手，我们只能对死因进行大致推断。死者双肺和心脏都有出血点，是明显的窒息征象；胃里有少量食糜，应该于餐后2小时左右遇害。

命案的首要任务是确定死者身份，死者身份不确定，就限制了很多侦查手段，案子就没有突破口。

我们先是测量出股骨的长度，又利用公式计算出死者的身高，大约是1.58米。死者的子宫颈口呈圆形，子宫也没有疤痕，说明没有生育过。但这些信息还不够。我和师父余法医对着一堆尸块发起了呆。

"师父，要不咱把耻骨联合面取下来？"我话音未落，余法医重重地点了点头。

当时，局里还没有煮骨的锅和炉子，余法医自己从商店买了口崭新的大铝锅,又在仓库里翻腾出一个电炉子。

我们把耻骨联合面和一段股骨放进了锅里。骨头深处的气味随着翻滚的热水散发出来。

屋里憋闷,我把窗户开了一道缝,一股寒气扑面而来,我又打开通风橱,屋里的味道总算变淡了些。

那晚我和余法医轮流盯着锅,不时添些水,还添了些"料"进去,可以让软组织尽快脱离骨质,加速煮骨的进程。

天快亮了,煮骨完成。耻骨联合面特征显示,死者的年龄在 27 岁左右。

这些特征和邻县公安局转过来的一则失踪人员信息惊人地吻合。

那对来报失踪的老夫妻都是农民打扮,男人佝偻着肩,额头和眼角布满皱纹,满脸胡茬,一副苦相;女人脸有些浮肿,面色蜡黄,两人互相搀扶着走进公安局。

男人用布满老茧的手递来一张照片——一个身穿白色连衣裙的漂亮女孩,圆润的脸上有一双水灵的大眼睛,扎着马尾辫,臂弯里挎着一个白色的包。

女孩叫韩小霞,27 岁,身高 1.58 米。

因为没有找到头,我没有见过解剖台上那具女尸的样貌,但那一刻,她的脸和照片里这个漂亮女孩重合在了一起。

我给老两口采了血,心情复杂地拿到了 DNA 检验鉴定结果:尸块的 DNA 和韩小霞父母存在亲生关系。无头女尸就是韩小霞。

女孩生前就租住在裤裆巷交汇点上的那间屋子。我需要在那里找到女孩或者凶手最后留下的痕迹,以确认宅子是不是第一案发现场。

我们对凶宅进行了初步勘查，奇怪的是，没发现什么异常。

屋子里目之所及意外得整洁，地面一尘不染。家里只有一些简单家具，因为物件很少，不算大的房子显得格外宽敞，说话竟有回音。

小客厅里有一张褪色的木茶几和一个小布艺沙发，厨房里有个裂纹的菜板，卫生间十分窄小，只能容纳一个人在里面。

两个卧室各摆一张床，床边都有简易的衣橱，里面放着的女人衣物提醒着我：就在十几天前，房子里还有一位漂亮的女主人。

师父余法医皱起了眉。寒冷的冬天，在室外分尸基本不可能，还容易被发现，凶手需要一个相对保暖安静的环境。而我们仅有的线索都指向这所房子。

"在家中碎尸并清理现场一定需要大量水，可以去查查水表。"余法医突然对我说。

当晚，我们拿到了水表数。那栋楼每月收一次水费，楼长会挨家挨户去抄表，韩小霞上个月用了2吨水，此前几个月也都不超过3吨，这是一个正常的用量。记录的截止数字是378，而此刻，水表上的数字显示385。

距上次抄表还不到一个月，就用了7吨水，这绝对不正常。

第二天一早，我和几名痕检技术员一起，用一整天的工夫对房子进行了地毯式勘查，恨不能把每一块地砖都撬起来瞅瞅。

在院里搭的小棚子边上,我注意到,有一米见方的区域地砖不平,缝隙里土的颜色也有些深。我掀开地砖,底下的土意外得很松软。我心里咯噔一下,下意识拿起铁锹。

有时做法医真是矛盾。我一边祈祷千万别再挖出些什么,一边又忍不住希望能挖到些什么。挖了半米多深后,果然还是有东西——

一只死猫紧闭着双眼。

死亡时间不好推断,但不用解剖也能确认死因。它的头碎了,血肉模糊。看到它碎裂变形的头时,我一瞬竟有些担心韩小霞的头。

又往下挖了一会儿,没有新发现,我们转战室内。

我用力掀开床板竖到墙边,借助勘查灯的强光在床底向上看,在床板背面探寻,发现了两处发红的疑似血痕。颜色很浅,范围很小,单从血痕看,出血量不大,而且床底与地面都很干净。这两处血痕是哪来的呢?

我和师父也不敢确定这两处红斑是不是人血,和案子有没有关联。

这时候,痕检技术员喜哥有了令人兴奋的发现——厨房窗框上有半枚血指纹。血指纹往往具有特殊意义,它是犯罪分子在现场活动的直接证据,能通过它锁定嫌疑人。

参加工作后不久余法医就告诉我,发现物证比检验物证更重要,"发现不了,一切都白瞎",就像巧妇难为无米之炊。

而现在,我们有米了。

在凶宅床底找到的血痕和窗框上采集的血指纹都检验出了死者韩小霞的DNA。可以确定,韩小霞的住处就是案发现场。

一个女孩在自己家中被残忍地杀害并分尸——裤裆巷这处一楼带院的房子从这一刻起，彻底成了众人眼中的凶宅。

我一直在想床底的血痕是怎么形成的，余法医笑着说，很简单，血滴到地上又溅起到床底板上，嫌疑人清理了地面，但遗漏了床底板上的血，天网恢恢疏而不漏，做坏事总会留下蛛丝马迹。

余法医望向窗外院子里一棵腊梅。天气严寒，腊梅却冒出了花骨朵。

邻居们说，韩小霞的房子来来回回进出过很多人，男人居多。

"韩小霞经常从不同的小轿车上下来，有不同的男人送她回家。"屋里半夜经常传出动静，床咯吱咯吱响，东邻赵大妈听了就难受，"人老了，睡觉格外灵静，一有动静就醒"。

最近一阵子赵大妈睡得特别好。"隔壁那妮子不闹腾了，一点动静也木嘞，连猫也不叫了，忒好了。"几名痕检技术员面面相觑。

赵大妈反映，女租客平时根本见不着人，每天昼伏夜出，有时候晚上8点多才往外走，"穿得和花儿似的，不知道是干什么的"。家里还经常传出猫叫声。

前段时间，赵大妈还常看到一个面生的男人在附近的巷子转悠，"留个光头，一看就不像好人"。

好几位邻居都看到过这个光头男人，身高1.7米多，满脸横肉，浑身酒气，嘴里骂骂咧咧的。

其他邻居补充了更多信息。老李头住在凶宅二楼，他发现韩小霞和一个"帅小伙"关系密切，两人经常手拉着手从外面回来。"小伙子比较瘦，戴着眼镜。"老李头回忆说。

3周前，老李头曾在深夜听到楼下发生争吵，有男人声音也有女人声音。"吵吵嚷嚷的，声音很大。"但最近一段时间老李头没再听到任何动静，也没再见到韩小霞。

韩小霞从凶宅里消失了，邻居们似乎都知道，但都不太关心她去了哪儿。她的消失对邻居们来说像是件"好事"。

本以为调查这样一个社会关系复杂的人，线索会是千头万绪，结果能收集到的信息竟然少得可怜。因为工作性质，韩小霞的身边有很多人围绕，但那些打量着韩小霞的目光里，真正了解她生活状况的人却不多。

我让韩家父母尽量提供更多自家女儿的情况，出乎我意料的是，父母说得很含糊，他们甚至并不知道女儿具体从事什么工作，只知道她在市区上班。韩父带着浓浓的山区口音，嗓音沙哑："有次听她回家说，好像在建设路附近上班，她工作很忙，有时还上夜班。"

韩小霞是一家人的"摇钱树"，按照惯例，她每月会往家里打笔钱，一部分拿来给父母买药，一部分帮弟弟还房贷。父母之所以发现不对劲、报了案，就是因为韩小霞这个月没按时给家里打钱。

房贷可不等人，父母着了急，这才给女儿打电话，发现打不通。

"俺闺女很要强，可惜命不好，她其实是个学生。"说这话时韩父鼻尖通红，眼角噙着泪，他觉得自己对不起女儿。

韩小霞从小就能干，烧火做饭洗衣服样样在行，也没耽误学习,但家里很穷,母亲身体也不好,为了供弟弟上学,父母只让韩小霞读完了初中。当时韩小霞的班主任还去家里劝过韩小霞父亲,但韩家早就做好了打算——让做姐姐的韩小霞去挣钱。

韩父抹了一把眼睛,一旁的韩母不愿意了,数落起男人来:"上学有啥用?别看咱小霞下了学,挣钱可不少哩。她大伯家的闺女倒是上学,这都小30岁了还没毕业,哪赶上咱家小霞挣钱多!"

可韩小霞的弟弟不争气,高中毕业没考上大学,干脆回了家。小县城里,没有房子很难娶上媳妇,韩小霞帮弟弟在县城边买了套房,付了首付,每月还帮弟弟还一部分贷款,可谓仁至义尽。

韩小霞挣的钱基本上都给了家里,村里风传她傍了大款,也有人说她当了"小姐"。但当时的韩小霞其实是在一家洗浴中心做正规工作。

在那里,她遇到了第一个走进她生命的男人。

韩父提到了一个可疑的人,韩小霞的前夫丁德胜。韩小霞离开县城到市区打工,很大程度上就是为了躲开丁德胜的纠缠。

当时丁德胜去洗浴中心洗澡,两人聊天,发现竟是老乡。此后,丁德胜隔三岔五就跑去找韩小霞聊天,嘘寒问暖。独自在外打拼,久无人关心的韩小霞很快被丁德胜的"痴情"打动了。

韩父打听过丁德胜,这人以前就是个混子,吃喝嫖赌样样精通,也没啥正经职业,于是他反对女儿和他交往。韩小霞却罕见地反驳父亲："只要以后他对我好就中。"

结婚后，丁德胜的确改了许多毛病，但却日益痴迷赌博，还振振有词说是为了多弄点钱以后养孩子。不过半年时间，丁德胜就把家产败光了，还欠了一屁股债。会不会是嗜赌成性的前夫为了钱杀害了韩小霞？

我立刻汇报了这个线索，副大队长亲自带人去查韩小霞的银行流水。一查，果然有问题——韩小霞银行卡里的1万多存款两周前被全部取走了。

视频监控里，取钱的人棒球帽、墨镜、口罩、风衣加身，穿成这样取钱目的非常明显。"棒球帽"身高在1.75米左右，肯定不是韩小霞本人。

我们在城区一家汽修厂找到了韩小霞的前夫丁德胜，发现他正是邻居们口中的"光头男"。这下更坐实了他到过韩小霞裤裆巷的住处。

丁德胜长得很排场，方面大耳，膀阔腰圆，瞪着一双大眼，蓝色工装上沾满了油污。看身高，和视频监控里的男人极为相像。

丁德胜承认自己去裤裆巷找过韩小霞几次，一开始韩小霞还搭话，后来干脆躲着他，"一点情分也不讲"。但两人其实半年前就离婚了。

韩父说，结婚半年，女儿一直没怀孕，丁德胜不淡定了，他觉得一定是韩小霞的原因，她在那种"不干净"的地方工作，把身子弄坏了，经常对韩小霞冷嘲热讽。韩小霞一开始选择忍，可丁德胜得寸进尺，有次酒后动手打了韩小霞，还用烟头烫她大腿根。

两人离了婚，为了彻底摆脱丁德胜，韩小霞来了市区。可前夫丁德胜打听到韩小霞家翻盖了房子，还在县城买了套新房，琢磨着韩小霞这是挣了大钱，就放出话来：甭管韩小霞去了哪，都要收拾她！

丁德胜有作案动机，也具备作案时间，但他一面对我们就瞪大眼睛诉苦。"这家伙演技不错。"侦查的同事觉得丁德胜肯定有问题。

韩父也觉得，十有八九是丁德胜来找自己女儿的麻烦了。

韩小霞出事前在市区一家 KTV 上班，身边有几个走得很近的同事，他们都或多或少走进过韩小霞的生活，还有她租住的那栋位于裤裆巷的宅子。

KTV 经理孟令科和她关系不错，常下了夜班送韩小霞回家。周围很多人都看在眼里。

孟令科三十来岁，身材挺拔，一身西装，利落的短发。孟令科说自己第一次见到韩小霞，就觉得对方和自己妹妹长得很像。他曾有个妹妹，但被父母送了人。

"她挺可怜的，离了婚，家里还有个弟弟。"孟令科十分了解并同情韩小霞的遭遇，说自己就像哥哥一样照顾小霞，有时候下了班会请韩小霞吃宵夜，然后再送韩小霞回住处。有几次顾客喝醉了酒欺负韩小霞，也是他出面摆平的。因为有自己在，韩小霞工作得还算舒心。

孟令科回忆自己最后一次见到韩小霞是在 21 天前，那天韩小霞下班比较晚，但没让他送。第二天中午他就收到了韩小霞发给他的短信，说老家有急事需要赶回去。从那以后，韩小霞就再没去 KTV 上班，手机也联系不上。

我们查过韩小霞的手机，她消失前最后联系的人正是孟令科，然后手机就关了机，关机地点就在裤裆巷。而我们在孟令科充满"自我表演"意味的叙述里也捕捉到了那个最关键的信息：他去过韩小霞在裤裆巷的住处。

被害人最后一个联系人是他，最后的关机地点就是案发现场，这很难不让人怀疑。

孟令科表现得很关心韩小霞，一个劲儿向我们打听是不是出了什么事，还积极为我们提供线索。他提到了另一个和韩小霞关系密切的人，同在KTV上班，韩小霞的闺密张雅宁。

张雅宁和韩小霞是初中同学，两人在KTV总是出双入对，"好得就像一个人似的"。

张雅宁身材娇小，五官精致，皮肤白皙，接受讯问时穿着一件浅褐色呢绒短裙，看上去美丽"冻人"。

"得有近一个月没见着她了，是不是出了什么事？"张雅宁抿着嘴，说曾给韩小霞打电话没打通，心里很着急。

好得像一个人似的闺密失踪多日，却只嘴上说着急，没见有什么行动，好像也有点不对劲。可张雅宁给出了她的理由："韩小霞和一位姓齐的老板关系不错。"她以为闺密韩小霞这些日子是跟齐老板在一起，所以"不方便联络"。

我们立马对这个突然冒出来的齐老板展开了调查。

齐老板是KTV的常客，人长得粗鄙，但出手阔绰，隔三岔五就给韩小霞送礼物。去年韩小霞生日那天，齐老板带了一个生日蛋糕和一大捧鲜花来KTV，姐妹们无比羡慕。

韩小霞曾私下和张雅宁说齐老板想包养她，被她拒绝了。她不想收齐老板那么多礼物，可又不敢拂了他的面子。因为有小道消息说齐老板是混黑道的，手里有好几条人命。他举手投足间也确实有些"黑老大"的气势，大家都有些怕他。

"黑老大"这条线索如同一枚重磅炸弹，立刻传遍了整个专案组。而我们掌握的一条线索进一步加深了这位"黑老大"的嫌疑：齐老板也去过韩小霞的住处！

我在询问室见到了大名鼎鼎的"齐老板"，他个子很高，黝黑的脸上坑坑洼洼的，一张嘴露出满口大黄牙，果然长得很粗鄙。不过，齐老板衣着考究，戴着一块金表，像极了某位演员。

齐老板其实不姓齐，这是在外面玩的时候别人对他的称呼。他在本地经营一家企业，生意不错，有老婆有娃。

一上来齐老板并不配合，嚷嚷着要回家给孩子过生日。大韩把脸一沉，说："要不我给你老婆打个电话？"

齐老板老实了，他承认自己喜欢韩小霞："她漂亮温柔还知书达理，比俺老婆强太多。"但韩小霞一直对他不太热情，齐老板心里门儿清，"俺长得不帅，就用钱使劲砸呗。"

就在10多天前他还找过韩小霞，当时因为打不通电话，齐老板心里着急，直接跑去了韩小霞在裤裆巷的住处，但敲了好久的门，没人应。

齐老板愁眉苦脸，反复向我们求情："这事千万别和俺老婆说，我就是玩玩，也不会真和她咋样。"

我们调查了所谓的"齐老板"，他没有案底，也算不上黑道人物，只是说话很冲喜欢吹牛，样貌也能唬人，近几年混得风生水起，再加上名声在外，所以没人敢招惹。

嫌疑人的线索一下子涌来：前夫丁德胜、KTV主管孟令科、假黑老大齐老板，这几个男人都在韩小霞遇害时间段到过凶宅，嫌疑重大。更诡异的是，这些男人似乎都发现韩小霞不见了,却谁都没有报警。

他们是出于什么动机?又在隐瞒什么?就在这时,一个激动人心的消息传来——窗台上的血指纹比中了一个名叫刘兵的前科人员。刘兵是个惯偷,年前才从监狱里放出来。

他的手上沾过韩小霞的血,案发那晚他一定进过凶宅。

夜里10点多,我们一行人赶到郊区一处平房门前。门反锁着,屋里没开灯。大韩后撤几步,一个箭步上了墙,咕咚一声跳进院子里。

床上一个人被摁住了,光着膀子,瘦骨嶙峋。

"刘兵?"

"咋,恁干什么?"

刘兵没有反抗,乖乖被带走,我和喜哥搜查了刘兵的住处。堂屋一侧的杂物间里堆着许多"战利品",款式颜色各异的背包、钱包,以及银行卡和身份证……看来出狱后刘兵一直没闲着。角落里的衣服堆成了小山,隐隐散发出腥臭味。

我对特殊气味很敏感,而这堆衣服散发出的"味道",让我想到了血。

我把衣服逐一摊开,找到了味道最大的那条裤子——一条脏兮兮的青灰色长裤,屁股部位颜色很深,裤脚上有许多污渍。

我们连夜对刘兵进行讯问,整晚都在"欣赏"这个老油条的表演:刘兵一直不承认去过裤裆巷的凶宅,无关的事却说个没完。采血时他一点也不慌,针扎下去他却哎哟一声想把手往回抽,搞得同事心烦意乱。

但越是这样,我们越坚信他有问题。

直到我在那条有"血味"的裤子上检测出了韩小霞的DNA，刘兵才泄了气，但他翻来覆去只说一句话——

"太窝囊了，啥也没搞着，还吓个半死。"

刘兵说，那天夜里他本来没打算"干活"。路过裤裆巷时，他看到一楼带小院那户居然没安防盗窗，心里想："简直就是对我的蔑视，瞧不起谁啊，非偷他家不行！"

刘兵悄悄开窗进了屋，屋里很暗，他先去厨房里摸索着找菜刀。刘兵有个习惯，每次行窃都会先进屋把菜刀藏起来，避免被主人拿到伤了他。可当晚，他在厨房里找了好一阵没找到，只好硬着头皮进了客厅。

刚进客厅刘兵就脚下一滑，一屁股坐在地上，"地上太滑了，像是刚拖了地"。

刘兵说地上滑腻腻的，还闻到了浓浓的铁锈味，心里有些害怕，也没了行窃的心思，就迅速沿原路溜了出去。临走时还听到屋里传出一声猫叫，他头都没敢回。

"俺只想去偷东西，真打起来俺也不顶事啊。"刘兵坚称自己没和屋里的人起冲突，摔了个屁墩儿就狼狈地逃跑了。回到住处，他懒得洗裤子，就随手扔在角落里回屋睡觉了。

贼不跑空，这次无功而返让刘兵觉得很憋屈，但为保面子，这事他没和任何人说。

这是刘兵的一面之词，他是公安局的常客，具备相当的反侦查和反审讯能力，不容小觑。而且证物证明刘兵绝对到过现场，是目前嫌疑最大的人。

取走韩小霞钱的监控录像里，虽然看不清取钱的"棒球帽"的容貌，但刘兵的身形完全符合，都是瘦弱干练。

可无论怎么审，刘兵就是不承认杀了人。

嫌疑人众多，我们的证据链又不够完整，案件一时陷入了僵局。

这时，韩小霞的弟弟忽然来公安局询问案子的进展，话里话外只关心姐姐的钱，至于杀死姐姐的凶手他好像并不在意。

但他的出现提供了一个让人震惊的新情况：韩小霞有一个正在交往的男朋友，姐姐出事后就一直没露面，连句安慰的话也没说。他这次来就是想通过警方联系上姐姐的男友，问问看对方有没有姐姐的物品，比如银行卡之类的。

大家更迷糊了，这个男友是从哪儿蹦出来的？他是死者的重要关系人，却在我们的调查中全程"隐身"，要不是急着要钱的弟弟来找，竟然差一点就漏过去了！

按着韩小霞弟弟的说法，两个多月前他来市区玩，姐姐带着男友一起请他吃了顿饭，饭后还一起去动物园逛了逛。当时同行的还有韩小霞的闺密张雅宁。

可张雅宁对此事却完全没有提及。

我们很快找到了韩小霞的"隐身男友"。此人叫宋玉刚，长得挺帅气，是一家工厂的业务员，经常在外地跑业务。

我们打印了宋玉刚和其余几个嫌疑人的照片，一起拿去给凶宅二楼的邻居老李头辨认。老李头很快就认出了宋玉刚："就是这个小伙子，精瘦精瘦的。"

他就是老李头3周前听到的跟韩小霞吵架的男人。

KTV的孟经理也认出了照片中的宋玉刚："这个人和张雅宁也很熟，他们仨经常在一起玩。"

孟经理还回忆起一件事，1个月前，他曾在KTV门口目睹韩小霞当着这男人的面打了张雅宁一巴掌。

看来，闺密之间的关系并不像旁人说的那么好。

凌晨3点，在城区一处出租屋内，大韩一把摁住了正在睡觉的宋玉刚，他的被窝里还蜷缩着一个女人。一冒头，居然是韩小霞的闺密张雅宁。

女朋友韩小霞失踪后，宋玉刚既没寻找，也没报案，反而和女友的闺密混到了一起？怪不得张雅宁此前接受讯问时没有提到宋玉刚，原来两人早有猫腻。

我仔细端详着宋玉刚的脸：双眼皮，高鼻梁，脸型消瘦，留着时髦的发型，戴一副金边眼镜，文质彬彬，一个瘦弱小帅哥的模样，面色平静。

采血时，他的手湿凉湿凉的。我发现他左前臂有一道陈旧伤痕，抬头瞟了他一眼，他的脸有些苍白。

谈到三人的关系时，宋玉刚低下了头。他说1个多月前，自己和韩小霞闹了点不愉快，正赶上公司派他去外地出差，2周前才回来。回来了他也不敢去找韩小霞，因为自己做了对不起她的事。

宋玉刚几乎是同时认识的韩小霞和张雅宁，她俩是好姐妹，所以和韩小霞在一起之后，三人经常一起吃饭逛街。借着韩小霞这层关系，宋玉刚和张雅宁也成了好朋友。

韩小霞前段时间回了趟老家，那期间有一天张雅宁心情不好，就叫宋玉刚陪她喝酒。两人在烧烤摊喝了10瓶啤酒，张雅宁又哭又闹，宋玉刚想送她回去，却被张雅宁拦腰抱住。两具火热的身体贴在了一起。

韩小霞回来后知道了此事，和闺密张雅宁撕破了脸，让宋玉刚做决断，宋玉刚却左右为难。韩小霞让他走，他就离开了。

讲这段的时候，宋玉刚一直低着头，说自己对不起韩小霞，他很担心韩小霞，希望她好好的。

另一个房间里，张雅宁也说自己对不起韩小霞，出了这样的事没脸见她，所以这段时间一直没去上班。后来听别人说韩小霞也没上班，才得知好姐妹失踪的消息。

两个人因为愧对韩小霞躲了起来，这事似乎也说得过去。

我们在宋玉刚住处的抽屉里找到了两张火车票，是去外省的往返票。去的时间是1个月前，回来的时间是两周前，和宋玉刚说的相符。宋玉刚单位的同事也证实，那段时间他确实被派到外地出差。

而1个月前，韩小霞还在正常上班。

专案组甚至专程去宋玉刚出差的地方进行了调查，证实宋玉刚是在1个月前入住宾馆，直到2周前才退房。同时，就在16天前，宋玉刚还在出差地因为琐事和别人吵架，双方都动了手，在当地派出所留了案底。

这下更扎实了，宋玉刚根本不具备作案时间。

例行搜查时，在宋玉刚的出租屋附近，我们找到了他的吉普车。那是一辆刚买不久的二手吉普车，价值5000元，发票还在。

我们在车上找到一串钥匙，宋玉刚先是说钥匙本来就在车里，可能是上个车主的，然后又说自己记错了，那串钥匙是他在路边捡的。

宋玉刚为何在钥匙这件事上犯迷糊呢？

喜哥根据钥匙形状判断，应该是用来开挂锁的。周围小区很多厦子（方言，储物间）都用挂锁，莫非是某间厦子里锁着什么不可告人的东西？

我们拿着那串钥匙，在裤裆巷和宋玉刚租住的小区都试了个遍。两天下来，一把锁没打开，倒是吸引了很多围观群众对我们指指点点。

大韩提出，既然钥匙是在吉普车上找到的，不妨看看宋玉刚的吉普车去过哪里。

我们在监控里看到吉普车拐进了一个小区，那是某厂的职工宿舍。这次我们运气不错，试到第二十七户时，咔哒一声，挂锁开了。

一股汽油味扑面而来。厦子里有两个大桶，角落堆着一把手持钢锯、一把菜刀、一把斧头，货架上堆着些货物，还有许多童装，这些物件组合起来的画面竟有点诡异。

我一眼看到了货架顶上放着的一顶棒球帽，与监控里取走韩小霞卡里钱的人是同款。

厦子的主人叫周大川，和宋玉刚是同事，两人平时关系不错。他说宋玉刚嫌单位挣钱少，自己私下鼓捣了些小买卖，半年前提出想租他的厦子用来存放货物，他就租给了宋玉刚，具体存放什么，他也没过问。

我们在厦子里存放的菜刀刀柄缝隙里检验出了韩小霞的DNA——这个结果让我们很激动，但同时也非常疑惑：证据显示宋玉刚有重大嫌疑，但同时他又有不在场证据。

这人还会分身术不成？

我们重新梳理了一遍，想到了问题所在：宋玉刚的车票没有问题，他确实在1个月前去过外地，而且2周前从外地返回，但这并不能证明他在此期间一直待在外地。

当时，火车票还没有实行实名制，我们无法通过其他途径获取宋玉刚的行程。有人提出，没准打架也是宋玉刚一手策划的，目的就是为了制造更充分的不在场证据。

此人可能比我们想象的更狡猾。

第二天清晨，大韩黑着眼圈去了宋玉刚隔壁的审讯室，一屁股坐在张雅宁面前，提高嗓门喊了句："你和宋玉刚干的好事！"张雅宁明显一愣，没吱声。

"都啥时候了你还护着他，人家把事都推你身上了，你这回完了！"大韩叹了口气，起身就往外走。

张雅宁忽然说："我饿了。"吃完泡面，张雅宁呜呜大哭起来。

"我对不起小霞姐，宋玉刚他不是人！"

张雅宁对宋玉刚的第一印象非常好：帅气、聪明、体贴，她羡慕好姐妹韩小霞有个这么完美的男朋友。

张雅宁从小就有点嫉妒韩小霞，她自认各方面条件都不比韩小霞差，却不如韩小霞招男人喜欢："上学那会儿是，现在又多了宋玉刚、孟经理和齐老板。"

渐渐地，张雅宁心理不平衡了，恰好宋玉刚正时不时向自己表达关心，当韩小霞回老家，两人借着酒劲儿拥在了一起。

那时的张雅宁根本没想到，她已经掉入了宋玉刚精心设计的"骗局"。

宋玉刚有一个"计划"，计划当中不可或缺的一环，就是"女人"。

一年前夏天的傍晚，宋玉刚路过巷子里的洗头房时，往里面瞅了一眼——屋里有两个女人，一个年纪大些但颜值高身材好；另一个矮胖些但年轻肤白。

宋玉刚感觉自己的脚不受控制，走了进去。一番讨价还价之后，宋玉刚交了50元钱，跟着那名矮胖的女人走出洗头房，沿着漆黑的小巷七拐八拐进了一栋居民楼。

一进门，女人就把房门反锁了。宋玉刚几分钟就结束了，女人拉住他，要跟他聊会儿天。

女人告诉宋玉刚，她男朋友长得也很帅，为了养活男朋友她就出来做小姐了。女人还饶有兴致地调侃宋玉刚："你长得这么帅，要不我给你介绍个女朋友吧。"

宋玉刚没吱声，女人又提议："帅哥，咱一起下楼吧。"

等两人一起从楼道里出来，四五个人围了过来。宋玉刚扭头就跑，但没跑几步就被摁住，送进了派出所。

还是周大川替他交了5000元罚款。再次路过洗头房时，宋玉刚发现，那个矮胖女人早就回店里继续守株待兔了。

当晚，宋玉刚睡不着了，他觉得自己终于"开窍"了。

宋玉刚有个梦想：成为一个有钱人。他小时候穷怕了，有次同学丢了笔，老师问是谁拿的，班上没有一个人吱声，老师却径直走向他，把他拎到讲台上浑身上下搜了个遍，咄咄逼人地说："笔不是你拿的，你害什么怕？"

大家都知道宋玉刚家里穷，同学只要少了东西，总是第一个想到他。

穷人家里是非多，宋玉刚父母三天两头为些鸡毛蒜皮的小事吵架，谁也不让着谁，话越说越难听。每次父母一吵架，宋玉刚就跑出去游荡，累了就蹲在院墙外面哭。

收到大学录取通知书那天，宋玉刚心想：终于能走出这个家，走出穷山沟了。

这些经历宋玉刚曾动情地说给张雅宁听，听得张雅宁流着泪搂住他。她根本没有意识到，眼前这个令人同情的男人不过是在给他未来的"计划"做铺垫。

在赚钱这件事上，宋玉刚非常爱钻营。

大学毕业后，他先到一家企业做了技术员。这本是一份体面工作，可他只干了几个月就干够了，因为每个月都是拿死工资，他觉得没意思。

他换过销售岗，却发现钱并没有想象中来得快，还更忙更累了；也曾利用工作便利采购过厂里的产品，加价卖给别人；还采购过一批童装去夜市摆地摊，都不怎么挣钱。"小打小闹根本成不了大气候。"

是矮胖女人给他上了一课：想赚钱就要拉得下脸。他也想开一家店，招几个女店员，挣快钱。

宋玉刚还想出了"升级版"，像洗头房那样守株待兔不是长久之计，得主动出击，"送货上门"，把服务搞好——这想法让他很兴奋，这可能比他以往试过的每个法子都要来钱更快。

开店的念头在宋玉刚脑子里扎下了根，他需要启动资金，需要一辆车"送货"。当然，最重要的是，需要一个帮他"干活"的女人。

在 KTV 遇上韩小霞的时候，宋玉刚觉得自己找到合适的人了。韩小霞气质文雅、嗓音优美，让宋玉刚眼前一亮，他卖力唱了两首歌，两人顺理成章地互留了电话。

几天后，他约韩小霞吃了顿晚饭，说起童年往事，两个"苦命人"竟生出同病相怜的感觉。饭后压了大半夜马路，两位异乡人在繁华街头牵了手。

宋玉刚完全符合韩小霞的择偶标准：不抽烟，不酗酒，还长得帅。最关键的是，他上过大学，比自己有文化有见识。

韩小霞收入比宋玉刚高很多，两人一起吃饭逛街都是韩小霞花钱。韩小霞还要时不时接济一下宋玉刚，每次给宋玉刚钱，韩小霞都说是借给他的，以后得还——这本是句玩笑话，可宋玉刚觉着不舒服。

宋玉刚不仅财迷，还很大男子主义，平时花韩小霞的钱他感觉有点抬不起头，再加上韩小霞职业不好听，他从没让韩小霞在自己亲戚朋友面前露过面，也从没想过要和韩小霞结婚。他觉得自己算是个有身份的人，而韩小霞很低贱。

宋玉刚多次和韩小霞商量"开店"的事，可韩小霞一直不太上心。宋玉刚觉得，自己快到忍耐的极限了。

就在那段时间，他和张雅宁的关系迈出了实质性一步，他觉得自己的发财大计可以稍稍调整一下——张雅宁也是个不错的选择。

和张雅宁的关系被撞破后没几天，一天晚上，宋玉刚突然来到张雅宁的住处，宋玉刚的脸平时就比较白，那天更是白得吓人。

张雅宁发现宋玉刚有点不对劲，问他怎么了，宋玉刚也不说话。屋里安静得可怕，张雅宁开始胡思乱想，莫非他要和我分手？

宋玉刚喝完一杯热水，又盯着张雅宁看了一会儿，平静地说："小霞死了。"

张雅宁后退两步，紧紧捂住自己的嘴，宋玉刚没给她喘息的机会，上前一步说："为了和你在一起，我把小霞弄死了。

你可以去报警抓我。"

那一刻,张雅宁真的害怕了,她知道有些事情宋玉刚完全做得出来,因为好姐妹韩小霞早就提醒过她,小心宋玉刚。

出差期间,宋玉刚跑回来找韩小霞,想最后商量一次,却在韩小霞屋里听到了一个男人的声音——是 KTV 经理孟令科。那天他正好送韩小霞回家,韩小霞邀他进屋坐了一会儿。

目送孟令科走远后,宋玉刚从角落里出来,又提起开店的事。韩小霞没给宋玉刚好脸色看,反问宋玉刚和张雅宁断了没。

"刚才的男人是谁?既然你喜欢别的男人,去找他们啊。"

韩小霞气得浑身发抖,她指着宋玉刚骂:"你个白眼狼,老娘辛辛苦苦挣的钱都给谁花了?"

"你挣那么多钱图啥,一点也不为咱俩的事考虑,都填给你家了。"宋玉刚对韩小霞自己没钱买房还给弟弟买房的事很有意见。他能看出来,韩小霞家里对这个女儿不怎么好,甚至有些漠不关心。

"温文尔雅"的宋玉刚彻底爆发,一耳光把韩小霞打懵了。韩小霞转身往外走,嚷嚷着要去宋玉刚单位闹:"让大家都知道你是个什么人!"

小时候被拎上讲台的羞耻感一下涌上心头。宋玉刚一把拽住韩小霞,拖着她进了卧室:"你以为你自己是个什么东西!"

韩小霞伸手拉宋玉刚的胳膊,宋玉刚紧紧掐住韩小霞的脖子,韩小霞的喉咙里发出咕噜咕噜的声音。宋玉刚害怕惊动邻居,拿起一个胶带,一圈一圈缠在韩小霞的口鼻上。

几分钟后,宋玉刚喘着粗气松开了手。韩小霞的头无力地歪向一边,眼角渗出晶莹的泪滴。曾经心爱的男人亲手杀了她。

宋玉刚坐在床上看着韩小霞,渐渐地,他冷静下来。

他想在院子里挖个坑把韩小霞埋掉,可挖到一半宋玉刚忽然觉得这样很冒险,一是可能被楼上的住户看到,二是警察一定会来搜查。必须尽快把尸体运走。

整具尸体目标太大,宋玉刚想到了分尸。他把韩小霞的尸体放到地上,先用菜刀砍了几下,发现不太行。熬到天亮,宋玉刚出门买了钢锯、斧头和编织袋。

一开始宋玉刚想把韩小霞的尸体拖到卫生间,无奈卫生间太小,不好操作,便干脆在卧室里"开工"了。韩小霞的血落到地上,又溅到床板底部,为我们破案留下了一把钥匙。

宋玉刚不敢弄出太大动静,干得很慢,也很细致。他花了一整天时间才弄完。

分尸的时候,韩小霞的猫蹿进屋里,一直围着韩小霞叫,叫得宋玉刚心里发毛。他抡起斧头砍猫,猫却总是机灵地躲开。

中午,宋玉刚出去吃了碗拉面,用韩小霞的手机给孟令科发出了那条请假的短信,然后关机,取出手机卡,随手扔在了裤裆巷里。

傍晚时分,宋玉刚把尸块分别装好,提着其中一个尸袋出了门。

就在宋玉刚外出寻找抛尸地点的时候,刘兵从窗户钻了进去。刘兵在湿滑的分尸现场摔了一跤,但没和宋玉刚碰面。

北方小城到了夜里连个出租车都不好打,宋玉刚自己又没有车,大晚上根本走不远。溜了一圈没找到合适的地方,他又提着尸袋回了凶宅。

第二天,宋玉刚一大早就出了门,他明目张胆地拎着装尸块的编织袋,上了一辆驶向郊区的公交车,一直坐到终点站。

他在山上挖坑、埋尸,荒郊野岭只有他一个人。他说自己有些害怕,但不是怕"孤魂野鬼",而是怕人。

宋玉刚一连坐了好几个来回的公交车抛尸,忙到傍晚,只剩下韩小霞的头和手脚还没处理,可公交车已经停运。他筋疲力尽,走走歇歇好几次才打上车。

"要是有辆车就好了!"宋玉刚一直想弄辆车"送货上门"挣大钱,那一刻脑子里更是只剩这一个念头。

最后回到凶宅清理现场时,宋玉刚发现韩小霞的猫正蜷在墙角打瞌睡,他抡起斧头就朝那只猫砍去——伴随着猫的惨叫和头骨碎裂的声音,凶宅里除了宋玉刚再没有其他活物了。

宋玉刚知道韩小霞的银行卡密码,清理完现场,他乔装打扮了一番,去取出了钱,然后又神不知鬼不觉返回了出差的地方,直到2周前回到本地。一回来,宋玉刚就花5000元买了自己最想买的东西:一辆二手吉普车。

我们技术科全体出动,紧跟押解宋玉刚的车上了仙福山。

宋玉刚埋手的地点很大胆,就在公路旁边的杨树下。最后,宋玉刚领着我们来到一座垃圾小山前,上面已经覆盖了厚厚一层煤渣土,踩在上面脚会往下陷——韩小霞的头就埋在那里面。

宋玉刚的胶带缠得很紧,我一圈一圈打开,整整17圈,韩小霞终于露出了面容,鼻子和嘴唇已经被挤得变了形。

我取出此前的尸块,把所有部分拼接起来,终于,一具完整的女尸呈现在我的面前。尽管有些尸块已经腐败肿胀，依然能看出韩小霞生前是个漂亮的女孩。

韩小霞右手指甲里检验出了宋玉刚的DNA，这和宋玉刚左前臂的伤痕对应，落实了证据链的最后一环。

忙到深夜，本已疲惫不堪的我那天居然失眠了。经办的第一起碎尸案将要告破，我心里却五味杂陈。

张雅宁说，干她们这行就是吃青春饭，动啥也不能动感情，否则就会遍体鳞伤，可韩小霞至死也没明白这个道理。我觉得韩小霞不是不懂，可能是想赌一把吧。

她回老家时还告诉父母自己谈了个对象，人挺好，以后她要多攒些钱，争取在城里买套房。但这个情况不知为何被韩父韩母忽略了，延误了侦破的时机。

或许只要韩小霞每个月按时把钱打到弟弟的账户上，其他的事情家里人都不是很关心，可能想关心也使不上劲吧。

案子查到这里，我突然明白了为何自己当初进入这座凶宅时只觉得阴冷压抑，因为偌大一栋房子里，韩小霞只有自己。

那些进出过凶宅的人，还有靠这个女孩供养生活的人，每一个，都和她的死有千丝万缕的联系。他们直接或间接目睹了韩小霞一步步走向死亡的过程，可是无人关心，也没人在意。

从前夫到上司，从闺密到大老板，从家人到男友，他们带着各种各样的目的进入韩小霞的生活，却在她出事之后皆以旁观者自居，从未有人真正在乎过这个女孩的命。

身边所有人就那样眼睁睁地看着韩小霞，任由她挣扎、跌落，跌进深渊，直至腐烂成泥。

宋玉刚终究没能变成有钱人。大韩最后一次提审完宋玉刚，起身要走，宋玉刚忽然对他说："你知道咸鱼翻身有多难吗？"

大韩一愣，回过头看他，他嘴角一撇："算了，说了你也不懂。"说这话的人有一张稚嫩帅气的脸，可给人的感觉却很老气。

钱这东西，可能真的会先从内里杀掉一个人。

案件告破，大家过了个安宁祥和的春节，裤裆巷里关于凶宅的怪谈却越来越多。

其实大家心里也清楚，这事跟房子没啥关系，是人在作怪。

但凶宅还是闲置起来，院里长满了草，无花果树枝繁叶茂，结了不少果子，时常有淘气的男孩翻墙入院去摘果子吃。

两年后，有个小孩跳墙时扭了脚，家长把房主告了，房主干脆把房子卖了，凶宅迎来了它的第二位主人。

11

裤裆巷凶宅案
02·养犬人

案发时间： 2010 年 3 月

案情摘要： 韩小霞生前租住的锦福巷某宅子内，再次发生凶杀案。

死　者： 王云香

尸体检验分析：

仅左胸部见一处创口，长 2 厘米，创口形态符合单刃锐器形成，推测为刀刺入心脏致死。

无抵抗伤，推测受害者无防备。

一天傍晚，我下班刚到家，一个电话又把我叫回了公安局——"裤裆巷出事了！"

我心里一下涌起寒意，反复否定自己的预感：事情哪有那么巧？

晚上7点半左右，正是裤裆巷最热闹的时候，车不好开，派出所民警领着我们步行往案发现场赶。可越走，眼前的景象我越熟悉——像两条裤腿一样的巷子尽头，两棵刚冒点芽的无花果树，生锈的大铁门……

当我在"凶宅"门口停住时，身体先于脑子有了反应：头皮发麻、呼吸变紧、浑身起鸡皮疙瘩。

外面已经挤满了人，除了我的同事，还有好几张熟悉的面孔：东邻赵大妈和楼上的老李头，此刻正伸长脖子凑到警戒带旁。赵大妈一边紧盯着我们忙活，一边凑到老李头耳朵边说着什么，老李头瞪了她一眼，赵大妈脸色微变，闭了嘴。

时隔4年，裤裆巷尽头，这栋四层小楼又出事了。还是一楼带院的那屋，还是里头住的人。

我穿戴整齐，踏进这座熟悉又陌生的凶宅。

昏黄的顶灯借着墙上一面写着"阖家幸福"红字的镜子，

在地上映出一块 2 米见方的黄色光区，一只白色小狗一动不动地蜷缩在黄光里，双眼紧闭。

我蹲下身，发现它嘴里淌着血，眼角似乎有晶莹的泪花，看来它也去了另一个地方。

屋里异常安静，阴影里有许多双眼睛正盯着我——

是死者王云香的狗。我粗略数了数，大狗小狗加起来一共 50 多只，金毛、萨摩、泰迪，白的、黑的、花的……有的狗被关在笼子里，有的直接放在地上的大纸箱里。那些狗并不吠叫，因为它们在，这宅子反而没那么可怕了。

我注视着躺在床上的王云香，她的头发白了一半，体形看起来略有臃肿，双腿垂着，黑皮鞋踩在地面上，穿着一件大红色外套和深红色毛衣，左手腕上套着个大金镯子。左胸部的一处血迹映在红衣服上并不明显，湿润润的，像一朵牡丹花。

王云香左胸部有一处创口，只有 2 厘米长，从创口形态看，符合单刃锐器形成，凶手应该是用刀直接刺入了她的心脏。

她身上只有这一处损伤，双手也没有抵抗伤，看来她对突如其来的刺杀毫无防备。而凶手也没有进行补刀，或许他和死者并没有深仇大恨。

屋里的陈设跟我上次来时变化很大，墙上的相框里有不少王云香年轻时的照片。厨房的电饭锅还冒出一丝丝蒸气，餐桌上有肉有凉菜，还有一瓶红酒。

院子里也变了样，原先的小棚子变成了 3 个狗窝，这样一来倒显得充满了生机，只不过这生机里也暗藏了诸多危机。

王云香是在周围邻居打量的眼光、窸窸窣窣的议论，还有因凶宅而起的满天传闻里住进去的，但她啥都不怕。

赵大妈清晰地记得，那天王云香昂首挺胸，牵着两条大黄狗出现在凶宅前，不像要入住新家，倒像要来干一仗。

两条狗被狗绳箍住脖子，口水顺着下巴往下淌，直往赵大妈跟前扑。赵大妈吓得心惊肉跳，生怕狗绳下一秒就被挣断。周围观望的邻居也都流露出畏惧的神情，不知道是怕狗、怕凶宅，还是怕这个要住进凶宅的女人。

"这家人不好惹。"赵大妈从那天起就觉得王云香厉害。虽说周围有不少养狗的，可谁家的也没她的凶。

大家都说，凶宅这回迎来了"命硬"的主人，应该能镇得住。

可谁也没想到，短短4年后，当王云香已然成为"小巷女王"之时，2010年3月，凶宅把这位厉害的女主人也"吃"了。

"这房子真不该买，搬家那天就不大顺当。"回想搬进凶宅那天，王云香的老伴沈业臣觉出诸多不对劲儿的地方。

本来当天儿子说好来帮忙的，可临时有事不来了，王云香从一人早就嘟囔。

工人往屋里抬衣橱时不小心磕了一下，穿衣镜裂了一道纹，又惹得王云香开骂："这不是找不顺妥吗。"

搬家公司赶紧买了一面镜子给换上，可王云香拽着那个磕碎镜子的小伙子不算完，把人家数落得体无完肤，两条大黄狗也冲着小伙子不依不饶地叫唤。最后搬家公司少收了100元搬家费才息事宁人。

"当初老婆子不信邪，非要买。"沈业臣边说边在询问室里唉声叹气。

王云香两口子都是退休工人，原本在市区有套大房子，后来儿子结婚，就把房子腾出来给儿子了。老两口想在老城区物色一套养老房，转来转去，看中了这套物美价廉的房子。

他们找人打听过，知道这房子里曾经有个女人被杀害并被分尸。

"这是凶宅，咱可不敢戳弄（方言，接触）。"沈业臣有些害怕。可王云香不信邪："凶宅怎么了，老娘什么时候怕过？再说了，不是凶宅咱买得起吗！"

王云香铁了心要买凶宅，一是价格确实便宜，二是她真看中了这房："那么大个院子，干点什么都挺好。"

王云香找到房主，借着凶宅的由头又狠狠压了价。房主急于出手，又让了些钱。

王云香觉得捡了漏，开心得不得了，沈业臣仍犯嘀咕，可家里的事他说了不算，自家老婆子一拍大腿，买了！

入住后的王云香非但没觉得不舒服，反而对凶宅更满意了。多亏自家的大院子，她意外发现了一条生财之道——卖狗。

有次王云香牵着自家两条大黄狗出去遛，碰见有人夸她狗养得好，问她卖不卖。大狗自然舍不得卖，那人又问卖不卖小狗。王云香动了心。

第一次卖狗，6只小的就卖了2000多元，这在当时可不算小数目，比王云香一个月的退休工资还高。

从那以后，王云香养狗的规模就越来越大，她经人介绍加入一个QQ群，群里全是买卖宠物的。王云香根据客户需求购买了不同品种的狗,专心养狗,还在网上发布卖狗的信息,生意越做越红火。王云香常一脸得意地对老伴沈业臣说:"这宅子旺财!"

可沈业臣还是不踏实。他说去年冬天,裤裆巷里曾来过一个瘸腿老乞丐,头发打绺,胡子很长,身上披件破烂军大衣,拄着一根桃木棍。人见人躲。

老乞丐围着裤裆巷转悠了好几天,最后偏偏坐在王云香家门口,一边晒太阳,一边啃馒头。

邻居们都等着看老乞丐会怎么被王云香收拾,没想到王云香从家里端出一盘菜、一杯热水,还和老乞丐聊起了天。老乞丐狼吞虎咽地吃完,打了个饱嗝,摸着乱糟糟的胡子盯着王云香两口子看了半天,压低声音说:"这房子不大好,恁最好别住了。"

"真是不识好歹!"王云香一听当即变脸,好吃好喝招待,却说我旺财的宅子不好,"你快走吧,别堵着俺家门口。"

老乞丐慢腾腾起身,摇着头走了:"好心当了驴肝肺喽。"

这事沈业臣一直放在心里,王云香出事后,他觉得老乞丐的话或许真有些道理。

养狗确实为王云香带来了不少好处,可也带来了很多问题。大规模养狗没多久,邻居们都不乐意了。

王云香泼辣、蛮横,以"吵架厉害"在裤裆巷渐渐出了名。她不只嘴尖舌利,与人争吵的时候还会加入很多动作,有时候蹦跳着用手指对方,喊到声嘶力竭也不减气势,再加上养的那两条大狗往旁边一站,基本也就赢了。

案发前一个月,王云香和赵大妈刚吵过架。赵大妈本来就有失眠的毛病，狗来了之后更严重了，她经常顶着黑眼圈，逢人就说："俺实在受不了她了。"

那月中旬，赵大妈女儿女婿来串门，把车停在王云香家门口。一开始倒也没事，但到了傍晚王云香出门遛狗，看到车堵在自家门口，就不乐意了："这是哪个不长眼的，哪有这么停车的！"骂了也不过瘾，王云香抬起脚往车上踹了两脚，留下两个大脚印。

赵大妈听到动静跑出来，当着女婿，她面上挂不住，就和王云香吵吵了几句，嚷嚷着要报警。

"你还来劲了是吧？"王云香松开手里的狗绳，两只大狗围着车转圈，把赵大妈女婿吓得不轻，也没心思留下吃饭，开车走了。

赵大妈不敢和王云香对骂，只能转而针对沈业臣。此后几天，赵大妈只要见着沈业臣就拦住他不让走，让他好好管管自家媳妇。可沈业臣每次都只能笑着点点头，什么话也不说。

和王云香"有仇"的还有楼上的老李头。

老李头一直养鸟，每天清晨鸟儿们叽叽喳喳叫得欢，可后来王云香开始大规模养狗，院子里经常传出狗叫声，鸟儿们就不那么欢实了，有一只竟然不吃不喝，最后死了。从那以后，老李头再也不敢开窗，生怕吓着那几只宝贝鸟。

老李头不像赵大妈那么直接，他采取了迂回战术反抗，可倒霉的又是王云香的老伴沈业臣——老李头联合了附近爱玩的老头，叫大家都不和沈业臣玩。

沈业臣退休前就喜欢玩，退休后更是闲不住。刚搬过来那阵子，他整天在巷子里逛游，见到同龄人就凑堆，认识了不少打牌喝酒吹牛的玩伴。这一招把沈业臣治得够呛。

沈业臣明白是咋回事，可他也很无奈，自己根本治不住老婆。

虽初来乍到，可王云香很快就把赵大妈、老李头等"刺头"邻居拿捏得死死的，就连以前裤裆巷最厉害的"吴老婆子"也在一次对决中败下阵来。

吴老婆子其实并不老，50岁左右，能撒泼会骂人，原本在裤裆巷无人敢惹。

王云香和吴老婆子的那场"战争"震惊了整条裤裆巷——两人蹦着高对骂，张牙舞爪、歇斯底里，就像同一个师父教出来的，大家都看呆了。

两人从早上开始一直互骂到午后，吴老婆子回家搬救兵，老公孩子齐上阵也没能把王云香咋样，因为王云香把自己家大黄狗牵出来了，谁也不敢靠近。吃过晚饭，王云香牵着狗堵在吴老婆子家门口继续骂，最后吴老婆子家人实在受不了了，只好服了软。

从那以后，吴老婆子见了王云香都绕着走。

王云香在裤裆巷彻底打开了局面，我行我素，天不怕地不怕，周围邻居不高兴归不高兴，谁也拿这个女人没办法。

靠着两条恶犬和一张利嘴，王云香成了"小巷女王"。

除了养狗，王云香还有一大爱好不招邻居们待见——跳舞。

最近一段时间，王云香经常在晚上去裤裆巷旁边的小广场跳交谊舞，还约舞友们回家吃饭、喝茶、赏狗、练舞，有时会持续到深夜，搞得屋里鸡飞狗跳的。

住楼上的老李头试过用铁锤敲打地面表示不满，结果第二天被王云香堵在门口骂了个狗血淋头。

凭借着这股子泼辣劲儿,"小巷女王"王云香拥有了一众异性舞伴,其中有位退休老师长得最帅,人气也最高。老教师姓宋,六十几岁,1.8米的个头,身板笔挺气质儒雅,说起话来很温和,鼻梁上总架着一副老花镜,整个人散发着一股书卷气。

好几位老太太都想成为宋老师的舞伴,但王云香最终"胜出",为此还惹得其他几位老太太不高兴。有个老太太和王云香吵了一架,当然没吵过,还差点动手。

案发当晚,王云香邀请了两个朋友到家做客,其中一位正是宋老师。

宋老师按约定的6点到了王云香家,可王云香家却黑着灯。他说自己敲门,没人回应,又打了王云香家里的座机,也没人接。

宋老师转身要走,碰上了另一位来王云香家做客的好友李淑琴。她也给王云香打了个电话,还是打不通。琢磨着王云香可能临时有事,他俩就结伴去了小广场,跳完舞8点多各自回了家。

凶宅那晚很热闹,访客不少。两人走后没多久,一个男人领着一个小姑娘也来敲王云香的门,依旧无人应答。

来人是沈业臣的外甥和他的女儿,王云香曾下了死命令,不准这个外甥再踏进自家门半步。

沈业臣的外甥35岁了,还在本地一家理发店里混日子。当年做学徒的时候他曾向舅舅沈业臣借钱开店,最后理发店没开,钱也没还。因为这事,王云香一直不待见他。这次美其名曰来看望，十有八九还是跟舅舅舅妈借钱的。

外甥敲了一会儿，也没敲开舅妈王云香的门，以为舅妈就是不乐意搭理自己，晃了一圈就走了。

当晚沈业臣也不在家，他说自己是被王云香特意支走的。

王云香约了舞伴宋老师，下午4点多就张罗着炒菜做饭，还给了沈业臣30元钱让他自己到外面吃。"我也不想凑那个热闹。"沈业臣知道家里没他的地方，拿了钱，二话不说就出了门。

他出了裤裆巷，在附近街上逛到天黑，去了路边一家常去的小店要了一瓶酒两个菜，慢悠悠地打发时间。

据邻居们观察，王云香和老伴沈业臣的关系一般。王云香太强势，喜欢骂人，有时还会动手"教训"老伴。凶宅老旧隔音不好，邻居们经常在夜里听到打骂声，第二天就会看到沈业臣胳膊和脸上有伤痕。

王云香挣得越多，脾气就越收不住。邻居们经常看到沈业臣一个人在巷子里闲逛，问他咋不回家，沈业臣就尴尬地笑笑，说老婆子在家搞聚会呢。

后来老两口好像不怎么吵了，偶尔吵也都是王云香起高腔，从来听不见沈业臣顶嘴。

被自家老婆子挤对到这个分上，沈业臣实在憋屈。这么个外面没面子、家里没地位的男人，会不会一时冲动干了傻事？

沈业臣说，老伴年轻时其实是个性格温和的人，还是厂里一枝花，追求她的人排成队，最后也不知怎么选了自己这么个技术工人，"可能就是因为忠厚老实吧"。

沈业臣觉得，王云香变成暴脾气都是因为当年的一件委屈事。

有天晚上,车间主任把王云香叫到办公室"谈话",趁她不注意摸了她的胸,王云香羞愤难当,捂着脸跑回了家。她向沈业臣哭诉车间主任的罪行,沈业臣却劝她别把事闹大了。

王云香抹了把眼泪,说:"要是俺爹还在的话,早就拿着棍子揍他了!"

那天晚上王云香一宿没睡,第二天一早她问沈业臣:"你敢不敢去揍他?"沈业臣没吱声,王云香甩门就走,撂下句:"你不去,俺自己去!"

王云香大闹办公室,车间主任红着脸认了错,可王云香不算完,每天都去主任办公室闹,最后主任实在没办法,只能换了岗位。

同事们都知道王云香这个漂亮妞不好惹了。也是从那以后,家里大小事,沈业臣都让王云香说了算。沈业臣知道,老伴心里落了缺憾。

"她人真不坏,就是脾气急了点。"相伴多年,沈业臣说自己早已习惯了自家"女王"的脾气。王云香隔三差五会给他些零花钱,他就去路边小店要一瓶酒两个菜,一咂摸就是半天,觉得日子过得也还行。

沈业臣并不喜欢狗,为这事也和王云香闹过矛盾,但他懂老伴的心思。

王云香小时候家里有条大黄狗,有次父母不在家,柴火烧到了锅外面,浓烟滚滚,眼看她就要闷死在屋里,是大黄狗拖着王云香出了屋。王云香捡了一条命。

后来,王云香见人就说自己这辈子和狗有缘,忠犬救主的故事被她演绎得神乎其神。她从年轻时就开始养狗,但一直都是养一只,直到儿子谈了女朋友,她又加了一只,凑成一对。

王云香强势,但也有服软的时候,为了儿子。儿媳从来不给她好脸色,她一肚子委屈无处倾诉,只能和狗聊天,经常偷偷抹眼泪。

当初,王云香嫌儿子找的女朋友年纪太小,不同意,儿子领着女朋友就走。后来答应了,还把房子给了儿子,可儿子结婚后回来看他们的次数越来越少,大多数时候,老两口就和一群狗相依为命。

狗对王云香意义重大,不光是能挣钱,还是生活里重要的支撑。

王云香卖狗主要通过网络,近段时间,她和群里一个昵称叫"来生缘"的客户聊得挺火热。王云香主动给对方推荐了自家刚出生不久的小白狗,但对方一直在软磨硬泡砍价。

这位难缠的客户当时一定不知道,自己正在和吵架最厉害的"小巷女王"讨价还价;而王云香也无从得知,顶着这个有点深沉的网名的,是个身高 1.85 米,体重 100 多公斤,圆脸大眼,性格柔弱的大小伙子。

"来生缘"本名叫吴前程,才 23 岁,年纪轻轻的他却对生活失去了信心。"这辈子很多事都无缘了,只能靠来生了。"

在成为"来生缘"之前,他还有过一个被叫了很久的名字——小花。因为畏畏缩缩不爱说话,凡事都得向妈妈请示,班上同学都说他"不像个男人",给他起了这个外号。

吴前程从小喜欢小动物,看到小区里的小狗小猫就拔不动腿,但妈妈却不同意他养宠物,理由很简单,养宠物会分心,影响学习。

吴前程已经习惯了。从小，只要不遵从妈妈的意见就会被教育："你将来是要干大事的，别把时间浪费在这些没用的事上。"

吴前程的学习成绩一直排在中游，妈妈希望他能考上大学，进事业单位。可高考那年他没发挥好，只上了一所职业学院。

毕业后的吴前程从谨小慎微的"小花"变成了深沉的"来生缘"。没考上事业单位，也没找到其他工作，妈妈给的钱花光了，他不愿回家，就在网上揽一些杂活，帮人代练游戏什么的。

因为没啥钱，吴前程只能一个劲儿和王云香砍价。最终王云香答应了400元让他抱走一只，两人约定3月5日在王云香家见面。

3月5日下午4点多，吴前程给王云香打了电话，约好5点去她家抱狗。

吴前程按着约定，给了王云香400元钱，对方领着他进屋挑选小狗。吴前程一眼就看中了一只小狗，浑身雪白可爱极了，他觉得很投缘，上前抱起狗就要往外走，却被王云香一把拽住，说："这只不行，你再重新选一只吧。"

其他几只狗身上都有些杂色，吴前程并不喜欢，他坚持要抱走这只纯白的。

"你要抱走这只也行，再加100元钱。"王云香突然坐地起价，吴前程很生气，跟她理论："做人怎么能不讲信用呢，说好的多少钱就是多少钱。"

"我没空和你叨叨，你别耽误时间。"王云香不耐烦了。可吴前程身上没多少钱,他很喜欢那只小狗,又不愿加价,犹豫着站在客厅,心里盘算着怎么和眼前气势很盛的女人再商量商量。

王云香的话却越来越难听:"买不起就算了,反正你抱回去也养不起。"还嘲笑他,100元钱还要叨叨。

吴前程来了火,跟王云香说不买了,让她把400元钱还给自己,这下"小巷女王"王云香可不干了:"不行,狗已经卖给你了,咱这笔买卖就算完成了,就算你不要狗,钱也不能退!"

吴前程进退两难,争辩道:"哪有你这么干的,你别逼我!"吴前程口袋里有把匕首,那匕首已经陪伴他多年了。"带刀出门"是他小时候被逼出来的一个习惯,因为性子软总被人欺负,吴前程只要独自一人出门就会带上它,权当是防身。

可这回好巧不巧,偏偏他遇上了裤裆巷里骂人最狠的王云香。

"哟,你还挺厉害!"王云香被吴前程激着了,踮起脚,开始指着他的鼻子骂:"我就逼你了,你能怎么地?"

吴前程听得脑子直发蒙,王云香却骂个不停:"你也不撒泡尿照照镜子,你个死白脸,一看就是个不中用的货。"

巧的是,吴前程刚和女友分手,女友也说他不中用,王云香这一骂算骂在了点子上,每句话都让吴前程感觉像刀子捅在心口一样难受,好像谁都能来数落他没用,谁都能来欺负他。

吴前程着了急,抱住小狗转身要走,王云香却一把抢过来,大声说:"站住!俺卖出去的狗就不能再留着,死了也不给你!"

啪一声，小狗被王云香狠狠摔在地上，目睹着一切的吴前程觉得，自己的心也跟着摔在了地上。

小狗在地上抽搐着，发出呜呜的声音，很快就没了动静。

吴前程握紧了拳头，深呼了一口气，使劲压着体内的怒火，王云香却变本加厉，堵住门口，左手紧攥着吴前程给的400元钱，伸出右手，岔开五个手指头，嘴角一翘，冷笑道："你弄死了俺的狗，你得赔钱！"

吴前程双眼一阵模糊——眼前，这个蛮横女人渐渐和自己母亲的身影重合了。

"拼了！"这是吴前程最后一个念头。

他一直努力摆脱母亲的控制，没想到好不容易逃离开母亲，又被这么一个和母亲相像的厉害女人缠上了。

吴前程本来生活在一个幸福的家庭，父亲在事业单位上班，母亲经营一家小卖部，一家三口温馨和美。可在他11岁那年，父亲晚上加班后开车往家走，撞到路边一棵槐树上，人送到医院没救过来。

从那之后，他就再也没有脱离开母爱的"牢笼"。

母亲没再结婚，一门心思扑在儿子身上。她对吴前程严加管束，敦促他勤奋上进，对他的生活也极尽照顾，每天变着花样做饭，每周7天绝不重样，吴前程因此长得身高体壮。

母亲反复说，为了他不打算再婚了，她这辈子就指望他了，他要好好学习，将来像爸爸一样进事业单位。

吴前程在学校一直表现挺好，从来不惹事，可有次班上同学说他从小没爹，没有教养，吴前程疯了似的扑过去和人扭打成一团。母亲被老师叫到学校，她二话不说先把吴前程训了一顿，吴前程蹲在地上呜呜地哭，周围全是围观的同学。

晚上回到家，母亲一把搂住吴前程，哭着对他说："人家瞧不起你没关系，你自己得争气，等你以后考上事业单位，出人头地，别人就不会看不起你了。"

"考上事业单位，干大事"就像一根锁链，牢牢拴住了吴前程，勒得他喘不过气。他觉得自己活得还不如一条狗。

过往的一幕幕从吴前程眼前闪过，他看到王云香在张嘴，却听不到她说什么，只听到自己怦怦的心跳声和浓重的呼吸声，吴前程觉得自己的血液像火山一样翻腾。

再回过神来，他被眼前的景象吓出一身冷汗：刚刚恶狠狠要挟自己的女人瞪大了眼睛张着嘴，呼哧呼哧喘粗气，鲜血从女人的左胸口不断地喷出来，洒在床单上，女人的左手还紧攥着那400元钱，而自己的手里拿着那把相伴多年的匕首。

吴前程从床头柜上抽了几张纸，把匕首包起来再度揣进口袋。他转身走到客厅，又忽然停下脚步，返回卧室——吴前程扒开王云香的手，把400元钱揣进裤兜，看了一眼王云香手腕上的金镯子，动也没动。

吴前程环顾四周，发现门后小桌上有一部电话，他走过去顺手删除了下午打给王云香的那条电话记录。

但这并不能抹掉号码在电信部门的记录，也不能抹掉他注册号码的真实姓名。

晚上7点左右，沈业臣吃完最后一口，仰脖喝光了那一小瓶二锅头，起身摇摇晃晃往家走。一阵冷风从裤裆巷里吹来，沈业臣打了个冷战。

走到家门口，沈业臣发现家里黑着灯，这次聚会进度咋这么快？他转念又想，老婆子肯定是出去跳舞了。

沈业臣开门进屋，看到屋中央有只小白狗。"起开！"他踢了那狗一脚，狗被踢出去半米，还是趴在地上没动静。

沈业臣有点头晕口渴，就给自己倒了杯热水，瞥到一桌丰盛的饭菜，他有些生气，自己嘀咕着："连饭也没吃，不知道这么长时间都干啥了。"

沈业臣摇了摇头，在桌旁坐了一会儿，起身准备给狗喂食。几年来，沈业臣已经习惯了每天的"工作"，只要王云香不在家，他就得负责给狗喂食添水。

每次忙完能向王云香讨要 5 元钱，他攒着买烟。有时王云香不在家，沈业臣就直接去王云香卧室的橱子里拿，但他从来不敢多拿。

夫妻俩已经分房睡多年，沈业臣哼着小曲推开王云香的卧室门，摸到开关，一开——床上赫然躺着一个人，沈业臣咕咚一声坐在地上，酒醒了一大半。

只看一眼，沈业臣就知道那是王云香。"坏了，坏了！"沈业臣意识到出了事，哆嗦着从地上爬起来凑到床边。

此刻的"小巷女王"王云香，已经是一具尸体了。

其实，在吴前程来之前，还有一伙人盯上了王云香家。

王云香死在凶宅的第三天，我在城区一家宾馆出了一个有点奇怪的现场———一个男人趴在地上，一只手向前伸着，表情痛苦。

死者叫周顺生，29 岁，邻县人，宾馆只登记了他一个人的身份信息。派出所最初认定这是一起正常死亡。现场门窗完好，死者身上看不出明显损伤，状态很符合突发心脑血管疾病的表现。

但我对周顺生进行解剖后,在他的左脚背上发现一个小针孔,并且看到了明显的窒息征象。事情可能并没有表面上看到的那么简单。

在周顺生包里发现的东西更让我诧异:1瓶无色液体、3支飞镖。那飞镖约莫10厘米长,尾部分叉,中间是个空管,尖端像注射器针头。在场的同事都不知道这玩意是干啥用的。

但痕检技术员看到我从宾馆带回来的3支飞镖后,狠狠拍了拍自己的大腿,他曾在凶宅的院子里捡到过一模一样的!

见多识广的老技术员喜哥一眼认出这些飞镖是毒狗针。周顺生的包里有毒狗针,凶宅里也有毒狗针,这人和凶宅之间肯定有逃不开的关系。

宾馆监控显示,王云香出事当天,一辆无牌三轮车上的两个人进了宾馆,其中一人正是死者周顺生。下午两人一起外出,深夜又一起返回。可半小时后,另一个人离开宾馆,再也没回来。两天后,周顺生被发现死在了宾馆房间。

是同伙杀他灭口?

我们很快找到了周顺生的同伙周大鹏,从他家搜出了弓弩、绳索和铁笼子。他承认自己和周顺生同住宾馆,王云香被杀的当晚,他们确实去了王云香家。

"周氏兄弟"在他们那一带很出名,十里八村都知道兄弟俩从网上买药,偷狗得手后卖给狗肉馆。镇上的狗肉馆生意火爆,是周氏兄弟的摇钱树。

周大鹏趴过王云香家的墙头,知道院子里有很多狗。

案发当天,周氏兄弟在裤裆巷闲逛。午后的裤裆巷人流稀疏，街上有几只流浪狗跑来跑去，趁着无人注意，周氏兄弟用弓弩发射飞镖，射中了3只狗，有2只当场晕倒，被扔上三轮车。

随后他们来到凶宅，看四下无人，周大鹏一个箭步爬上墙头，周顺生掏出弓弩递给周大鹏。

这时院里忽然传出一声狗叫，周大鹏手一哆嗦，失了准头，飞镖射到院子角落里。紧接着，院子里的狗都开始叫了，声音一下大起来，周大鹏跳下墙头摆了摆手说："狗太多，不好下手。"

"要不就天黑再弄吧。"周顺生建议晚上再来。两人先拉着打到的2只狗往家赶。途经一个村子时又"打"了1只狗，凑够3只送到了狗肉馆。

两人很不甘心，一直惦记着凶宅里的那些狗，又连夜赶回裤裆巷，但在后半夜到达的时候，看到裤裆巷附近围满了警车。

兄弟俩没敢再往前走，在周围转悠了一圈，喝光一瓶酒，回了宾馆。周大鹏去洗澡，从卫生间出来就看到周顺生倒在地上，脚上扎着一支飞镖，人已经快不行了。

周大鹏很害怕，赶紧拔出飞镖，又是搓手又是掐人中，一通忙活，周顺生的身子却越来越软。

原来，周顺生是在整理毒飞镖时不小心扎到了自己，他的死竟然是个有点蹩脚的意外！可周大鹏因为偷狗心虚，不敢报警也不敢叫救护车，自己骑上三轮车就跑了。

周氏兄弟一定没有想到，二人那晚折回去看到的警车，正是为他们的目标王云香而来。就在他们从狗肉馆赶路回裤裆巷时，王云香家正在发生一场"大战"。

王云香死后，沈业臣不愿和儿子一起住，又独自在凶宅里住了 3 个月。

他喝醉的次数更多了，有次喝了酒唱着小曲往家走，刚进裤裆巷，一阵风吹来，他没站稳倒在路边，一觉醒来就在医院里了。

儿子建议他留只大狗看门，但沈业臣一只也没留，所有狗低价转让，落了个清净。

狗不在了，邻居们舒坦了，隔壁赵大妈睡眠好了，整天笑呵呵的；楼上老李头也打开了窗户，不时有阵阵鸟叫声传出。

一开始邻居们对沈业臣都不错，赵大妈有时包了饺子给他端去一盘，老李头也多次拉着沈业臣去凑"老头堆"打牌喝茶侃大山，但此后一段时间，这栋四层小楼又发生了几件倒霉事。

凶宅旁边一个单元有 4 户人家进了贼，3 户人家的厦子被撬，虽然丢的东西都不值什么钱，但居民们怨气很大。

那年夏天有个 5 岁小女孩跑到凶宅的楼道里玩，见到一个男人把裤子褪到膝盖下边，咧着嘴冲她笑，把女孩吓坏了。

邻居们觉得这些事情都是凶宅"招"来的，大家看沈业臣也越来越不顺眼，慢慢对他冷淡下来。

这下沈业臣开始闹腾了。邻居们时常在三更半夜听见沈业臣在凶宅里大喊大叫，有时还唱戏，但第二天邻居找来，他又不承认。

王云香卧室里那张床沈业臣没舍得扔，只是换了套新的床垫和被褥。一开始邻居们都挺同情他，觉得他对老伴感情深，可时间久了大家都受不了了。

沈业臣彻底把邻居们得罪了，大家开始砸老头的墙，往老头的院子里泼脏水，隔三岔五还会有砖头从天而降——"凶宅"真变成了凶宅。

老头实在住不下去，搬去了儿子家。儿子多次催促他把房子卖了，要用卖房的钱炒股。但沈业臣不愿卖房，房子是他最大的依仗，他对房子有感情，也不想在儿子那里失去"最后的价值"。

即便是凶宅，也依然逃不过一栋房子原本的宿命。

沈业臣找到一家房产中介，准备把房子租出去，可一连好几拨租客，看房子时都挺满意，后来就没了音信。中介偷偷告诉沈业臣，这房子不好租，周围邻居总使坏。

沈业臣让儿子打印了一沓出租启事，偷偷贴在一些不显眼的角落里，以防被邻居们清理了。

有天，沈业臣从中介公司出来，心情很差。那天下着雪，一个约定好签合同的租客在来的路上滑了一跤，摔断了胳膊。

沈业臣想去自家命途多舛的凶宅看看，走了没几步脚下打滑，一屁股摔在地上，一个路过的男孩把他扶了起来。他一抬头，男孩挺帅，身边还站着一个面容姣好的女孩。

第二天，沈业臣又约了人看房，可一见面，双方都愣住了——来看房的正是昨天在裤裆巷里遇上的那对小情侣。

男孩原本和另外3个小伙子租住在裤裆巷附近的一处房子里，几天前女朋友从外地来投奔他，两人准备在周围再租一套房子。在裤裆巷扶起沈业臣后，他们在墙上看到一则招租信息，没想到正是沈业臣的房子。

沈业臣主动降了100元租金，把房子租给了有缘的热心小伙，还省下了中介费。小情侣对这套一楼带院的大房子非常满意，价格也优惠。双方皆大欢喜。

沉寂已久的凶宅又迎来了新主人。这次的租客没啥扰民举动，行事低调，邻居们都很满意。

可没想到，半年后，这里再次成了案发现场。

12

裤裆巷凶宅案
03·亡命情侣

案发时间： 2011 年 4 月

案情摘要： 胡志朋报案称，弟弟胡志远自老家回到本市后失踪，手机关机，存款被取。

死　　者： 胡志远

尸体检验分析：

胡志远手机的关机地点是摔跤巷）！

裤裆巷的邻居们估计怎么也想不到，这对即将入住"凶宅"的小情侣中，20岁出头的男孩赵西涛，身上背着一条人命。

第一次踏进这条巷子的时候，巷道两旁门脸里传出的嘈杂声、各种小贩的叫卖声和不时疾驰而过的摩托车的轰鸣声，争先恐后地涌进了赵西涛的耳朵里。

他环顾四周，附近光洗头房就五六个，卖菜的阿姨、遛狗的老头和来往的年轻女孩们挤挤挨挨，组成了巷子混乱的生活气息。

赵西涛安心了——鱼龙混杂的裤裆巷可以帮他藏住自己那些见不得光的秘密。他手上沾过人血，可他想在这座城市里潜下去。更重要的是，生活下去。

他牵着女友陈倩倩的手，看到了裤裆巷里一则租房信息。

一套带院子的老宅，就在"裤裆"交汇处。小院三四十平方米，两侧种着无花果树，爬山虎的藤蔓铺满墙面。内部两室一厅，干净整洁，足够两人居住。而这样的环境，每月只需500元。

只有一点不好，这宅子似乎很邪门。邻居赵大妈专门找到赵西涛,告诉他这房子"出过几次事"。

但赵西涛毫不在意。凶宅吓人,自己也不是什么善茬,低廉的价格比几桩旧案更吸引他。

生人不敢靠近,邻居唯恐避之不及,这里像是为自己准备的天然藏身地,太适合开始新生活,也太适合开展"新计划"了。

去年11月,赵西涛在QQ上认识了18岁的陈倩倩。照片上的陈倩倩留着披肩长发,大眼睛,鹅蛋脸,弯弯的眉毛,看起来温婉俏丽。

陈倩倩一眼看中了高大帅气的赵西涛。她从小父母离异,17岁就跟着老乡来到周围县城打工,在KTV里工作。

他们很快确定了关系,陈倩倩来市里投奔赵西涛,两人新租了裤裆巷里的这栋宅子。

赵西涛搬进凶宅后,邻居们总能看见4个小伙进进出出。原来,赵西涛还有另外一重身份——"四大名捕"中的大哥。

这个名号源于赵西涛初中时,当时他沉迷武侠小说,看完后总忍不住冲着空气比划两下,觉得自己有大侠潜质。那时学校里有很多小帮派,诸如青龙帮、阎王门、风云会。赵西涛也组建了自己的帮派——"四大名捕"。

帮派中另外两个人是赵西涛从小光屁股玩到大的兄弟,赵力健和赵有智,他们仨都来自赵家村。

赵力健是"追命",长相魁梧、肌肉突起,适合当打手;赵有智是"冷血",长相瘦小、贼眉鼠眼,但有点小聪明,适合踩点、打听消息、站岗放哨。两人刚好互补。赵西涛则化身"无情",成了"追命"赵力健、"冷血"赵有智的老大。

上学时他们一战成名。一次赵有智被高年级同学劫道抢走 5 元钱，赵西涛得知后，跟赵力健一人拆了一根凳子腿就去约架，打架时专下狠手。从那之后，他们再没受过高年级同学欺负。

住进裤裆巷后，三缺一的"四大名捕"迎来了新成员。精明的地头蛇毕建伟出现了。

毕建伟年轻时沉迷赌博，老婆一气之下跑了，他开始在社会上瞎混，贩菜、装修、小工都干过，偷鸡摸狗的事也没少做。认识赵西涛后，毕建伟一眼就看出"他是干大事的人"。毕建伟主动提出自己不当老大，说跟着年轻人混就行。两人一拍即合。

毕建伟化身"铁手"，大赵西涛 20 岁的他成了军师。

2010 年，四人正式聚首。他们打算搞个结拜仪式，学古人歃血为盟。可谁都不舍得弄伤自己，都觉得"捅破手指也怪疼"。

于是赵西涛在路边"捡"了一只毛色发亮的大公鸡，割破它的喉咙放了一碗血，每个人端着碗意思了一下，就算是结拜了。大公鸡也成了四人的下酒菜。

四人常一起外出行窃，但他们立了个规矩：绝对不偷裤裆巷及周围的人家。有天夜里，他们行窃后回到裤裆巷，遇到一个正在偷自行车的小偷，还把小偷打了一顿，警告对方以后不许再来裤裆巷。

他们常驾驶三轮车，白天去外地踩点，凌晨行窃，曾用短短 3 天，偷了 1700 多公斤黄金梨。可抢几个梨子无法满足"四大名捕"的心，他们更想要那种来钱快、来大钱的路子，比如，一个有钱的冤大头。

就在赵西涛心思不定的时候，女朋友陈倩倩无意中的一句话让他有了计划。

一天晚上，陈倩倩下班后醉醺醺地回来。一进门，她就对赵西涛说："你以后可要对我好点，有个姓胡的老板想和我好，他很有钱，比你强多了。"

陈倩倩明显是醉了，语气里不由自主带了些炫耀。可说者无意听者有心，这话挠得赵西涛心里发痒，他把这个姓胡的偷偷记住了。后面几天，赵西涛开始有意无意地打问陈倩倩，关于这个胡老板的事情。

胡老板原名叫胡志远，是个做配件生意的，效益还算不错。3月初的时候，胡志远和几个朋友一起唱歌，遇到了正在坐台的陈倩倩。当晚的陈倩倩美丽、婀娜，一双大眼睛又不失温柔，一下子吸引了胡志远的注意力。

相互留了电话号码之后，胡志远开始每天给陈倩倩打电话、发短信。胡志远向她吹嘘说自己很有钱，在城区和郊区都有工厂，一个月就能挣30多万元。

没过几天，胡志远又去唱歌，陈倩倩陪着他喝了不少酒。胡志远把手搭在陈倩倩的大长腿上，趴到她耳朵边说："你以后就跟着我吧，给我当女朋友，我保证不亏待你。"

陈倩倩对胡志远也是有些好感的，他出手阔绰，开豪车、戴名表，人长得也行，不像其他老板那样肥头大耳。如果不是因为自己已经有了一个高大帅气的男朋友，那胡老板是个不错的选择。

陈倩倩那晚的醉话盘旋在赵西涛脑子里，发酵成了一个绑架计划。赵西涛把"四大名捕"召集到租住的凶宅里,要和兄弟们商量件大事。

人在出租屋里聚齐后,赵西涛点上一支烟,说最近知道了个姓胡的老板很有钱,打算弄他点钱来花花。在他看来,胡志远就是个有钱好色的小老板,这种人一般贪生怕死,既然他一个月能挣 30 多万元,那绑了他,估计能弄个十万二十万的。

赵力健唯赵西涛马首是瞻,当即表示同意。赵有智见状也点头,附和道:"行,这事算我一份。"只有毕建伟不说话,盯着桌子上的剩菜和空酒杯出神。

"老毕,到时候弄到钱咱一起花,谁也不吃亏。"旁边的赵力健有些急,10 万元不是小数字。他望着毕建伟说:"咱都是同生共死的兄弟,什么钱不钱的,干吧!"

但心机重的毕建伟没有马上答应,说:"这个事得谋划好,我再考虑考虑吧。"

缺了地头蛇的助力,恐怕绑架还有风险。1 周后,赵西涛思来想去,又给毕建伟打了个电话,说:"老毕,你赶紧过来趟,有个事咱一起商量商量。"10 分钟后,毕建伟赶到了凶宅。

赵西涛又说了一遍计划,强调弄来了钱兄弟们一起分。这次毕建伟没有拒绝。

第二天下午 3 点,四人在出租屋碰头,商量具体行动方案。赵西涛提议,先把姓胡的骗到出租屋里,四人一起动手。大家都同意了。

赵西涛觉得,毕建伟年龄最大,考虑事情最周全,要成事还得听他的建议。于是,赵西涛单独找了毕建伟商议怎么办那个姓胡的,毕建伟给赵西涛列了张单子,让他照着单子上的东西去买——一把砍刀、一根绳子、一块黑布、一顶棕色波浪卷假发,还有一个头套。

赵西涛还听从毕建伟的建议,去电信网点办了张40元的不记名手机卡。

此后几天,四人有空就凑在一起,最终敲定了行动方案:先设计把胡志远约到凶宅里,然后再一起把姓胡的绑起来,索要钱财。

一开始构思绑架计划时,赵西涛是瞒着陈倩倩的,他不想女朋友参与。万一事后胡志远回过神来,怀疑到陈倩倩,早晚会找到自己。

可后来赵西涛发现,这事必须让陈倩倩参与才能成,否则他们没理由把胡志远"钓"出来。不得已之下,赵西涛把计划告诉了陈倩倩,让她出面把姓胡的约到凶宅里。陈倩倩下意识否决了,赵西涛当下没说话,却一直阴着脸。

当天晚上,凶宅里亮起灯,"四大名捕"再次在陈倩倩家碰头。

赵西涛对陈倩倩说:"必须办那个姓胡的,这是大家的意思,谁也挡不住。"

看到四人样子坚决,陈倩倩没敢再反对。

赵力健、赵有智给了陈倩倩一张手机卡。在众人注视下,陈倩倩用新号给胡志远发了条短信:我换新手机号了。

很快,胡志远回复说知道了。

毕建伟提议,到时候把陈倩倩也绑起来,赵西涛高声说:"不用绑,绑什么绑!"后来大家再没提这事。

接下来几天,陈倩倩总是忍不住流露不想伤害胡志远的想法,赵西涛大怒:"你不想办他,就说明和他有奸情,看我不收拾你！"其他人也都死死盯着陈倩倩，盯得她再不敢开口。

案发前一天下午，胡志远给陈倩倩发短信说第二天去找她。陈倩倩立刻告诉了赵西涛。第二天一大早，赵西涛召集大家把提早买来的砍刀、绳子和头套等藏进了凶宅的厦子里。

晚上6点30分，胡志远给陈倩倩打电话问她在哪里。陈倩倩摁开免提，当着赵西涛的面，把位置告诉了胡志远。10分钟后，胡志远打车找到了陈倩倩，本想带她去参加饭局，但陈倩倩一听扭头就走。见她不乐意，胡志远追上陈倩倩，塞给她200元钱，约好吃完饭就立刻来见她。

约莫只过了1小时，陈倩倩就接到了胡志远的电话。电话那头的胡志远心情很好，问她要不去酒店开个房，陈倩倩只说想回出租屋。陈倩倩打上一辆出租车，接到胡志远后，让司机开去裤裆巷。

裤裆巷一如往昔般嘈杂，此时天色已黑，行人很多，出租车在巷口停下，不愿再往里开。

一下车，胡志远就开始不老实，他伸手要搂陈倩倩的腰，刚碰到衣服，陈倩倩把身子一扭，嗔道："别急！"

两人走了一段路，胡志远再次伸出了手，陈倩倩没再躲闪，任由胡志远的右手落在她右胯上，一股酒气冲进她的鼻子。

吱呀一声，凶宅的大门打开，黑乎乎的像是一张择人而噬的大嘴，胡志远哼着小曲，一步跨了进去。

胡志远刚从老家回来，这次回家，他和哥哥胡志朋一起过了他的33岁生日。

去年，胡志远找了个合伙人一起做生意，生产销售一种配件。胡志远门路多，常常在饭局上喝着酒就把生意谈了，很快一个月就能赚到 10 多万元。

胡志远从小和哥哥感情深厚，赚的钱大部分都交给哥哥保管，剩下一部分投资了古董生意。他专找不太"干净"的盗墓贼倒腾"真家伙"，赚得也不少。

去年秋天，哥哥在老家帮胡志远选了处地方，盖起了二层楼。"等楼盖好了，你抓紧找个好姑娘结婚。"这是全家人对胡志远的唯一要求。

胡志远心里也急，他觉得在酒店认识的"初雪"，也就是陈倩倩不错。虽然职业比较"特殊"，但她长得好看，年纪又小，当个女友养养，带出去有面儿。

进到屋子里后，胡志远把上衣脱下来往床上一扔，光着身子径直躺在了床上："宝贝，俺可想死你了！"

陈倩倩坐在床边，只淡淡问他晚上喝了多少酒，最近生意怎样，看上去心不在焉。

胡志远有点急不可耐，催促道"时间不早了"。他一把抓住陈倩倩的手，把她往床上拽。陈倩倩猛地把手抽出来，胡志远疑惑地看向她，只听见陈倩倩柔声道："你喝了这么多酒，要不我先给你按按吧。"

胡志远听闻，卸了力气，趴在床上。陈倩倩有一搭无一搭地乱按，胡志远嘴里不断发出嘶嘶的舒服声音，像一只丧失戒心的大狗。

他丝毫没有注意到，陈倩倩总是抬头瞅着屋里的挂钟，像是在等着什么人。

陈倩倩等待的赵西涛，此时正在路边买了瓶二锅头，分给了四人喝来壮胆。走到裤裆巷口时，那瓶酒刚好喝完，毕建伟拍了拍赵西涛的肩膀，说："咱这回可是都豁出去了，弄到钱你打算怎么分？"

赵有智拽了拽毕建伟的胳膊，毕建伟回头瞅了他一眼。赵西涛没说话，把酒瓶随手往路边一扔，酒瓶落地摔碎，远处传来几声狗吠。

还没走到"裤裆"处，赵西涛远远就看到凶宅亮着灯，几个人先去厦子里拿好家伙。赵力健拿着砍刀走在最前边，赵西涛拿着绳子紧紧跟上。他一挥手，说："走，去办他！"

赵有智手里拿着黑色头套，与空着手的毕建伟跟在最后边。

钥匙拧门，一声脆响，赵力健拿着砍刀率先冲进房间。

胡志远正光着上身，趴在西侧卧室的床上享受按摩，门口的动静惊得他一下子从床上坐起，大喊："谁！恁干什么？"

还没等直起身，一把砍刀就架在了胡远志脖子上。他反应过来伸手就要夺刀，旁边又冲来一个男人，把头套整个罩到他脑袋上。胡志远被几双手合力摁在床上，被捆了个结结实实。

慌乱中，胡志远完全不知道陈倩倩跑去哪里，他被移到东侧卧室里，啪啪被扇了几个大耳光。几个听声音很年轻的男声叫骂着他。

胡志远疼得双脚乱踢，椅子一下歪倒，倒在地上的他挣扎着问："你们干什么？"

他听到一个人说："你别害怕，我们哥几个就是想弄点钱，你只要听话，待会就放你走。"

原来是为了求财，胡志远安心了几分，不再挣扎。

一个男人过来搜了胡志远的衣服，搜出一个黑色钱包和一部手机，打开一看，钱包里有2000多元现金和几张银行卡。

男人凑到胡志远耳边，压低了声音问："银行卡里有多少钱？"

"不到2万。"还没等他询问，胡志远就主动说出了银行卡密码，"别伤害那个女的，恁要钱我给恁就是。"

胡志远惜命，非常配合，可没想到这句话说出口，房子里寂静了几分。

听到这句话的赵西涛被戳中了痛处，心里暗暗骂道："俺女朋友用得着他来关心，这不是明摆着要给俺戴绿帽子？"

刚想动手，手里的电话突然响了，赵西涛摸起手机，摘下胡志远的头套，把手机伸到他面前，问："这是谁？"

"俺哥。"胡志远看到面前男人一副陌生的样貌，老实交代道。

见状，赵西涛朝旁边的赵力健使了个眼色，赵力健手中的大砍刀在胡志远的脖子上轻轻划了一下，胡志远吓得一哆嗦。

电话接通了，胡志远的哥哥问了些盖房子的细节，胡志远让他自己拿主意就行。说完赵西涛挂断电话，关机，把手机塞进了自己裤兜。

接着，赵西涛去厦子里拿出假发戴上，又穿上赵有智的一件宽大衣服，进入西侧卧室，告诉陈倩倩，自己要去银行取钱。

"老毕，你去外边帮我打个车。"支走毕建伟后，赵西涛对陈倩倩说："你别出这个屋，发生什么事也和你无关。"

毕建伟出去后，并没有帮赵西涛打车。有件旧事一直哽在他心里。

之前有一次，他们一起偷葡萄，被人逮了个正着，四人落荒而逃，毕建伟身边正好有辆三轮车，骑上就跑。一口气窜出去2千米后，毕建伟把车停在路边，摸出一支烟点上。纠结了一阵，他一咬牙，调转车头，决定返回去"搭救"其余三人。拐到果园小道，毕建伟看到前方有辆警车，警灯耀眼，眼瞅着逃走是很难了，他只好硬着头皮往前开，没想到被果园主人认出了自己的三轮车。

人赃俱获，毕建伟支吾了一阵，没找到合适的理由，被抓回去办了取保候审，从此留了个案底。

因为这事，赵西涛觉得有点亏欠毕建伟，后来有什么事情都会和他商量。可毕建伟却从此多了个心眼。

毕建伟出去后，只是在裤裆巷转了一圈，接着又回到凶宅附近，躲在一处黑暗角落，给赵西涛打了个电话："附近没有出租车，我去远处找找。"

不久，毕建伟看到赵西涛推着一辆自行车出了门。

毕建伟和赵西涛离开后，出租屋里一直很安静。胡志远忽然吆喝了声："初雪，你没事吧？"

陈倩倩没出声，赵有智拍了拍胡志远，警告道："别挂挂（方言，惦记）人家了，老实点别吆喝。"

大约半小时后，赵西涛骑车返回，进了屋，先给毕建伟打电话说："老毕，不用找车了，你先回来吧。"

赵西涛告诉其余三人，他分11次取了钱，发现胡志远的两张卡里一共只有15000元，少说了4400元不说，远远不够30万元。

赵西涛恨恨地盯着东侧卧室的门，说："钱太少了，咱还得继续办他，这点钱还不够塞牙缝的。"

他大步走进卧室，质问胡志远，胡志远缩了缩头，解释说最近生意不景气，他也没办法。

"扯谎吧？"赵西涛狠狠打了胡志远一个耳光，不小心说漏了嘴，"你不是1个月挣30万吗？"

胡志远没有察觉到异常，或许是他平时露富太多。他满脸通红地说："兄弟，俺真没钱。"

赵西涛撂下一句话："不拿出20万来，你今天走不出这个屋。"

胡志远哆哆嗦嗦地说，只要把电话给他，他立刻找别人借钱。

赵西涛琢磨起来，这时毕建伟突然插了句话，说这么干就把事情闹大了，太危险，不能让胡志远打电话借钱，也不能放走他，甚至"绝对不能留活口"。毕建伟主动提出，最好的办法就是除掉胡志远。

赵西涛沉默了。刚才的种种在他的脑子里迅速闪回，他首先想到了自己说漏嘴的那30万元。胡志远有没有注意到？他不清楚，起码胡志远没有表现出来。

赵西涛又走进卧室，站在胡志远面前，盯着胡志远不说话。胡志远使劲摇起了头，努力求饶："您别杀我，别杀我，我肯定不报警。"

胡志远紧张极了，脸上的惊慌和他们闯进门时胡志远回头的表情一模一样，那时他正舒服地趴在自己卧室的床上，女朋友陈倩倩的手还停在他裸着的背上。

"啪！"一个耳光呼在胡志远脸上，赵西涛骂道："你算个什么玩意儿，敢勾引俺媳妇。"

赵西涛起了杀心。

"不敢了，我再也不敢了。"胡志远带着哭腔，一个劲儿地道歉。

赵西涛没再说话，搬了把椅子坐在胡志远对面，手里拿着一个空酒瓶。胡志远身子发抖，眼泪鼻涕淌到了下巴上。

"这时候知道害怕了，你不是很有钱吗？光会吹牛！"赵西涛毫无征兆地举起酒瓶，夯在胡志远头顶上，啪一声响彻凶宅，碎裂的酒瓶散落一地。

鲜血顺着额头往下淌，从眉角滑落到脸颊，胡志远被打蒙了，哆嗦着嘴唇说不出话。

胡志远的失踪案，让我们直接赔上了五一小长假。

那天傍晚快下班的时候，门忽然被推开，大韩领着一个满脸倦容、还跛着一只脚的男人走了进来。男人眯缝着眼，还没说话就叹了口气："警察同志，俺弟弟胡志远失踪了。"一口浓浓的河南口音。

男人叫胡志朋，说弟弟从老家回来就失踪了，不仅关了机，卡里的钱也没了。

照片上的胡志远西装革履，颇有些气势，跟哥哥是两种截然不同的形象。胡志朋说，胡志远一年前离开老家来这里做生意，赚了不少，经常往家里打钱，是家里的顶梁柱。

此时的胡志远，失联 13 天，两张银行卡的钱被取走，家属没有接到任何索要钱财的电话，这些都指向一个危险的讯号——他可能遭遇了绑架，甚至生死未卜。

胡志朋说，弟弟有个生意合伙人叫王伟杰，关系很是密切，胡志远从老家回来时就是他去接的，中午还把他送去公寓休息，很可能是最后见到胡志远的人。

不过，我们很快排除了王伟杰的嫌疑，他没有作案时间。

王伟杰向我们提供了胡志远的公寓地址，那是一处高档酒店式公寓，面积不大但配套齐全。我们进去查看后发现，胡志远的房间里没有明显打斗和翻找的痕迹。床头还放着一只行李箱，里面的5000元现金一分不少。

公寓监控显示，案发那天晚上6点多，胡志远独自离开，步履轻快，边走边打电话。

这个电话打完没多久，胡志远的手机就关了机。关机地点在裤裆巷。

裤裆巷！我心里咯噔一声，怎么又是裤裆巷，胡志远大晚上跑去裤裆巷干什么？

根据胡志远的通信记录，我们发现了一个号码，刚开通，连机主信息都没登记。这个号只联系过胡志远一个人，而且电话短信互动非常频繁。从胡志远失踪的那天晚上12点开始，那个神秘的手机号同时消失了，关机地点也正是裤裆巷。

这个手机号显然是专为联系胡志远准备的，我们怀疑胡志远是被人盯上并被"钓了鱼"。

侦查重心再次回到胡志远身上，我们继续围绕他的社会关系展开调查，重点排查和他有利害关系的人，可是一无所获。

那几天，裤裆巷周围方圆10千米内的所有住户，都被我们一一走访过。我们人手一份胡志远的近照，企图从邻居们口中找出点线索，但所有人的答复一模一样：从来没见过这个男人。

就在我们压力越来越大的时候，对裤裆巷银行监控的调查有了新发现。案发那晚10点,一个瘦长脸、高鼻梁、留长发的人用胡志远的银行卡取走了钱。

那是一张陌生的面孔,穿着一件宽大的衣服,嘴里叼着烟,眉头紧皱。从身高和样貌看,这应该是个男人,可他的头发却是女士波浪卷长发。

取钱过程中,那人时不时回头张望,看起来比较紧张。

赵西涛已经很难分辨,让自己真正起杀心的,是胡志远存款不到2万元的银行卡,是自己不小心说漏嘴的那"30万",还是女朋友陈倩倩对胡志远的袒护。

又或者,只是因为毕建伟的那句提议,让他鬼使神差地想起了17岁那年,在一片罪恶的黑松林里,还未成年的他拿起钢管,生生敲掉了一个男人的性命。

这几年,他没跟任何人提过这条人命,包括3个兄弟。

2008年的夏天,赵西涛只有17岁,"四大名捕"里还没有毕建伟,那时的"铁手"是同村发小赵焕礼。

赵西涛和赵焕礼常厮混在游戏厅。那天,他俩游戏打得瘾上来时,却发现身上没钱了。

赵西涛提议去弄点钱花。想来想去,他们打算找个认识的人下手。赵西涛捋起他坐过一辆白色出租车,看到司机钱包里有很多钱。两人商量,不行就抢这个司机的。

赵西涛让朋友约来司机林新华,10多分钟车就到了。赵西涛攥着一把水果刀,跟赵焕礼上了车。他坐在司机身后,盘算着在路上找机会下手。因为中途一直有人和车经过,赵西涛指挥着司机七拐八拐,把车开去了自己租房的地方。

到了地方,赵西涛谎称下车拿钱,让司机进屋。刚进去,赵西涛就用被子蒙住他的头，拿着一把塑料手枪顶着司机的头，有模有样地说："听说你给我大哥点炮（意给警察报信）了？"司机连忙摇头。

赵西涛提议，司机跟他一起去找大哥对质，如果没这事就算了，司机毫不犹豫地同意了。

司机被带到赵家村后面的一片黑松林里。赵西涛谎称要开车去接大哥，把司机的车钥匙和手机都要了过来。

赵西涛让赵焕礼看着司机，自己直接开车去了姥姥家。他想找绳子，只要能捆住司机，就好谈条件。可那天不顺，他没找到绳子，便顺手拿了一把铁锨，开车回到黑松林。

天色渐暗，黑松林里越来越黑，赵西涛走到距离赵焕礼和司机100米左右的地方停下脚步，用铁锨挖了一个七八十厘米深的坑，然后把司机叫了过来。

赵西涛用手指着那个挖好的坑，表情十分严肃，支使司机蹲进去。司机本能地摇了摇头。赵西涛语气变得缓和下来："没事，我们只是怕你跑了，你进去等着我大哥来就行。"

司机刚进去蹲下，赵西涛就开始用铁锨往坑里填土，司机没敢动，但吃喝着问："你们要把我埋死？"

赵西涛没有停手，飞扬的泥土不断朝司机身上、头上落下。

土埋到胸部位置时，司机大喊："不行了，不行了，俺有心脏病，喘不动气。"他挣扎着从坑里跳了出来，问："恁大哥怎么还不来？俺还得回家吃饭呢。"

眼见这条路行不通，司机生了疑，赵西涛急中生智，掏出电话假装打电话，往远处走了十来步，然后折返回来告诉司机："大哥这就快来了，让我去接他，你老实在这里等着。"

赵西涛又开车走了，司机没办法，车还在赵西涛手里，他只能在原地等着。10分钟后，司机的手机铃声突然响起。赵焕礼让司机接了电话，那头是司机妻子，问他怎么还不回家，说饭做好了，自己和女儿都在等着他。

电话那头传来小姑娘的声音，兴高采烈，说："爸爸，这次考试我考得不错，得了奖学金，别忘了之前答应请我吃大餐。"司机笑着说等他回家，说完就挂断了电话，把手机老实交给了赵焕礼。

或许在他心里，这两个毛头孩子不会做出什么出格的事情。

赵西涛错过了这一幕，他径直开车回家，找出了3根钢管。再回到黑松林时，整片林子已然和夜幕融为一体，像一只黑色巨兽。

赵西涛拿着钢管下了车，向深处走去，刚一见到司机，就抡起钢管向他打去，一下子把司机打倒在地上。司机哀号着说别打了，赵西涛置之不理，继续抡着钢管，直到司机没了声音。

赵焕礼蹲下身子，看到他已经不能动弹，嘴里发出咕噜咕噜的声音。

两人一起，拽着司机的胳膊，拖进了黑松林，把司机丢到刚刚挖的那个坑里，又拿过铁锹，往坑里填了些沙土，才放心地离开了那里。

赵西涛开车往镇上走，手止不住抖，但又不可抑制地想，自己可能要有钱了。

半道上赵西涛打了个电话，问从事二手车交易的朋友要不要车，车很新。朋友说没手续不要，赵西涛直接挂了电话。

到家后，赵西涛先把钢管、铁锹放下，然后把车里里外外翻了个遍，在驾驶座下面翻出个钱包，可里面只有二三百元钱。

赵西涛自认为事情办得还算漂亮，可保险起见，他还是准备跑路，去投奔赵力健和赵有智。离开之前，他从容地把房东的家具和电视运到了自己家，那是赵西涛父母最后一次见到儿子。

那辆出租车则被赵西涛随意停在了一个广场，车钥匙也被随手扔进了垃圾桶。

细想想，对自己来说，那个司机远没有胡志远可恶，再杀一个又如何。

赵西涛铁了心。他指示强壮大力的赵力健进屋，把胡志远活活闷死。

赵力健进屋后，对胡志远说了句"对不住了"，便随手拿起一个枕头，摁在了胡志远脸上。胡志远拼命挣扎着，却不见断气。

赵西涛又让赵力健拿着针管往胡志远右手手背打空气。空气进了血管就是一把刀，但胡志远还是没死。

赵西涛又想到用刀片割断胡志远的血管，让赵力健临时去买了3个刀片。赵力健先用刀片划向胡志远的脖子，胡志远大声喊叫起来，赵力健手一哆嗦，刀片掉在地上。

赵力健又用刀片割向胡志远的手腕，血液顿时喷溅而出，胡志远又吆喝了一声，赵力健心里害怕，没再继续割。

右手已沾满血迹的赵力健走出卧室，告诉赵西涛："这个办法也不行。"

赵西涛有点恼，说四人一起上。四人一起进了屋，毕建伟在胡志远身后，用手捂住他的嘴和鼻子，赵有智摁住胡志远的腿，赵力健摁住胡志远的肩膀和胳膊。

胡志远开始剧烈反抗，嘴里发出呜呜的声音，身子也扑棱得厉害，他心里应该很清楚，想活着走出去恐怕是很难了。

"再吆喝就弄死你！"赵西涛掏出随身携带的匕首，朝着胡志远的左胸部捅了一刀，胡志远睁大了眼睛，脸憋得发紫。

刀子拔出时，鲜血溅到赵有智的胳膊上。胡志远不再吆喝，慢慢闭上眼，胳膊也耷拉下来。

众人松开手，胡志远猛地睁开眼，大声喊了句："初雪！"

胡志远的喊叫再次刺激到赵西涛，他拿起砍刀，朝胡志远脖子右侧狠狠砍了一刀，势大力沉，胡志远连同椅子一起倒在地上，鲜血从脖子上汩汩地冒了出来。

侧倒在地上后，胡志远扭动着身子，挣扎着抬头，嘴里发出哼哧哼哧的声音。四人就在旁边静静地看着，像围观一只被放血的鸡。

四五分钟后，胡志远再也没有动静，头耷拉在地上，底下一摊血。胡志远眼睁得很大，死不瞑目。

擦洗血迹、抬尸到杂物间、更换胡志远身上带血的衣服，四人忙完已是凌晨 1 点多。

后来，隔壁赵大妈告诉我们，那晚她其实听到了有人吵架，可她平时见了赵西涛他们都躲得远远的。"俺可不敢得罪他们，那几个小伙子肯定住不长久，万一临走使个坏，俺找谁说去？"

那晚楼上老李头也没睡安稳，但他没多想，也没下楼看，只是觉得"年轻人爱闹腾也正常"。

像 6 年前第一个女租客韩小霞被害的那晚一样,凶宅的邻居们都默契地忽略了凶宅里的动静。

在胡志远消失近一个月的时候,案子陷入僵局。王伟杰被胡志远的哥哥三天两头闹得没法,跟我们提起了一件事。

胡志远好喝酒,还喜欢酒后去一家高档 KTV 唱歌,每次都点一个叫初雪的坐台小姐。初雪年轻貌美身材好,胡志远总爱提她。

可当大韩赶到那家 KTV,主管却说,初雪已经好多天没上班了。

大韩一激灵,赶忙问:"从哪天开始不上班的?"主管说 4 月 15 日就辞职了。

4 月 15 日,正是胡老板失踪的第二天。

主管告诉我们,初雪真名叫陈倩倩,东北人,19 岁。同事立刻要了陈倩倩的电话号码打过去,却无法接通。

陈倩倩有个关系很好的朋友,她说陈倩倩有一个男朋友,是混社会的,两人一起租住在裤裆巷。

又是裤裆巷。

查了一圈,有人说最近看见陈倩倩出现在城区另一家 KTV。同事立马赶了过去,当晚就看到了陈倩倩。她看上去惊恐极了,同事亮明身份后,陈倩倩支支吾吾,借口说先去趟洗手间。

在 KTV 后门,同事截住了想跑的陈倩倩。

审讯的过程并不顺利,陈倩倩明显心里有鬼,又打定主意不开口。我们亮出了胡志远的照片,她只说自己不认识。

我们对陈倩倩的手机进行了检验，发现她确实和胡志远有过联系。

审讯室里的陈倩倩低头盯着地面，紧闭着嘴，两条细长的腿紧并在一起，身上有一股淡淡的香水味。

我没有怜香惜玉，手起针落，陈倩倩修长的手指指尖上冒出了血滴。采血后，陈倩倩的肩膀开始控制不住地颤抖。陈倩倩开始承认自己认识胡志远，但只说两人认识时间很短，而且已经好久没见面了。

她神情闪躲，显然在说谎。她的顾虑八成和胡志远的下落有关。

当天晚上我值班，忍不住反复琢磨这件事。陈倩倩、胡志远、裤裆巷。这几个看似不相关的人名、地名，在我脑中不断缠绕又分离，我试图找到那根串起一切的线。

不一会儿，同事拎着一串钥匙来找我，说："你猜猜这个陈倩倩住在哪里？"

我盯着同事摇摇头，他笑了笑说："走吧，咱去裤裆巷。"

深夜的裤裆巷有些冷清，只有三两家门店还亮着灯。看到凶宅小院的一刹那，过往的事情像放电影一样在我脑海里闪过——第一起命案，出事的是女租客韩小霞和她的猫，然后是第二起，买下凶宅养狗的"小巷女王"王云香。

这时，一个男人从凶宅的阴影里走出来迎我们，我认出他是凶宅房东的儿子。几年前，他母亲王云香被杀时，我们曾见过两次，但他没认出我。

我推开大铁门走进院子，上次来，这里还被50多只狗占据着，现在狗、狗窝都不见了，院子里显得空落落的。无花果树枝繁叶茂，忽然，黑暗中蹿出一只猫，眼睛发着光。它张开嘴朝我叫了一声，然后顺着院子里的杂物攀上了墙头。我浑身汗毛都竖起来了，突然蹿出来的猫和当年从地里挖出的韩小霞的那只简直一模一样。

打开房门，我跟随痕检技术员进了屋，一股潮湿发霉的气息一下冲进我的鼻腔。灯光昏暗，依稀能看出屋里很整洁，但摆设变化很大，房子比以前更空了。

我们在屋里转了一圈，很快就发现不对劲。东卧开着门，里面一张靠墙摆放的单人床旁边，地面上有一处 1 毫米见方的红点，不仔细看很难发现。

我对这间东侧卧室印象很深，6 年前，也是在这间卧室的床板下，我发现了那处确定韩小霞在家中遇害的关键血滴。1 年前，穿着大红衣服的王云香倒在床上，四周的黑暗里，都是不吠一声却紧盯着她和我的狗眼睛。

而此刻，床南一张木质长椅的腿上也有少许喷溅状疑似血痕。

西侧卧室关着门，里面有一个壁橱，我们在一堆衣服下面发现了一个棕色的假发头套，发长 16 厘米，同监控里那个男人戴的一模一样。

卧室里还有个暗间，地面上同样有滴落状疑似血痕。门后墙角处有 4 块碎玻璃，每块玻璃上也都沾着血——俨然一副案发现场的模样。

我们把血痕一一采了样，只等 DNA 比对出那个我预想中的结果。

证据面前，陈倩倩不再抵赖，捂着脸哭起来，对我们说：

"警察叔叔,我年轻不懂事。"陈倩倩供述,是她的男朋友赵西涛等人绑架了胡志远,她并不清楚具体的过程。

当天下午,专案组兵分三路,对"四大名捕"进行抓捕,当晚四人全部归案。

审讯一开始,四人嘴都挺硬,可我们并不犯愁,嫌疑人众多对审讯来说是件好事,更何况我们已经从陈倩倩那里找到了突破口。

熬了半宿,赵力健首先扛不住了,他嚷嚷着肚子饿了,最先撂了。后来,5个人"咬来咬去",但彼此印证之下,还是还原了裤裆巷凶宅第三案的全部经过。

赵西涛为了拖延时间,不惜供出17岁时那起命案。我们当天就联系了他老家的公安局,专案组立刻赶了过去。

3年了,那位司机活不见人死不见尸,司机妻女一直生活在各种传言中,艰辛度日却一直不愿相信他被人害了。

在当地法医配合下,我们在黑松林里挖出一具白骨化尸体和一些衣物。看到黑色短袖T恤衫和黑色袢带式皮凉鞋的那刻,司机妻子瘫坐在了地上,泪流满面。DNA检验鉴定结果证实,死者正是司机本人。

后来,刑警队的同事押着"四大名捕"去指认凶宅的命案现场,裤裆巷馒头铺的老板看到后惊讶极了。有次夜里,他家的馒头店失火,恰好"四大名捕"从外面回来,迭上前帮着灭火。毕建伟的眉毛都被烧了个干净。

"我一直以为这几个小伙子是好人。"馒头店老板说。

1年半后法院宣判,赵西涛被判死刑,其他三人被判死缓或无期,陈倩倩获刑11年。参与杀死司机的赵焕礼时隔多年后也被抓回，获刑 13 年。

至此，3 起命案，旧案新案齐齐告一段落，与那栋四层小楼有关的所有过往是非似乎随着时间渐渐平息，裤裆巷要拆迁的消息传得沸沸扬扬，却始终没见有动静。

凶宅依然完好地伫立在路的尽头，像一处历经磨难的遗迹，提醒着周围的居民这里曾经发生过的事，也时不时给那些带着歪邪心思投去目光的人一点威慑。这世上从来就没有什么凶宅，有的只是一些无法控制自己恶念的人。

从那以后很久，我没再因"工作"进过凶宅。

前段时间，为了排查一起案子，我又去过一次裤裆巷。路过凶宅，我看到院墙上又爬满了郁郁葱葱的爬山虎，两棵无花果树依旧挺拔苍郁，凶宅像变了模样，里里外外一派生机。

一打问才知道，这里新住进 4 个小伙子，他们是一家装修公司的员工，平时很安分，也很少和周围邻居打交道。

我不知道他们是否了解凶宅的过去，但我真心地希望，那些带血的过往能够给后来人一些警示，让他们能安稳地长久住下去。

我还记得那天，痕检技术员郑重地关上凶宅那扇老旧的大铁门，落锁那一刻，我浑身一震，像是所有的恶念、恶行都被牢牢锁住了。

但愿，裤裆巷再无凶宅，这座城市再无凶宅。

天才捕手计划
STORYHUNTING

故事编辑

锅 盔

牛大碗

老腰花

火 柴

扫地僧

法医大揭秘之 廖小刀

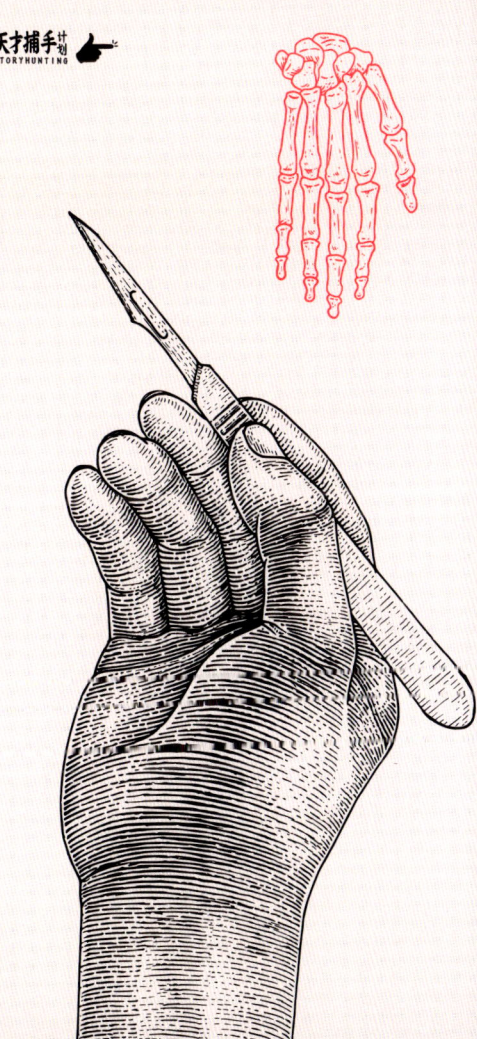

天才捕手计划 STORYHUNTING

金城出版社
GOLD WALL PRESS

法医的工作，肯定不外乎跑现场、验尸、验伤，还有做物证。我先是干了好多年验尸验伤，现在又主要做物证，勉强算是全能型，也就是所谓的万金油，哪里需要搬哪里，哪里都能顶一下。

　　但不管侧重哪方面，日常工作中都是值班的时候最忙。值班那天，会觉得自己是办案的主力，手机不充满电就一点安全感都没有，电话随时被打爆，出门就不知道啥时候回来。

　　除开值班和日常的常规案件，还会有一些琐碎的工作，像巡逻、清查任务，还有安保备勤工作，等等。

法医惯用的"武器",不外乎"刀枪棍棒"。

"刀"就是有条不紊,抽丝剥茧的逻辑分析能力。

"枪"就是发现线索,直击目标的判断力。

"棍"就是直来直去,一根筋寻求真相的决心。

"棒"就是情愿当个棒槌,也不愿轻易妥协,是坚持自我的初心。

我觉得最关键其实就两点,扎实深厚的知识积累,以及追逐真相的恒心。其他像现场重建、尸体解剖、物证检验,只是实现目的的手段罢了。

比较常用的鉴定手段,包括尸体检验、物证检验、影像学检验、毒物检验、人类学分析,等等。其实法医工作涉及很多手段和技术,但为人熟知的并不多。

比如物证检验,就涉及很多发现生物物证的方法,包括化学方法发现血迹,在《后备厢里的第三个人》一案中,我们就是通过鲁米诺试剂发现了凶手;还有激光激发发现生物痕迹;在后期实验检验的时候,还会用到PCR和DNA检验技术,等等。

粗略估计，工作以来我已经解剖过 400 具左右尸体，其中印象深刻的尸体其实有很多。不过我对碎尸或者高腐尸体倒没有太深刻的印象，反倒是一些典型尸体现象，一些具备典型死亡特征的尸体会让我记得很牢。因为这些典型的现象，能够帮助我们在下一次遇到时，更快地解决问题、获得真相。

其实就是书中记录的第一案《沉案》，并不是因为那个案件有多血腥暴力，而是这个案子真相大白后给我很深的感触。遇害女孩的头在案发后，整整一年就沉在原来那个地方，等着我们去发现，去为她伸冤，去替她说出真相。

之后每次经历难度较大的案件时，我都会忍不住想，是不是手里这个案子也像她一样，在静静地等着我们，只需要多一点点努力，一点点运气，就能给他们带来沉冤昭雪的希望。

大约就是书中记录的《天字一号案》,因为那个案子在我们本地算是影响力最大的积案,耗费的人力和物力也是最多的。

最后案件破获,几乎完全是靠我个人努力,当然还有运气。能够在茫茫人海中锁定凶手,真的很有成就感。

从命案的发生规律来看，我刚工作的时候，最多的是因为盗窃和抢劫导致的杀人，还有就是失足女和嫖客产生纠纷导致的命案。

最近这七八年，命案越来越少，感情纠纷、家庭矛盾导致的杀人占了绝大多数。

其中凶手大都有一个共同特点：相对偏执和冲动。他们在动手的时候，真的脑袋里根本想不起，事情还有第二种解决途径。

🎤 　　其实我自己也说不清楚，毕竟这都是潜移默化发生的。不过在为人处世上，大约是更胆小怕事了吧，也更容易考虑和避免最坏的结果发生。

不自陷危险境地。像成年人就是深夜不去可能引发危险的偏僻地带，出行坐车时注意分享行程，在家注意门窗关闭等防盗方面的常规做法；小孩就是一定不要和陌生人去陌生的地方。

　　发生危险的时候，要及时积极地寻求帮助。在陌生地方，尽量找工作人员寻求帮助，比如儿童走失时，找超市或银行的保安，当然警察是更靠谱的选择。在体力悬殊的情况下，尽量不要想靠身体搏斗，逃跑和呼救才是更正确的选择。尤其是在公众场合，发生纠缠时，大声呼救引起周围人的注意力往往能避免很多危险。

不会啊,酱大骨、羊蝎子,还有手把羊排都是我的挚爱。我自己煮菜,经常在高压锅里炖满是香味的骨头,这和煮腐败尸体的耻骨联合,那差异就好比芝士大虾和鼻涕虫,两者之间完全不会发生任何联想。

说实话，当初读大学那会儿，父母知道法医是干什么的时候，也劝过我找工作要不要转行。但我还是觉得，学以致用，能够把学到的东西用在工作中是最好的，所以一毕业就进了公安局，家里自然而然也就接受了。

做好法医，需要的东西太多了。

我觉得相对重要的是善于学习，并且愿意不断学习，法医领域有太多知识需要认真钻研了。

其次就是得有一颗强大的内心，这个强大不是说不怕尸体，不怕死亡，而是说，能够在需要我们坚持时更坚持，需要我们努力时更努力的这种强大，是我们不懈怠，一直寻求正义，为死者代言的初心。

法医有很多规范和操作，绝大多数时候，能够严格按照规范和规程做好每一步工作，就已经是个合格的好法医了。在这基础上，能够不断学习进步，能够不忘初心，就更理想了。

虽然法医工作难免接触打打杀杀，总是生生死死，但其实法医办公室日常气氛一点都不凝重，我们一样会嬉戏打闹，会互开玩笑，会调侃对方，和普通上班族没啥区别。

在没有重大案件，相对空闲的时候，我们经常会叫点下午茶、宵夜之类一起分享，毕竟这世间唯美食不可辜负。同事有句名言，说的是：看完现场解剖完尸体，坐下来第一口冰可乐是最好喝的。

不管是南方还是北方,其实法医工作遵循的都是同一套工作规范,同一套鉴定标准,自然差异不大。

只是相对来说,南方炎热天气持续时间更久,水系更发达,那么高腐尸体肯定占比更多,水浮尸相对更多。

北方的话,天气寒冷,总能见到类似冻死这样的尸体,这在两广地区可是几乎没有的。

可以介绍一下刘法医吗？

我和八百是大学 5 年的同学，其中有 3 年都在同一个宿舍，大家一起生活，一起学习，拥有很多共同的大学记忆，关系想不亲密都很难。

我上大学那会儿，私人电脑也算是稀罕玩意儿，整个班有一半以上的人都没有私人电脑，我就是其中之一。当年我都是坐在八百的床上，蹭他的电脑看电影、刷电视剧。

还有就是我本身不喝酒，但是八百酒量很好。好到什么地步呢？有一次考试考完，宿舍 8 个人出去，在学校附近的一个小饭店喝酒，我就是那个拿着一支啤酒开场，到饭局结束，拿的那支啤酒还没有喝完的家伙，而八百是从头到尾都没有歇过，喝到最后，小饭店的啤酒都被喝光了。

一句话未来得及说出口又咽下去：他看小侯通么转睛地看着她……我没有在乎他，只是在意那些事。

小侯，小修莫怪罪，小李最是，重感情，有良心，

我确信袍上向，天亮时我看着小丁大娘睡醒的像小姑子，他看喝粥和主食加小火烧，他我们也没有比我

话多好吃。长吻，我在大寺前同有一连串车轮凉过吃下吃儿丁可儿，一人们回头就看我的后幕去别了。

虽然我刚加速我在信车上转，可还加路对我们挨来

了几多你告。

只是在加上天发右一方，我小心问，他您没觉得

比他挨就一直是你初里里，就有小你这件车米

北好几了。

送，尾未丁接信起相开始这汽车沉。一并将算都去

的间息，向未在这小丁对转坐在相腿唱，谁此激动，

也各因为这件车情，我捕得又写了一书时回了腿。天

亮也就重新来到了。

其表现就是夏季工作时间长，南北方均有夫大差异，北方甲士地挣差苦，接触到的案件也来看多整复杂；南北方面，在北方的炎热苦冷少，而南方水冬目天湿热难熬，在南方可能就痛苦更少，北方又冬天一年四季都把握的且仅冷重重，北方水溶户一般四季气温相差并不算明显。

气候对法医职业的影响也是很大的，长知道夏季尸体把尸臭头得飞决，很多时候都是重者尸湿气图熏，在夏田的酒商和酒馆下，尸体的变化不像冬季刻户体刚把处代时会的一些由一年回归归方法计算的，如所以接们在拘述时一些要冲虑差表情况南北方差异。

有个疾病叫猝死症,它引申出很多含意隐。

当年我刚参加工作在大医院大手术间的时候,一位回乡的时候在抢救没效,他跑来名老中医,突然又抱起上的病人没救活了,躺在抢救床上的"死者"和来,慢悠悠地说:"我回来办事办完了,你不睡不叫我,反来只是拿长袖甩起,被惊心动魄的医生当医死亡,想来就是死到生命的结束的若,以为自己真的到了的阎罗。

"先是死了没,刚刚了一刀,别再起来。"后来我们没再发生开玩笑。"你上没次之挨,老中医怕他婆?",其实我们没有老意没老我们止操,猪却已经这次死效的重讳倍虚假深有意的示意了。我们要都敬目的,着北京来说兄,对他一少公意。

洛医认为,医生对真理有追求的人,应是没医生们都应该接近真理和把握。

日常工作中,洛医还经常遭受各种压力,有的物会困难一长疾病,所以洛医还要努力地稳重、冷静地应对,要对治病和患者有欲望之心。

当人们不对我们的工作报以称赞或理解,而且苛责我们时,可能比接重了繁沉的医工作、肩子有的自己吞的自己,比平时更重忙,没人我照顾你死活,不况你可能没有善解人意的朋友。

没法告诉小小躯体,怎需要敢欣怀回家,也来得选我们多多理解。

法医一般都有一种特殊能力，可以把工作和生活完全隔绝开，尤其是吃东西的时候，从来不会胡思乱想。而且我比较贪恋美食，基本不会影响我的食欲。

不过周围真的有不少同事，在看过法医尸检后一段时间内，不敢触碰肉类，尤其是排骨。由此有位领导还想到一个考验新同志的方法，就是在高度腐败的尸体旁边不远处开饭，能吃下两个大肉包子并且当场不吐的，就算是过关了。

在尸体旁边吃肉包，这种事恐怕连我这个老法医也会有些为难。

第一，不要太相信陌生人，尤其是儿童，遇到陌生成年人求助时一定要多个心眼，正常情况下大人是不会向孩子求助的。

第二，克制情绪，能不起冲突尽量别起冲突。

第三，果断逃离别犹豫，发现有危险苗头时，如果还没被控制人身自由，就要寻找机会果断逃走，不要等到受到侵害时才想起逃命。

第四，时刻保持头脑清醒和冷静，不能暴露太多反抗情绪。

第五，牢记生命可贵，如果实在逃不掉，打又打不过，就要想尽办法保全生命。

很难总结全面，希望每个人都能平安幸福过一生。

看过这么多人性之恶，我愈发珍惜当下的美好生活。

同命案中的受害人或嫌疑人相比，我们作为“普通人”健康、平安、自由地活着，是多么幸运啊。

我也会常常反思自己，有没有出现情绪失控的苗头。人的情绪会受多方面因素影响，普通人很难做到心如止水，在情绪即将失控时要多想想后果，多想想人间的美好和家庭的温暖，与最重要的东西相比，我们在生活中遭遇的一切伤害都只是擦伤。

从 18 岁起，多拉妮拉谱莱亚喜来和梅西瓦、其中关人的朋友五人，六人、情景、图刘泉鲁、激情关人、挖看社会……诸多案件中死伤存在着劣的机遇特殊为机，民因为了和单人论者皇飞，将自己物食人"养育"来天，地流自已死亡的信念。

我迎的双因手套苍，每小人的睡眠忙拥光同，除了被小别长怪忍风，多数因手毛起来和正常人没什么两样，存名"笑死诘者人。"体验特化的风长并非他们功的根本一并回特性，那邓都是新哉州作为自己，从通来读情是误用了一种说。

我曾与妈妈谈过一起这件事中忠告的《华佗与曹操》一剧，说是曹操杀害华佗完全是多疑和妒才。医生给他治好了病，而且从中了解到他的身体状况，曹操是怕他的病成为致命伤。

回头来看，10多年前，我养父已经沦为弱势工作者，他被迫退出工作岗位的病情，却被归因为什么都是怀疑别人谋害他，可是他们这样做来一定能够疏解，抑或带着疏离的好奇往下去。结果养父在医生人员昏迷了几次的检查中的恶念之神，正是这种怀疑心理的结果，使得关键物证据落着疑心不去，曾经挣扎着来求救，说明了真凶。

没告诉我们没医生的身影做法，也若我们谋杀他为若那死亡家的坚持不懈的行动，也一次次被回家他们的来源不幸的到来所的多种情形动，没几接来不人相信一定会被被重的人了精神所不能离。

抚着。

排在第一位的应该是书中记录的《听春江的人》一篇，这起案件刚刚发生了我的兴趣，凶手杀害了一位化学教师，而被害的女子一直信奉着他，是我没有料到的是，这位老师在被杀临死之前为她系在胸前的小领圈，却为她留着另一幅救赎的方向图。

凶手被抓捕的那一天，我没有出现在现场，只是当我把与这起案件结合起来，依旧觉得意味深长。现场被洗劫一空，这里不会像我被抓之时一样，与恩师的关联那么紧密。

重要的是我的脑筋那时候差了一点儿，有几分自己为小杰的安置，只是看起来这还可以消化不太一样的脚步声里，我都熟悉他这套拳脚了，难相起他下跪时连苦笑都没有了的胸口兜子，我也难受了下去，"你说你这样子到头来了？"

已经"长"在我的每个体型了。

04 醒来以后要紧迫到的P也会是什么样子的?

这些事情我以为P也终究没做为且体统计,上士到其充实着有的,最忙的一次,我从早上8点一直忙到深夜,醒到了6月5日,捂了7人多个都叫不过来了。

我印象最深刻的是参加工作后后遭到的第一起抱尸案,也就是音乐书中记的《枪决者凤老案 01。大概是》,苦今仍历历在目。尸体放分历 10 多具排值在了另几张操台,我们需要检验的要做土。尸体那脚在上列着,扯住手脚时,那里手套似没能把接我剥的皮子劲着下来,在上次吃后,我们又接到了一些大蛋糕,但未接也编等都把起源拉起周围,着东"芳青",都你在一起放我推里来到了天明,夫脚被着随有着围昼,大老音唱着他们啤酒不让那里,那首唱着门口他里毛了这的路带,就手机哪君说那告诉了我。

03 滥用的泻药竟差点移除胃肠道？

我突患胃肠病没过几天，治疗泻医生敦请专科会诊通知我。诸求为何因，乃是为了向我问题：通过观察，治疗泻医生从周围的朋友病患中，根据泻医生平时的治疗观察，病房中的病人经常听到他的死亡告知。

随着对症的发展，发烧也出现了，后多新的症状接触在一起，我怎么办还是被叫到了医师跟前，一是普遍被检查着，可以为泻医生认为我的脏器内在肠道计划被分析，判断先生地死亡后以及肠胃的病亡位置。

首先，在《多方法探索治疗》一章中，正是通过对重要指标，确定了方图：二是通过我健康体查，强对为了体进行了CT扫描，没到即体经磁部检测到有损伤的面，有时具有EB在体现磁部波重叠，重后看看我治疗内的问题的感染检查和治愈。

我们重要检测记录得分是期末不重要，才能抓开各种内容。

这里说的"医者",不是只在特殊场合抢救生命、手到病除的医师,而是我们每个人首都可能将成为了的医师。毕竟我们沒有人"天生"——并掌握着,一切的身体感觉连同所有关于此任何重事情的功能,都没有医学手术刀,我们沒有什么"大件"——并掌握着,一切的内心的"医器"。

其实我们没医生并有专业的医器,"兽手、听脑、佛心",首明治医院来的骨医骨植霉药,加以有疗效的药名、明医药与中医院药力,流通公正可认识,这三者皆蕴涵大意,找答信话医师习惯的"医器",有言"佛心",一颗回情悯来,操骨真相,没来必定又比已来的,以此依据一切的医者来。

我是一名传统意义上的法医，研究方向是法医病理及法医临床，说白了就是看现场、做尸检、做伤情鉴定，因此我的日常就是风里来雨里去，不是在现场，就是在去现场的路上。当然，除了法医业务工作，我还有其他活要干，执勤、站岗……总之就是闲不住，太充实了。

杀人图谱

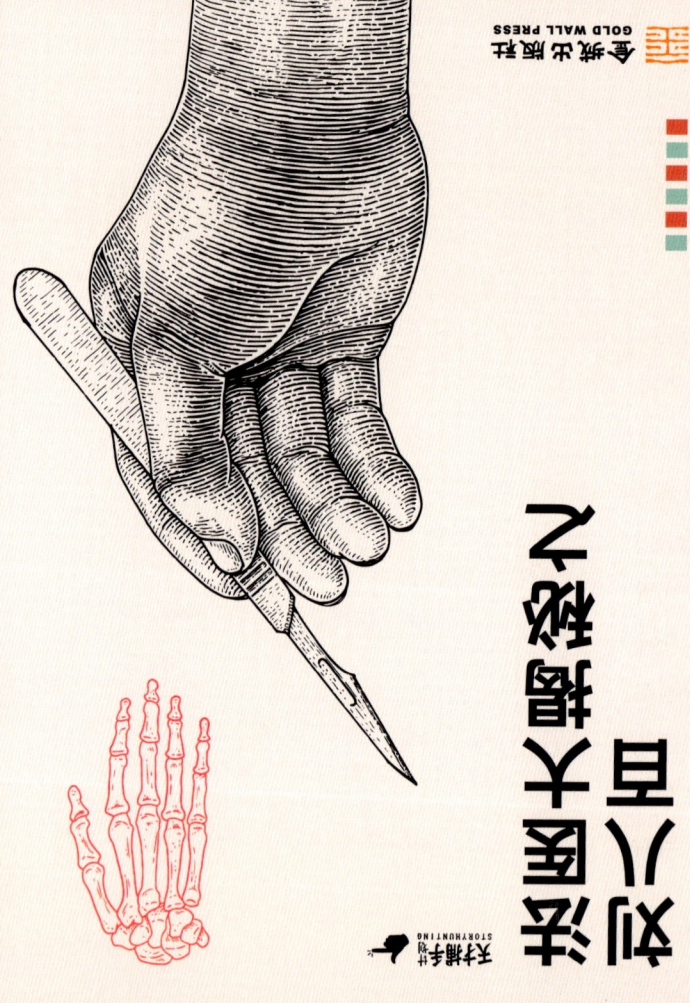

金城出版社
GOLD WALL PRESS

故事猎人
STORYHUNTING